淩霞集

〔清〕淩霞 著　武維春 點校

浙江文叢

浙江古籍出版社

浙江文化研究工程成果文庫
浙江文獻集成

圖書在版編目（CIP）數據

淩霞集 / (清) 淩霞著 ; 武維春點校. -- 杭州 : 浙江古籍出版社, 2024. 12. -- (浙江文叢). -- ISBN 978-7-5540-3103-2

Ⅰ. I214.92

中國國家版本館CIP數據核字第2024SP7161號

浙江文叢

淩霞集

〔清〕淩　霞 著　武維春 點校

出版發行　浙江古籍出版社

（杭州市環城北路177號　郵編：310006）

網　　址　http://zjgj.zjcbcm.com

責任編輯　劉　蔚

封面設計　吴思璐

責任校對　吴穎胤

責任印務　樓浩凱

照　　排　浙江大千時代文化傳媒有限公司

印　　刷　浙江新華數碼印務有限公司

開　　本　710 mm × 1000 mm　1/16

印　　張　25.75

字　　數　264千

版　　次　2024年12月第1版

印　　次　2024年12月第1次印刷

書　　號　ISBN 978-7-5540-3103-2

定　　價　180.00圓（精裝）

ISBN 978-7-5540-3103-2

9 787554 031032 >

浙江省文化研究工程指導委員會

浙江文化研究工程成果文庫總序

習近平

有人將文化比作一條來自老祖宗而又流向未來的河，這是説文化的傳統，通過縱向傳承和横向傳遞，生生不息地影響和引領着人們的生存與發展；有人説文化是人類的思想、智慧、信仰、情感和生活的載體、方式和方法，這是將文化作爲人們代代相傳的生活方式的整體。我們説，文化爲群體生活提供規範、方式與環境，文化通過傳承爲社會進步發揮基礎作用，文化會促進或制約經濟乃至整個社會的發展。文化的力量，已經深深熔鑄在民族的生命力、創造力和凝聚力之中。

在人類文化演化的進程中，各種文化都在其内部生成衆多的元素、層次與類型，由此決定了文化的多樣性與複雜性。

中國文化的博大精深，來源於其内部生成的多姿多彩；中國文化的歷久彌新，取決於其變遷過程中各種元素、層次、類型在内容和結構上通過碰撞、解構、融合而産生的革故鼎新的强大動力。

中國土地廣袤、疆域遼闊，不同區域間因自然環境、經濟環境、社會環境等諸多方面的差異，建構了不同的區域文化。區域文化如同百川歸海，共同匯聚成中國文化的大傳統，這種大傳統如同春風化雨，滲透於各種區域文化之中。在這個過程中，區域文化如同清溪山泉潺潺不息，在中國文化的共同價值取向下，以自己的獨特個性支撑着、引領着本地經濟社會的發展。

從區域文化入手，對一地文化的歷史與現狀展開全面、系統、扎實、有序的研究，一方面可以藉此梳理和弘揚當地的歷史傳統和文化資源，繁榮和豐富當代的先進文化建設活動，規劃和指導未來的文化發展藍圖，增强文化軟實力，爲全面建設小康社會、加快推進社會主義現代化提供思想保證、精神動力、智力支持和輿論力量；另一方面，這也是深入瞭解中國文化、研究中國文化、發展中國文化、創新中國文化的重要途徑之一。如今，區域文化研究日益受到各地重視，成爲我國文化研究走向深入的一個重要標誌。我們今天實施浙江文化研究工程，其目的和意義也在於此。

千百年來，浙江人民積澱和傳承了一個底藴深厚的文化傳統。這種文化傳統的獨特性，正在於它令人驚歎的富於創造力的智慧和力量。

浙江文化中富於創造力的基因，早早地出現在其歷史的源頭。在浙江新石器時代最爲著名的跨湖橋、河姆渡、馬家浜和良渚的考古文化中，浙江先民們都以不同凡響的作爲，在中華民族的文明之源留下了創造和進步的印記。

浙江人民在與時俱進的歷史軌跡上一路走來，秉承富於創造力的文化傳統，這深深地融匯在一代代浙江人民的血液中，體現在浙江人民的行爲上，也在浙江歷史上衆多傑出人物身上得到充分展示。從大禹的因勢利導、敬業治水，到勾踐的卧薪嘗膽、勵精圖治；從錢氏的保境安民、納土歸宋，到胡則的爲官一任、造福一方；從岳飛、于謙的精忠報國、清白一生，到方孝孺、張蒼水的剛正不阿、以身殉國；從沈括的博學多識、精研深究，到竺可楨的科學救國、求是一生；無論是陳亮、葉適的經世致用，還是黄宗羲的工商皆本；無論是王充、王陽明的批判、自覺，還是龔自珍、蔡元培的開明、開放，等等，都展示了浙江深厚的文化底藴，凝聚了浙江人民求真務實的創造精神。

代代相傳的文化創造的作爲和精神，從觀念、態度、行爲方式和價值取向上，孕育、形成和發展了淵源有自的浙江地域文化傳統和與時俱進的浙江文化精神，她滋育着浙江的生命力、催生着浙江的凝聚力、激發着浙江的創造力、培植着浙江的競争力，激勵着浙江人民永不自滿、永不停息，在各個不同的歷史時期不斷地超越自我、創業奮進。

悠久深厚、意韻豐富的浙江文化傳統，是歷史賜予我們的寶貴財富，也是我們開拓未來的豐富資源和不竭動力。黨的十六大以來推進浙江新發展的實踐，使我們越來越深刻地認識到，與國家實施改革開放大政方針相伴隨的浙江經濟社會持續快速健康發展的深層原因，就在於浙江深厚的文化底藴和文化傳統與當今時代精神的有機結合，就在於發展先進生産力與發展先進文化的有機結合。今後一個時期浙江能否在全面建設小康社會、加快社會主義現代化建設進程中繼續走在前列，很大程度上取決於我們對文化力量的深刻認識、對發展先進文化的高度自覺和對加快建設文化大省的工作力度。我們應該看到，文化的力量最終可以轉化爲物質的力量，文化的軟實力最終可以轉化爲經濟的硬實力。文化要素是綜合競争力的核心要素，文化資源是經濟社會發展的重要資源，文化素質是領導者和勞動者的首要素質。因此，研究浙江文化的歷史與現狀，增强文化軟實力，爲浙江的現代化建設服務，是浙江人民的共同事業，也是浙江各級黨委、政府的重要使命和責任。

二〇〇五年七月召開的中共浙江省委十一届八次全會，作出《關於加快建設文化大省的決定》，提出要從增强先進文化凝聚力、解放和發展生産力、增强社會公共服務能力入手，大力實施文明素質工程、文化精品工程、文化研究工程、文化保護工程、文化産業促進工程、文化陣地工程、文化傳播工程、文化人才工程等『八項工程』，實施科教興國和人才强國戰略，加快建設教育、科技、衛生、體育等『四個强省』。作爲文化建設『八項工程』之一的文化研究工程，其任務就是系統研究浙江文化的歷史成就和當代發展，深入挖掘浙江文化底藴、研究浙江現象、總結浙江經驗、指導浙江未來的發展。

浙江文化研究工程將重點研究『今、古、人、文』四個方面，即圍繞浙江當代發展問題研究、浙江歷史文化專題研究、浙江名人研究、浙江歷史文獻整理四大板塊，開展系統研究，出版系列叢書。在研究内容上，深入挖掘浙江文化底藴，系統梳理和分析浙江歷史文化的内部結構、變化規律和地域特色，堅持和發展浙江精神；研究浙江文化與其他地域文化的異同，釐清浙江文化在中國文化中的地位和相互影響的關係；圍繞浙江生動的當代實踐，深入解讀浙江現象，總結浙江經驗，指導浙江發展。在研究力量上，通過課題組織、出版資助、重點研究基地建設、加强省内外大院名校合作、整合各地各部門力量等途徑，形成上下聯動、學界互動的整體合力。在成果運用上，注重研究成果的學術價值和應用價值，充分發揮其認識世界、傳承文明、創新理論、諮政育人、服務社會的重要作用。

我們希望通過實施浙江文化研究工程，努力用浙江歷史教育浙江人民、用浙江文化薰陶浙江人民、用浙江精神鼓舞浙江人民、用浙江經驗引領浙江人民，進一步激發浙江人民的無窮智慧和偉大創造能力，推動浙江實現又快又好發展。

今天，我們踏着來自歷史的河流，受着一方百姓的期許，理應負起使命，至誠奉獻，讓我們的文化綿延不絕，讓我們的創造生生不息。

二〇〇六年五月三十日於杭州

整理前言

凌霞（一八三一—一九〇三）是晚清文藝界和學術界的重要人物。近代出版家、嘉業堂主人劉承幹在凌霞剛去世時，即搜羅遺文，印行《天隱堂文録》。劉在跋中稱凌霞『學問淹雅，工書畫，通小學、金石學，所藏兩家之書最富』。凌霞生活在浙、蘇、皖三省的湖州、上海、揚州、蕪湖等地，聯結著江南地域不同層面的文化人，他的一生，頗具傳奇色彩。在浙江，他是吴昌碩的摯友，吴的許多畫都請他題詩，他也是最早認識到吴昌碩書畫篆刻價值的人。在揚州，他不僅熟悉當時的名家如吴讓之、王素等人，又首倡揚州八怪之説，寫出了《揚州八怪歌》，反映了他的高超藝術見解。凌霞其人對各種文藝掌故都非常熟悉，他記載的趣聞逸事，是我們瞭解江南文化圈不可多得的寶貴材料。這裏我對凌霞及其著作略作介紹。

凌霞其人及交遊

凌霞雖是一介文士，但他是一個很有抱負的人。生逢亂世，他希望爲國家建功立業，儘管那是很渺茫的。友人陸心源説他所居的秋風破屋除書畫外，有一具寶劍。他的詩中也常常寫到劍，並充滿豪情。他和施補華、費文小飲時，『有時耿耿譚精忠，劍光裂地飛冷紅』。其《戎馬書生歌》以及寫給友人的『擔劍走長途，橐筆佐大吏』，『拔劍高歌猛士風』，『拔劍從戎壯士心』反映了他對建功立業的仰慕。他的《讀英雄失路集》更是充滿一種磊落不平之氣，他對『腐儒』和『酸書生』是不以爲然的。他要『茫茫千古覓同調』，這其實就是一種上下求索的精神。文士的理想雖不能實現，但這種開闊的胸襟對創作是十分有益的，也使他的許多詩篇富有思想性。

生活在晚清的凌霞，詩文書畫皆精。他交往的友人包括任伯年、虛谷、胡公壽、吴穀祥、張熊、楊峴、吴讓之、趙之謙、吴昌碩、繆荃孫等，且爲他們所寫詩文流傳至今。其詩文敘述的很多史實可以補充現有書畫史的不足，如他寫『吴攘之丈熙載』云『七十衰翁雙耳聵，夜來長對佛鐙眠』，以往我們尚不知吴熙載晚年雙耳幾乎聾了，眼睛也不好，由凌的詩可以對晚年吴熙載生活狀況有更多瞭解。再如凌詩《改再薌阿壽以令祖七薌居士玉壺詞稿索題詞》，改再薌即改簣，《中國美術家辭典》記他爲改琦之子，從凌霞的詩得知，他乃是改琦的孫子。再如胡寅（字覺之）和其長子胡璋（字鐵梅）、二子胡琦（字二梅）都是畫家，凌霞和他們都有交往，但《辭典》將胡琦寫作胡琪，是不準確的。

人們對凌霞這樣的重要學人生平情況知之不多，且多有訛誤，且看上海古籍出版社《清代詩文集彙編》的介紹：

凌霞，字子與，或作子輿，一字塵遺，號病鶴，室名天隱堂，浙江歸安（今屬湖州）人。

生於道光十五年（一八三五），約卒於光緒二十二年（一八九六）後。諸生。工詩，與陸心源、楊峴、施補華、戴望等稱苕上七子。

這裏我對這一介紹做一些辨析：凌霞的字是『子與』還是『子輿』？（也有寫作子輿的，如《中國美術家人名辭典》。）這三個字很容易引起混淆，我從現存文獻考訂，認定應該是『子與』。首先劉承幹爲刊刻《天隱堂文録》寫的跋作『子與』，這比較可靠。又一九二六年刊《民國江都縣續志》有凌霞傳，也作『子與』，最近我見到凌霞所書對聯，上面的印文是『子與』，可見其字無庸置疑。

凌霞的出生年月除介紹中說的道光十五年（一八三五）外，《吴昌碩年譜長編》定凌霞生於一八二〇年（此書將『塵遺』二字寫成『塵遺』，蓋因塵和塵易混之故）。兩書所云出生年代皆誤，凌霞既不是生於一八三五年，也不是生於一八二〇年，而是生於一八三一年。我們看其《二農詩》二首，這是他爲好友俞苕農、孫半農寫的，第一首中有句『苕農我中表，行年相與同。誕生在九月，先我旬日中』，可見凌霞生日略小，大約出生在十月。第二首中有『半農吾老友，亦與同歲年』，可見他們三人出生於同一年。凌在詩中有敘：『俞苕農介臣、孫半農柯皆諸生，吾湖東郭外人。光緒丙申季秋旋里相見，則氣味依然。苕農覺微衰，半農狀貌如昔，惟鬚髮略蒼耳。年俱六十六，與余同。爲作《二農詩》。』『光緒丙申』爲一八九六年，是年三人都是六十六歲，推知他們出生於一八三一年。介紹説卒年是一八九六年後，這是對的，但不精確。凌霞生前編定自己的詩集《天隱堂集》，序尾是『光緒庚子春王月長超山民凌霞自敘』，『光緒庚子』是一九〇〇年，再看其集子中最後一首詩是《去年九月歸自鳩兹倏一歲矣漫成此作時壬寅孟冬也》，壬寅是一九〇二年，這首詩中有『得過且過聊自慰，茶鐺藥臼尚依然』，可見他的身體很不好了，所以他應該是活到一九〇二年後。所幸的是凌霞的好友繆荃孫記載了他的準確卒年，《藝風老人日記》癸卯（一九〇三）十月三日有『撰挽凌塵遺詩』，鳳凰出版社新版的《繆荃孫全集·日記》將十月訂正爲十一月，這是很準確的。至此，凌霞的生卒年確定無疑，他生於一八三一年，卒於一九〇三年。

苕上七子是同郡同學，在家鄉同負盛名，劉承幹記載除凌霞外，另六人是陸心源、施補華、戴望、姚宗誠、俞剛、王宗羲。劉稱『諸君各有撰述，皆刊以行世』，可見他們都是當時的優秀才人。他們的生年都很相近，皆是十九世紀三十年代。楊峴不可能名列七子，楊生於一八一九年，和凌的關係很好，凌有『楊藐翁丈峴以近詩見寄』，凌《三續懷人詩》的『楊藐翁丈峴』有云：『縱横老筆走龍蛇，簡鍊文心稱作家。鐵硯磨穿鐵門限，辭官賣字是生涯。』以『丈』相稱，可見楊是長輩，故《清代詩文集彙編》將其列爲苕上七子是錯誤的。《吴昌碩年譜長編》定凌霞生於一八二〇年，楊峴生於一八一九年，如果兩人只相差一歲，凌霞不會對楊以『丈』相稱。

友人繆荃孫不僅準確地記載了凌霞的卒年，還爲我們描繪了他的形象。他倆初見於上海，時在一八八八年，繆荃孫在日記中敘：『往鴻文書局，晤凌塵遺先生瑕，耳其名久矣。善氣迎人，議論亦和易近情，不爲詭激以釣名者。』可見淩霞是一副謙謙君子的模樣。淩霞總結自己稱：『秉性冷淡，寡言語，惟良友當前則娓娓不倦。』繆氏説『善氣迎人』，可見他對友人是很真誠和善的。

淩霞長年生活在揚州，其作品很得當地文士喜愛，我曾在南京看到拍賣會上有一扇面，上面是揚州許容藻書淩霞《題墨菊》七律詩，詩後有一段跋：『淩塵遺先生《天隱堂詩》，清新俊逸，仲蘧兒愛吟成癖，昨以集中墨菊詩乞録箑扇，適硯有餘墨，隨筆書就。並囑將扇陰面請錫翁先生（指畫家陳錫蕃）畫墨菊一兩枝，庶於律中「坐對還參畫裏禪」句能相應，自經作家點染，畫理詩情愈徵合拍矣。』許容藻是南京博物院已故老專家許莘農的祖父，許家三代人都是江南有名的收藏家，收藏甚豐，由此跋可見他們對淩氏的讚賞。

淩霞創作略説

淩霞與吴昌碩爲至友，先看吴氏寫的《存殁口號十二首》，這些詩都是寫給平生關係最密切的人的。包括張熊、胡公壽、任伯年、蒲華、金溁等人，其中寫給淩霞的詩是『淩病鶴霞』，内容是：

板屋偪仄天井圓，病鶴常在蠣殼眠。揚州夢醒住且續，金石癖固醫難痊。慣滌愁腸酤美酒，好買花乳輸青錢。昨日一卷寄江左，使我礲刀思踏天。

吳昌碩寫這首詩時，淩霞在揚州，吳是懷人的性質。『金石癖固醫難痊』，説明他們相知甚深，淩自己有《癖好堂收藏金石小學書目》敘，開篇即説『性嗜金石之文』，可見愛之成癖，而這一癖好恰恰與吳昌碩相同。十二首詩中寫金涑的是『金瞎牛涑』，首聯云『瘦羊病鶴高自由，結交又得金瞎牛』，病鶴指淩霞。金涑（一八四一——一九〇九），字心蘭，號冷香，又號瞎牛。瘦羊指潘鍾瑞（一八二三——一八九〇），字麟孫，號瘦羊。吳昌碩（一八四四——一九二七）在這幾位中，年齡最小，故對他們都很尊重，經常在一起談文論藝。淩霞有一首詩記述過他們的交往，題爲《小住吳中與潘瘦羊吳苦鐵金冷香連日聚首甚樂或謂子號病鶴與瘦羊正可作對偶有所觸而成是詩》，題中的吳苦鐵正是吳昌碩，知道此詩，我們就更能明白吳昌碩《存殁口號》詩的意思了。淩詩中有『論交端在求良友，俗目相看擬怪民』，可見『怪』就有不同流俗的意思。

淩霞自編的《天隱堂集》，收入寫給吳昌碩的詩二十多首，其中不少是歌行體長詩。這些詩反映了淩霞對吳昌碩的理解。集中最早的詩是《題吳蒼石俊齊雲館印稿》：『敢將小技薄雕蟲，詣力深時鐵畫工。一意孤行秦漢上，十年劬學琢磨中。昆吾刀自能攻玉，急就章還擬爛銅。古致蒼茫天趣在，豈徒篆法繼斯翁。』《齊雲館印譜》是吳昌碩於三十三歲時編的自己從三十歲到三十三歲所刻印章，屬早期作品。淩詩的『斯翁』指李斯，這時的吳昌碩一心學習秦漢，打下了深厚的基礎。

後期淩霞寫的《吳昌碩缶廬印存題辭》更見精彩，全詩既是一幅吳氏作印圖，又有很中肯的評價，反映出淩霞作爲吴昌碩知音的見解。全詩是：

老缶手持方寸鐵，顛倒縱横鑿山骨。左之右之無不宜，環而觀者驚神奇。本來作篆稱辣手，腕底倔强蛟龍走。秦斯而後至小生，退筆如山硯成臼。三十年來畫被破，勁氣入刀刀力大。不爲側媚解人頤，寧使曲高而寡和。吁嗟老缶亦可憐，眼花奏刀猶矞泉。但言儂自食其力，可取則取何傷廉。暫新一編入我目，欲與名場同逐鹿。古來屈指幾聞人，朱（修能）蘇（爾宣）文（三橋）何（雪漁）皆碌碌。不恨我不見古人，後來居上張其軍。浙西六家相間作，别有意態能翻新。近世傑出乃有兩，悲盦居士方竹丈。精誠所至金石開，各樹一幟相雄長。缶也兀兀志復古，勇往直前猛於虎。上窮秦漢窺先民，真氣淋漓留此譜。此譜歷劫能不磨，令我一日三摩挱，歡喜讚嘆成此歌。

此詩强調了吴昌碩因爲是篆書高手，所以刻印腕力不凡，雖然他爲生活所迫『眼花奏刀猶矞泉』，但仍堅持自己的獨特品格，寧可『曲高而寡和』，這就是他不懈的藝術追求。『朱蘇文何皆碌碌』絶非泛泛之語，淩詩自注『余於明人諸家印譜靡不寓目，僅舉四子以概其餘』，這裏就强調了吴氏藝術對前輩的發展。詩中的『近世傑出乃有兩，悲盦居士方竹丈』是對吴昌碩有深刻影響的兩大家，悲庵居士指趙之謙（一八二九—一八八四），方竹丈指吴熙載（一七九九—一八七〇），兩人均年長於吴昌碩，也是淩霞的友人。淩霞《再續懷人詩》寫趙『博學多能大雅扶，任人故態笑狂奴。目空一世才如海，壓倒千秋筆陣圖』。寫吴『六朝碑版有心傳，投老荒菴斸字緣。七十衰翁雙耳聵，夜來長對佛鐙眠』。後詩更有對吴熙載身世的深深同情。凌霞有《三續懷人詩》，其中寫吴昌碩的云：『妙畫奇詩盡入神，衙參罷後趁閒身。吉金文字皆師法，鐵筆争如垢道人。』垢道人指明末清初篆刻大家程邃（字穆倩），凌霞將吴、程相比較時説『程穆倩好以古篆入印，亦見其譜』，這也有助於我們理解吴昌碩的藝術。難能可貴的是，凌霞當年就認定趙之謙、吴熙載、吴昌碩是鼎足而立的三大家，超越前人。

吴昌碩精於花鳥畫，偶作山水，凌霞有《題苦鐵畫山水卷》，在吴畫上凌霞題了三首詩，評述精到。凌詩『苦鐵與苦瓜，出氣一鼻孔』，詩中的苦瓜指畫家石濤，這就將吴昌碩繪畫的淵源所自清楚地交待出來了。凌在另一首題《荷花斗笠圖》中又有『苦鐵何妨比苦瓜』，這是很有見地之語。

凌霞、吴昌碩兩人皆長於畫梅，凌爲吴作《又題其墨梅巨幅》長詩有云：『老梅倔强不諧俗，遁跡空山作雌伏。沐日浴月生意足，千花萬花媚幽獨。自詡不受塵埃辱，憑空忽被詩狂縛。』這裏的『不諧俗』『不受塵埃辱』簡直就是兩位的詠志之言，也説明其相知之深。吴昌碩非常喜愛凌霞的詩歌，他爲施爲（字石墨，吴昌碩妻弟）繪《凌霞詩意圖》，圖上題寫凌霞的詩句：『四壁寒香秋士屋，一籬疎雨酒人天。』並跋：『石墨老弟屬寫病鶴詩意，庚寅中秋後四日同客滬上，昌碩吴俊記。』他們又一同出外遊覽，吴有詩《海上九日，偕病鶴、石墨登萃秀堂假山》。此外他們還有一些同題之作，這些都是他們友誼的寶貴見證。

由於淩霞和吴昌碩關係密切，經常切磋，他對於從揚州八怪到海上畫派的藝術發展史非常熟悉。淩霞的繪畫見解很高，他創作了《揚州八怪歌》，今天『揚州八怪』四字我們耳熟能詳，但這發明權應該歸於淩霞。在這首詩裏，淩霞認定揚州八怪的八位畫家是：鄭燮、金農、高鳳翰、李鱓、李方膺、黄慎、邊壽民、楊法。揚州八怪究竟是哪八個人？諸家説法不一。當代學者卞孝萱綜合諸家説法，確定了十四人，其中也引用了淩霞的説法。可見淩霞的説法在書畫史上具有一定的代表性。

除這首詩外，涉及揚州八怪的尚多，如他的《夜静讀冬心定盦兩先生集》有：『筆下滌盡塵土氣，胸次嘔來冰雪文。』冬心、定盦分别指金農、龔自珍，他用『黄鵠摩天殊不群』概括兩位的相同點。還有爲好友包虎臣（字子莊）題金壽門詩札，也是評論金農的。包虎臣不僅收藏金農作品而且學其書風，淩霞《懷人詩》寫他『説劍樓空人不見，漆書何處覓冬心』，可見淩霞也是很喜歡金農的書體的。淩霞在《冬心先生印欵跋》中還記過這樣一則軼事，他曾看到一方『我思古人』的印，旁邊有金冬心的跋，但署名金由，開始不得其解，後來他從楊慎的《六書索隱》考知『由』即古之『農』字，此謎才終於解開。

讀淩霞的作品，我們會發現他對女性的詩書畫非常有研究，這從《桐溪嚴氏女史暨子女合稿敘》中可見一斑。他不僅對作品熟悉，而且對女性的身世有一種深深的同情，反映了他的人文情懷。淩霞所處的晚清時代，中國的女性繪畫得到長足發展，頗爲興盛。上推前一個高峰應該是在明末清初，其時出現了馬湘蘭、薛素素、柳如是、顧媚等爲人關注的畫家，且她們的影響一直延續到後世。幾百年來，女性的繪畫大都以花鳥畫爲主，這影響了揚州八怪以後的畫家。事實上，從揚州八怪開始，花鳥畫在中國畫壇佔據主導地位，清末更有海上畫派大放光彩。美學家鄧以蟄對清末花鳥畫曾有過一段概括性論述，他説：『趙撝叔（趙之謙）爲此輩之翹楚。吴昌碩師之。所謂中國現代藝術，又以吴氏爲中心。其弟子之衆，無論親炙私淑，皆遍於南北。吴派的藝術，終脱不了女流文人的習氣。』在鄧氏看來：『女子纖弱深居，不能作山水人物，所以她們的體裁，只盡於花木禽魚；文人概無精刻之鍛煉，所以只能墨戲。墨戲之狂塗亂抹，雖似打破女性，然取材之隘，仍不出女流所喜的圍範。』這段話對我們讀懂繪畫史很有啟發。

凌霞生活的江南是經濟發達地區，女性更易受到良好的教育，有些女性繪畫是出自家傳，有的則直接拜訪名師，這些我們都能從凌霞的詩中找到線索。如凌霞的《唐昆華太守光照以其夫人吴杏芬女史畫百花圖長卷索題》云：『奩主梅花久擅名，澧蘭湘竹有餘清。丹青家學傳閨彦，贏得專門是寫生。』凌霞在詩後有注：『女史爲吴子嘉文學女，文學善寫蘭竹。』吴子嘉即吴鴻勳，安徽歙縣人，舉人，工畫蘭竹，同治年間寓居海上，吴杏芬的『丹青家學』是其父親所傳。又詩：『異卉名葩美不勝，拈豪疑有暗香凝。寒山文與寒閨惲，林下清才一樣能。』這是以吴杏芬比明清的女畫家文淑和惲冰，凌霞稱：『前明趙凡夫隱居寒山，子婦文淑善畫花卉，山中草花圖寫殆遍。惲冰，字清于，一字寒閨，相傳爲南田草衣（指惲格）族孫女，畫格正復相似。』這段話就將吴杏芬繪畫的淵源所自講得很清楚了。再看《子莊索題其姬人陳貞蓮女史淑真花卉册》，子莊即包虎臣，他的姬人陳淑真是向張熊（字子祥）學畫的，陳氏妝臺上也多爲作畫工具，『隨身檢點閒家具，畫篋詩囊滿鏡臺』。『翡翠筆床時在手，二分明月是同宗』，這句是用典，二分明月女子即陳素素，善畫，她有一方小印『翡翠筆床無時離手』，這也是强調拳不離手、曲不離口的意思。凌詩有：『畫派鴛湖久擅場（原注：鴛湖外史張子祥），蛾眉低首拜門牆。』張熊將底稿給陳氏臨摹，這使她的畫藝長進很快，凌霞稱：『果然林下有清風，粉本臨摹點染工。』這種臨摹，是學畫的主要路徑。陳貞蓮的畫在同時期的才女中也頗多流傳，凌霞寫過《桐溪嚴氏女史暨子女合稿敘》，嚴廷珏的妻子王瑶芬和幾個女兒都才藝出衆，可謂一門風雅。六女永華曾作《題陳貞蓮女史草蟲畫册》，有云：『鐙下拈毫髻影回，紅閨難得此仙才。』『衫袖春風蛺蝶飛，元知筆力是天機。』『掃除凡豔是清真，嫩蕊柔枝妙入神。』這些題畫詩確實不錯，以至凌霞贊『閨中伴侶，靡不能詩』，『冰心鐵骨，彤管流輝』。研究這些書香之家，對釐清女性繪畫的發展，甚有意義。

和包、陳夫婦一樣，方朔和李實也屬一門風雅，凌霞《方小東刺史朔以姬人桐花閣内史李實畫松寄贈報謝二首》詩云：『桃葉渡頭屋，桐花閣裏人。蛾眉擅奇慧，兔管自通神。翰墨前身契，丹青粉本新。六朝煙水地，深羡結鷗鄰。』詩中用詞『奇慧』『通神』雖帶禮節性的讚美，但李實的畫一定是頗爲可觀的，不會是虚語。方朔也是名書家，據載他長於篆、隸書，且能作細書。再看淩詩《陳古彝别駕實樽屬題母夫人蕉窗試硯圖》：『中有名媛事柔翰，琉璃硯匣時隨身。清福平生在書卷，自然好學天所遺。』可見這樣愛好筆墨的女性在當時絶不是個别現象，而是在相當一部分知識家庭形成了風氣。淩霞題畫還對殉難的女畫家之氣節表示了高度敬意，如《題鄭茗仙女士百花圖卷女士名蕙又字懷蘇爲芝巖給諫嵩齡之姑適新安程氏咸豐癸丑歸寧母家粤逆犯揚城女士作滿庭芳詞一闋從容殉難焉》。咸豐癸丑年，太平軍進揚州，遇難的畫家很多，汪鋆爲此作《揚州畫苑録》以紀念逝去的畫家，淩詩中的鄭蕙也是其中殉難者。淩詩曰：『暈碧裁紅燦若霞，璿閨妙筆自清華。錚錚獨抱千秋節，不比尋常没骨花。』這類詩，可謂詩史。

淩霞著作的版本

淩霞的作品存世稀少，所以一般讀者無由閱讀。我經過搜求，一共有五種，這也是我此次整理《淩霞集》的依據。這五種書是：《天隱堂集》《天隱堂文録》《相牛相鶴之堂偶筆》《癖好堂收藏金石書目》《癖好堂收藏小學書目》。

《天隱堂集》《相牛相鶴之堂偶筆》爲石印本，書邊沿有『安慶正誼』字樣。原書爲卞孝萱先生收藏。卞先生收藏的地方文獻甚豐，《天隱堂集》曾打算收入上海古籍出版社的《清代詩文集彙編》，就以卞藏本爲底本，後因卞先生去世，此事作罷。因我要整理淩霞的書稿，卞先生哲嗣卞深又特地爲我檢出《相牛相鶴之堂偶筆》，對我的工作很有幫助。

《天隱堂文録》爲劉承幹刻本，分上下卷，共計五十六篇。已收入《清代詩文集彙編》。

《癖好堂收藏金石書目》可見者有兩個版本，一是羅振玉署簽的木刻本，一是南京圖書館藏的手寫本（目録注爲稿本），此手寫本曾編入《南京圖書館藏稀見書目書志叢刊》第二十一册，由國家圖書館出版社影印出版。

《癖好堂收藏小學書目》也是手寫本（目録注爲清末鈔本），藏於南京圖書館。同時編入《南京圖書館藏稀見書目書志叢刊》第二十一册。這兩個書目，雖然南圖分别注明稿本和清末鈔本，但兩個本子都不是淩霞的手跡，而是他人的過録本，經作者本人看過，旁邊有些批改的小字，似爲淩霞的手跡。

我在整理中，盡量按原書的用字輸入，不作調整。如『硏』和『研』，『甎』和『塼』，『坿』和『附』，『龕』和『菴』和『庵』，這類字很多，我在整理時都盡量保留其原貌，不作統一處理。有些人名，如趙之謙字撝尗，也作撝叔；汪鋆字峴山，也作研山，淩霞不同場合寫法不一樣，這些仍都按原本，保持原貌。避諱字涉及人名地名等的，依例回改。

這次整理中，揚州文史專家顧一平先生告訴我，揚州圖書館藏有淩霞的親筆書信，我請揚州的友人周啟雲帮助瞭解，後得圖書館朱館長和古籍部主任徐時雲幫助，得以細讀了這十二通信函，函是淩霞寫給女婿佩山的，可惜我目前還没有發現佩山的其他資料，對淩霞後人的情況不甚瞭解，只有留待今後的發現了。這批信件作爲附録一併收入本書。同時爲了讓讀者能對淩霞有較多瞭解，特選録了同時代人與淩霞交遊的詩文等原始材料。當代有關淩霞的研究資料很少，其中卞孝萱先生寫過《揚州八怪歌的文化解讀》，這篇文章盡管不長，但對我們瞭解淩霞很有意義，我也是從這篇文章開始瞭解淩霞的，因此全文收録，希望對讀者有所幫助。

此書之所以能夠編成，實有賴卞孝萱先生的藏書，是《天隱堂集》引起了我對淩霞的興趣，再進而收集其他著述。更有以上諸位友人的幫助，這是我衷心感謝的。

我本人在淩霞生活的浙江以及揚州工作多年，對淩霞作品中寫的許多内容都很有感情，得益甚多。正逢疫情期間，我減少外出活動，潛心在家編校，所不敢自信的是肯定還會有我所未見的資料，同時現有的整理也可能會有不完善之處，讀者能予以批評則幸甚。

武維春　二〇二〇年初夏於泰州

目録

天隱堂文録卷下 ……（一一六）

天隱堂集

序

余少喜弄翰，弱冠時與施君均甫、戴君子高游，甚相得也。子高性幽僻，通眉而短視；均甫意氣豪邁，議論風生，目多上視；余則秉性冷淡，寡言語，惟良友當前則娓娓不倦。陳稚君丈嘗作《三君詠》以贈。厥後子高反而治經，均甫兼爲古文辭，余則癖耆金石、《説文》之學，皆不專意于詩矣。逮稍長出游，遂乃天各一方，不復相見。今二君皆久宿草，其著作早經鏤版，惟余懶於料量，迄未授梓。楊藐翁先生嘗寓書規余，以爲人生此舉斷不可少，而因循未果，然先生於前年又歸道山，愈有孤翼隻輪之慨。因感其意，勉爲删薙，以付手民。惟余既不拘拘宗派，亦不欲與海内名流相角逐，蟬琴蚓笛，聊以自鳴，它日覆瓿之譏所不計焉。

光緒庚子春王月長超山民淩霞自敘。

夢隱歌爲戴處士山

君不見，王君公，儈牛辟世隱牆東。又不見，孫仲彧，牧豕執經大澤中。古人往往蟬蜕軒冕無塵容，邱棲谷飲相追從。惜乎高躅已逐秋雲空，空山千載流清風。蓬頭山人抱幽衷，碎琴渾與前人同。富貴羈紲脱屣空，孤飛千仞矯矯如秋鴻。不樂萬鍾粟，不願萬里封。但須一畝蓬蒿宫，百城坐擁縹緗叢。左圖右史陳横縱，窮山繭影爲書傭。閉門獨笑空谷中，鐺中煮字光熊熊。秋山萬疊秋鐙紅，不讀五千卷者毋入此室中。素侯野服頭銜崇，傲睨一世布衣雄。鄉里藉藉驚潛龍，踽踽涼涼塗之窮。一石一斗才華豐，胸中靈氣天所鍾。蒼然欲吐如晴虹，狂吟矯首聲摩空。特立不偶崩厓松，傲骨欲壓青山峰。青山明月留行蹤，世間殘客何闒茸。俗目生翳嘲且攻，燕雀竊笑鵠與鴻，誰知此鳥安可籠？況乎當今大地多煙烽，鱷鯢血染滄波紅。壯士稀聞汗馬功，荒原落日啼鬼雄，屠沽哀哀卿與公。驕人烜赫惟錢龍，請纓自媿非終童。鋤邪削佞空青鋒，杞憂莫解胸中舂。不如賣劍買牛深山中，白鹽赤米清淨供。讀書雅志談黄農，鼓琴鍛鐵成疏慵。穴石爲硯著録重，名山盛業驚疲癃，立言不朽兀然爲儒宗。雖然此境未易逢，一壑一邱魂夢通。安得一朝軀脱箳，世上得失同雞蟲，寒冰古雪蘊心胸。它時隱逸傳高風，逍遥谷與逍遥公。

晚步

一逕陰翳，夕煙其霏。疎鐘欲落，人來翠微。修竹忽合，暮禽與飛。山月濛濛，著我行衣。

題湯貞愍公畫象象爲道裝撫琴狀

真將軍，飛將軍，將軍風流武且文。古來上馬擊賊下馬作露布，僂指落落能幾人？雨生先生毋乃是天上將軍天下士，雅歌投壺祭弟孫。緩帶輕裘羊叔子，白門小住春復秋，白門煙月奚囊收。一作遂初賦，林泉聊優游。一琴一鶴一壑一邱，何必此身鬱鬱久爲塵鞅相拘留。詩牌畫稿生涯優，英雄老去便是箕山潁水之高流。雖然杜門成息影，報國衷腸猶耿耿。莫道留侯穀可辟，須知烈士心未泯。無端鼙鼓動地來，金陵萬户化寒灰。先生椎胸向天語，天哭安能殺此黄巾十萬眾，一洗天地之塵埃。日慘風悲天不答，浩氣激雲雲欲頹。勢窮力且盡，殘城痛難復，男兒那肯向賊子，乞哀甘馴伏。生當如蘄王騎驢游，死當從三閭大夫葬魚腹。熱血瀝出燕支滋，陰風颯颯張吟髭。寸管有靈寸心苦，歌成絶命一篇詩。不願偷生願速死，奮衣長號赴流水。流水芳名千古長，可惜人琴俱亡矣。憶昔先生鎮我邦，德政久已同襄陽。我生苦晚未覿面，矍鑠哉翁應想見。今聞此耗心孔傷，隔千里兮酹寒觴。先生先生爾若我湖山水之緣未能忘，魂兮魂兮化鶴歸來峴山之麓南山旁。

聯句題周山人農墨梅册從父遠與霞同作

墨香蘸出寒香古遠，落紙縱横筆花舞霞。大枝小枝如棘荊遠，天真爛漫精靈吐霞。鐵瓢慣寫野梅花遠，春魂冷淡春光賒霞。筆墨落落劇疎秀遠，片紙擲下人争夸霞。偶然瞥眼覩小册遠，箕踞開看眼雙白霞。筆鋒亂削鐵骨峥遠，墨痕淡孕冰胎瘠霞。一枝如古藤，秋風瘦觚棱遠。一枝如俊鶻，横空露奇骨霞。一如公孫舞劍雙迴身，飛帶摇星霜遠。一如石室囚枯禪，矯首雲外吞寒煙霞，以下俱霞續成。或如空山老蛟走頑軀，怒挾癡雲吼。又如怪石孤根高天風，拂拂吹不撓。秀逸則如姑射冰玉之仙子，豪放則如濡頭醉目張長史。落莫則如翳桑絶炊之餓夫，野散則如玉川長鬚之秃奴。近師恥春翁，遠法逃禪叟。潑作塗鴉形，舒出屠龍手。眼底忽見片月飛，紙端乍見凍雲剖。我今讀畫逸興奔，倒盡田家老瓦盆。醉後花墨兩不辨，惟見清氣充乾坤。乾坤清氣闢畫境，畫境疑是羅浮村。羅浮村，梅花根。我欲捉花入口吞，狂招鐵脚道人魂。

秋夜懷友

秋聲何處來，客心動清警。散髮披前幃，步兹空庭静。濕螢墮檐碧，花露滴衣冷。幽蟲啼素月，寒鐙語秋影。念兹素心人，孤懷良耿耿。含愁獨不見，起抱枯琴整。

夢　醒

林風瑟瑟夜已深，疎星欲没天沈沈。瓦鐙影淡夢如水，涼雨欲來秋葉吟。

山中夜坐

明月不到處，風生修竹林。白雲在衣帶，獨鼓一絃琴。落葉滿行逕，流泉多古音。石床清不寐，心入萬山深。

秋風忽起有懷瘦知從父

一雨水風急，滿林黄葉飛。美人在空谷，獨掩白雲扉。明月照詩卷，秋光上客衣。蒹葭秋水外，我夢自依稀。

金陵行

金陵城頭插天高，金陵城内胡笳號。大帥閉壘不敢出，但聞賊騎聲蕭蕭。千萬人，同排攻。一炬火，連天紅。居民亂竄虎狼遶，可憐人命輕於草。十萬頭顱刀上飛，血片灑落桃花肥。春草無情白骨膩，黄巾匝地行人稀。吁嗟乎，金陵自是繁華土，從此人悲鋒鏑苦。千古遺羞誤國人，至今江水猶含怒。

題畫溪漁父圖爲陳稚君丈長孺

隔岸人家沙觜長，依依垂柳復垂楊。和煙和雨刺船去，落盡芙蓉秋水香。
冷淡生涯一釣竿，瓜皮艇子竹皮冠。蘆花風裏夕陽冷，一斛白雲吹上船。

戎馬書生歌贈徐孟博丈溥丈橐筆遨遊足跡半天下歲壬子客山左李中丞僡幕甚相得也癸丑秋粤氛犯境中丞奉詔討之軍河上一日賊至礮聲沸水中丞懼丈揖而進曰是何畏當以靜勝之遂不復動迨半渡乃擊之獲大勝焉先後十一戰會糧絶軍士僅啖餺飥一枚丈出多金以濟之然中丞終以年邁病不起議以兵屬勝閣學保丈於是作流匃形冒鋒刃歸邂逅偶述其事爰作歌以贈之

丈夫意氣吞諸侯，橫行亂走青海頭。黄金散盡俠骨老，一萬里路成遨遊。少時亦恨不得志，讀破奇書空煮字。低眉短歌心肝傷，瀉盡英雄不平淚。壯歲骨相更奇傑，河朔風流鬚似戟。三寸毛錐七尺身，橫刀去作將軍客。無端河上烽煙來，揚飆打鼓如轟雷。飛火攫空霹靂走，駭浪倒瀉魚龍哀。將軍無言衆軍靡，先生大笑掀髯起。丈夫忠義無所逃，馬革裹尸斯可矣。況乎用兵貴鎮定，鼠子伎倆亦止此。三千鐵騎長蛇隊，息鼓偃旗鎮相對。半濟中流事可爲，儘教殺盡紅巾輩。一片刀光浴水寒，血浪滚滚頭顱碎。歸來壯氣傾兒曹，花插兜鍪腰帶刀。手挽人頭作酒瓢，斗酒酌血翻紅潮。凱歌四起壯士喜，老馬人立鳴蕭蕭。忽然伏地若病虎，醉墨草檄瘦蛟舞。一行羽騎飛星霜，招取强兵殄餘虜。軍中聞道餱糧失，未免征夫多菜色。噎鳩之麥雖可餐，秋風莫飽飢鷹食。先生視之心愴然，槖裹黄金揮頃刻。磨盾吮血更轉戰，借箸奇謀空六出。繡旗夜捲角聲死，陣雲壓愁河水泣。戟户深沈夜半開，側帽悲歌時闖入。已矣將軍病廢身，戈鐵動名莫復論。但把生平一腔血，寸心爲報主人恩。揮手飄然返桑梓，風月關山送游子。蕭條行李冷羊裘，歸來依舊書生耳。

雪夜招施均父份費文子文鶴秋從父遠小飲秋風破屋

凍雪在地窗風尖，鐙花墮几生峭寒。大甕盛酒樂今夕，酒龍一吸長江乾。且食蛤蜊亦可喜，圍鑪解衣成礴盤。酒酣耳熱不得意，欲眠不眠愁心肝。當筵痛飲盡年少，五斗壯膽動長嘯。腰間傲骨撐秋山，人海茫茫鮮同調。起抱枯琴不忍彈，哀絃凍折聲孤峭。長房意氣麤，詼諧入野狐。大阮骨消瘦，縮項類凍凫。肩吾伉爽頗奇傑，目光炯炯如餓鶻。小子偃蹇何足言，醉態沈沈若跛鼈。有時耿耿譚精忠，劍光裂地飛冷紅。抑或鑿鑿説怪異，古鬼笑煙聞秋空。

或歌或哭無不有，斫地狂吟拍銅斗。盃盤狼藉青鐙愁，仰看白月如煙走。北窗企脚成醉眠，一枕黑甜且消受。須臾腷膊聞荒雞，曙色濛濛影虛牖。

冷況

雪壓蓬廬欲暮天，窗頭茶竈冷無煙。梅花紙帳蘆花被，一枕繩床伴鶴眠。

題匽園集

屢遭喪亂隱浮屠，遯跡陳山壯氣孤。千古夷齊從此見，一生清介過公無。知音未必推冰叔，高士何妨作餓夫。最是白頭悲老友，袁安臥雪已云徂。

讀鷓鴣先生傳

異書讀盡氣難降，痛絶殘生脱劍鋩。長物飄零黄玉笛，故人情義白雲莊。沈冤終古餘詩卷，飢走天涯付藥囊。卻怪古人識奇字，平生冷笑大夫揚。

征夫愁

征夫愁，茫茫餓走滄海頭。滄海水惡無行舟，陰山月黑飛髑髏。堅冰在鬚，酸風刮眸。雪花如席墮馬背，哀笳動而心憂。征夫愁，鐵甲血黯刀創稠，鳩形鵠面如楚囚。將軍穹廬披貂裘，美人勸酒銷鄉愁。戰勝將軍去封侯，戰敗征夫死戈矛，撐天白骨成高邱。嗚呼，征夫愁。

浮霞墩晚眺

臨流啟竹牖，獨倚夕陽邊。素雪半棲樹，春陰時在船。人家依野水，倦鳥帶荒煙。放眼長空外，蒼然欲暮天。

偕楊維昆施份游問松庵

群峰墮面白雲起，拍馬狂呼亂山裏。石梁窈窕界飛泉，秋玉泠泠瀉寒髓。松花欲落松風寒，蒼髯鬱作禿龍蟠。破寺荒荒掩空緑，欵門一笑成盤桓。老僧去矣竟黄鶴，團蕉塵尾塵漫漫。山人爲我煮苦茗，碧雪澆胸涴詩影。山人訝客興何顛，客笑山人心未冷。出户犖确走山脊，夕陽半落巒光暝。躡足抱樹作危立，舉頭旁睨馳遠景。具區浩浩白如煙，天末片颿猶泛梗。問君興盡何不歸，山風颯颯吹行衣。石逕迤邐下山去，回首蒼蒼横翠微。

長橋煙柳辭

黄鶯嚦嚦最纏綿，唤出東風二月天。髣髴銷魂橋畔路，滿湖絲柳已成煙。

依依張緒紀當年，螺黛痕新緑可憐。帶水盈盈人不見，夕陽撑出撅頭船。
柔絲裊裊綰成條，垂柳垂楊隔畫橋。記得浮霞庵裏坐，一天涼月聽吹簫。
赤闌橋外水沄沄，一丈柴門壓緑雲。輸與前谿丁野鶴，滿湖煙月要平分。丁無白白所居與浮霞庵望衡對宇。
煙波渺渺白鷗隣，谿上吟樓近水濱。若問詩仙舊時宅，隔隄還有李河神。李西岑煊居近長橋之南，曰谿上玉樓。
何事干卿水一池，竹闌曲曲盡題詩。曉風殘月句留處，畫出紅牙柳七詞。

讀英雄失路集

腐儒齷齪死鐙窗，那知天下奇文章。半生歷落識丁字，往往竊笑狂夫狂。紫白仙人老奇士，淋漓健筆排長杠。晞髪痛哭憤世事，方眼怒駡淩侯王。矢口辯駁論經濟，矯尾厲角無人當。平生俠氣一千丈，胸頭熱血生奇光。袖中瘦鐵白虹走，青衫老去徒徬徨。車輪刮頸作豪飲，斗酒澆碎心肝香。囚冠破衲醉紅粉，落魄江湖結客場。可憐書生亦能武，躍馬鳴鞘作胡舞。不能江上領貔貅，空向賓筵賦鸚鵡。馬頭草檄疾如風，盾鼻磨墨聲隆隆。一生壯志在沙漠，卻恨不作黑頭公。河西之後天啟始，慷慨羅高以身死。爲文酹酒替招魂，青溪祠中奠神主。汝舟先生曾與平湖馬文治、武康茅元儀爲羅高二人之位於青溪黄侍中祠，各爲祭文，奠而哭之。酹酒哀慟，感動路人。窮來往往出悲歌，英雄失路將奈何？五畝之宅竟何有，十大洞天空嵯峨。不能江湖爲販夫，不能煙波作釣徒。不必歌騷跨黃犢，不必側帽騎白驢。苦似纍纍喪家狗，埋頭短案操書觚。唾心步天恣狂詭，七幅莽草亦奇歸。皆詩集名。詞壇飛將健於雕，當以偏師復誰者。怒墨一掃千紙空，腕下啾啾泣詩鬼。王郎薙髮中腸摧，何郎折花歌徘徊。贈別出塞盡奇搆，聲隨筆灑浮雲頹。神人呼吸應天闕，凡兒學步殊堪咍。格律倔强氣磅礴，縱放亦復雜詆訴。聲滿天地出金石，紙上白日奔驚雷。碧海無聲毒龍死，冤血浮天凝夜紫。空山月黑僵桐哀，老魅飢蛟哭秋髓。天風浪浪吹鐵舟，一瀉長河幾萬里。不學莽大夫，吃吃草玄劇可恥。不學酸書生，喀喀作歌徒爲耳。不學南朝沈謝流，弄月嘲風汗行止。茫茫千古覓同調，只有唐時任風子。烹周殺孔殊謬荒，劉叉大言何顛狂。獨惜耿耿抱忠隱，微瑕白璧庸何傷。東澗遺老何爲者，侈口乃敢輕評量。我今空堂不成樂，蹋壁歌詩聲琅琅。夜窗風雨裂苦竹，松鐙一穗搖凍黃。掩卷大笑襆被臥，牛鬼蛇神來夢鄉。

吟匃行

既不必虎頭萬里去封侯，又不必鶴背萬貫來揚州。歌詩彈鋏何所求，佯狂且作餓鄉游。玉川子，枯腸搜。長爪郎，心肝嘔。吹篪客，市中留。緼袍士，花餅投。乞米帖，空綢繆。休糧方，鳴鐘球。一餅一盞生涯僾，一水一石成逗遛。男兒七尺云休休，其拙如鳩間如鷗。寒貧脯糒未足取，通老襤褸非所憂。但索希範一尺錦，聊披威輦百結裘。破錦囊置秋風嘔，依然笑傲淩滄洲。蓬首土面踞詩國，冷看塵世張兩眸。花生口吻柳生肘，采薇歌罷心悠悠。桐帽竹杖自來往，放達不作籠頭牛。醉摩五嶽作吟壘，下視碌碌功名富貴皆贅疣。一生只許老梅伍，向火乞兒豈其儔。桃花仙人亦作劇，而今半是嘲且羞。唐六如有《百丐圖》，只畫五十人，題曰『而今半是』。不如仰面高臥青峰頭，劃然長嘯生金秋，以消胸中萬古離騷愁。

贈吴彦宣丈廷燮

苕谿霅谿煙水窟，數百年來風雅歇。茫茫誰復振騷場，管領湖山主風月。伉爽忽來江海客，九尺長身撑鶴骨。挺然英爽露鬚眉，奇氣扼雲向空發。抗聲酣叫若無人，日落風號翻海鶻。余也聞名入耳熱，雲水相逢叱奇絶。擲來青簡百篇詩，元氣淋漓鬱蓬勃。矯捷沙陣兵，陰厓鬭金鐵。瘦削窮谷花，寒葩瘞冰雪。依稀紅玉酣春風，幽光泣露胭脂濕。蕭疎病竹臥空煙，冷雨無痕滴秋碧。切切涼蟬咽暮雲，淒淒古鬼啼沙磧。砉然弦上春冰裂，豪竹哀絲還間發。空山石破走精靈，青天忽斷長虹接。手挽銀河玉髓流，十萬雌龍向空擲。吁嗟乎，詩仙神妙已超絶，健筆横行河海竭。那知烽火困奇才，男兒孤負髯如戟。既不能爲五湖泛，又不能爲萬夫敵。悠悠飢走徧天涯，徒向毛錐作生活。側身天地動長吟，牢愁萬斛胸成結。不如與我吹鐵簫，打銅鉢，一瓢吸盡長鯨血，爛醉狂歌海天白。飛上天邊黃鶴樓，笑拂吴鈎吞碧月。

春柳辭

春柳辭，歌春柳。春柳只在大堤口，年年攀折行人手。攀折亦何限，蕉萃春風孤。煙玉飄零綠絲短，夕陽滿目空啼烏。空啼烏，春光老。無力纖腰不自持，殷勤更舞紅樓曉。

馬上郎

誰家翩翩馬上郎，豪猪之韡錦裲襠。橐金一擲買歌笑，玉樓翦燭酣紅妝。客子意如春，美人顏如花。清歌妙舞醉人骨，金尊綠酒開芳華。錦帳窈，春雲繞，艷抱芙蓉不知曉。一朝金盡顏無光，請君去作蕭家郎。

題　畫

漁舟逐春水，曲路何紆折。風吹野桃花，一谿墮紅雪。
古松髡其顛，下有黄冠客。坐彈𦼮玉琴，山月落秋白。
畸人夜未眠，枯坐兩無語。瓦鐙生古紅，隔竹照秋雨。
菰蒲聲蕭蕭，中有幽人宅。何處草風涼，水窗魚讀月。

題稚君丈畫船集

谿山如畫殊復佳，雙槳直渡湖水涯。鬧紅詩舸坐詞客，寒碧孤琴吟遠懷。藕花香墮濕鷗夢，瓊簫秋冷愁吴娃。儒衣僧帽寄行跡，一天煙月題松牌。

游歸雲菴掛瓢堂

欲歸不歸山雲蒼，掛瓢人去遺空堂。白衣入地葬秋鶴，緑粉掃天吹瘦篁。一聲兩聲鐵笛杳，十里五里松花香。團焦老僧頗不俗，遺詩黯淡收滿囊。

游黄龍洞

陰厓插天半，倒割青芙蓉。石怒不可遏，蜿蜒隨飛龍。飛龍千百年，古洞留遺踪。昏黑數千尺，剥劃疑神工。風雪出其下，白晝馳靈霳。厏厊溜幽姿，詭譎開殊容。石膋鬼面醜，腥刮蛇毒濃。蹣躑走黄鼉，舔啖蹲緑熊。危依如懸瘤，磊砢何峪嵷。側踞或人立，蝺僂而頭童。巖突閎奇怪，葛蘿皺氍毹。鋸利石筍鬬，鏇空山骨鬆。險竇逼沈光，惡壑鉤孤瞛。日月透危壁，昏曉磨赤銅。生死間一髮，性命之道窮。臨覸乃投石，下追冰夷宫。巢鴿多驚飛，磔磔生陰風。仰探磨厓書，四字排窿穹。苔緣或蘚蝕，半已糊磨礱。尬奥趨其顛，上追秋猱蹤。劉覽恣矚盼，浩氣乘長虹。太湖三萬頃，一白流冥濛。煙吞失島嶼，波蕩東西峰。振衣興無極，長嘯奔樵童。安得排雲去，豁此山海胸。

題秣陵感舊圖 稚君丈爲武功將軍湯雨生先生作也

故交零落暗聲吞，棖觸年年憶白門。冷抱瑶琴哭江水，萬山紅出杜鵑魂。

琴隱蒼涼夕照空，不堪回首話孤忠。一瓢清酒桃花淚，疏雨寒鐙弔粥翁。

小樓夜雨有懷城東三君子

幾度從人相問訊，欲來竹屋話清緣。誰知春雨瀟瀟夜，猶滯苕南鴨觜船。孫茗柯柯。

城東寄影閉柴關，石帚高情冷似鷴。茶夢一簾人獨坐，草堂涼雨畫青山。姜雪士敦詩。

沈郎腰瘦支離日，正及香閨臥病時。紙閣銀鐙人不寐，紅蕉簾外雨如絲。費文子文。

題秋窗病趣圖爲桐屋陳丈 稚君丈又號桐屋

藥臼茶鐺病起時，子桑蕉萃少人知。蕭蕭落葉秋埋屋，關著竹扉尋淡詩。

吟瓢零落貯詩丸，布被荊床取次安。紅冷秋花人獨臥，破窗殘雨一鐙寒。

藥水稱量耐苦辛，維摩一室慣清貧。乖厓漫説僧寮似，尚有床前擁髻人。

壁上青山半有埃，蒼涼閒置古尊罍。居然飽飲防風粥，不療煙霞痼疾來。

又題蘋香水閣填詞圖

蘋花數點，老屋三椽。屋小於舟，若書畫船。
煙波深處，有客吟秋。一聲按拍，驚起眠鷗。
秋風峭峭，秋水漫漫。夕陽欲落，人倚闌干。
詩人鐵笛，佳人玉簫。歌聲何處，楊柳畫橋。

秋江送别圖爲俞竹題

浮霞墩畔柳絲多，曾記夫君載酒過。一自長橋垂手别，苕花零落水如羅。
海上鴻飛悵各天，茫茫黄浦有風煙。囊氈擔劍年年恨，舊雨懷人已四年。
君亦飢驅賦别離，一颿煙水一囊詩。亂山殘日清秋路，腸斷西風萬柳枝。
今日披圖首重回，菰蘆短櫂又相催。自憐生事荒寒甚，晞髮而今販炭來。

徐昭法先生畫像

蕭蕭澗上薜蘿寒，城市終年識面難。一角殘山孤客臥，千秋高義老僧餐。療飢計自栽瓜得，遯世心惟賣畫安。幸有窮交知己在，梅花孤冢未曾殘。

懷人詩

才名少小播詞場，佳句流傳姓字香。題徧中庭二分竹，綠陰如水晚生涼。施份均父。

髫齡即擅奇童譽，孤露情懷感慨餘。滿案丹黃惟嗜學，向人常借一瓻書。戴望子高，原名山。

姚君爾雅吾知舊，力學真能醞釀深。宗派桐城出先輩，山環水復是文心。姚諶拙民。

王郎才調欲銷魂，宋艷班香莫漫論。聞道呂山山下路，野桃花落閉閒門。王承羲竹侶。

一別相思五載經，俞家清老最惺惺。湖濱吟老垂楊柳，絕世風神似阮亭。俞竹勁叔。

去年金蓋登臨日，倚醉狂撾竹寺門。嚼爛梅花冰雪裏，空山踏徧草鞵痕。徐丈溥時泉。

記得黃華滿逕肥，窪尊亭上共依依。遮頭剩有枯荷葉，和雨和風一笑歸。費文竹樵。

破寺蒼涼作寓公，相逢疑是大寒翁。一枝妙筆春風瘦，幾點燕支凍不紅。家吕封桐莊。

寥落潘郎鬢未蒼，殘塼片瓦盡收藏。水仙手段無人識，閒把癭瓢生冷光。潘周尊蘭陬。

十載春明夢影遥，白蘋洲上有吟寮。酸甜樂府誰傳出，合付佳人紫玉簫。陳丈長孺桐屋。

豈是高人老癸辛，道經仙籙舊緣因。讀書静坐無他事，心地清涼養谷神。周思誠一庵。

草堂寂寞枕溪灘，榆蔭濛濛壓檻寒。山色滿簾詩滿壁，客來同上小樓看。奚丈疑虛白。

哦松老愛崔夫子，白首傭書未肯閒。邱壑滿胸貧不療，幾人來買畫中山。崔丈書黼仲綸。

稱詩湖海笑群公，白眼倡狂氣最雄。怒罵無端驚四座，酒腸如海劍如虹。吴丈廷燮彦宣。

薄游小住空王宅，奇句驚人老尚耽。涼雨愔愔禪閣上，瓦鐙紅處有詩龕。吴丈鳴鏘鑄生。

衡門兩版窮棲處，率莫心期冷似冰。書擁百城廳四面，遲雲樓上有殘鐙。丁白月河。

樓船畫角大江深，拔劍從戎壯士心。盾鼻磨殘看山去，水師營裏作清吟。丁彦臣小農。

洞天福地掩荊扉，千里南田覲面稀。一自太初墳上别，滿山黄葉又紛飛。端木百禄小鶴。

支更詞

宵寒月黑悲風鳴，東鄰西鄰傳清更。笳管吹作篳篥聲，狹巷隱隱聞人行。疎星幾點芒角生，舉頭但見明河横。誰家少婦夜猶織？窗竅殘鐙緑無色。布衾轉輾冷於灰，欲眠不眠感胸臆。誰家公子偏風流？笙歌咽耳不知愁。金觥銀槽倒未休，翦燭今夜酣高樓。

題陸定圃廣文以□庚申紀難詩後

將軍驢背意蹉跎，市地驚烽障眼過。忠義幾人成鐵漢，東南半壁尚金戈。山湖劫火歸詩史，禾黍荒寒剩放歌。漫説廣文官獨冷，熱腸留得淚痕多。

六橋花柳已成塵，回首鄉關更愴神。烏戍秋風悲牧馬，白頭春夢獨懷人。三年家室常流轉，百首歌吟太苦辛。此日天涯同作客，團萍深幸結詩鄰。

贈均父

天馬行空不可訓，如君也復困長貧。況經身世逢喪亂，賸有文章泣鬼神。長爪通眉憐我輩，鳶肩火色定何人。席門席帽俱難遣，太息潛龍志未伸。

君還青海夢封侯，我負青山學飯牛。今日菰蘆同奉母，他年湖海或分流。枯桐爨後知音在，瓦缶雷鳴俗耳讐。莫問升沈莫惆悵，但期清節各千秋。

寄子高處士閩中

疲驢破帽人千里，野鶴空山夢十年。此去窮交星落落，至今離恨雨綿綿。定知獨抱孤芳冷，未必能爲肉眼憐。幸有隨身書卷在，此中便是寄愁天。

答均父訊

天末依人鬢欲蒼，故人無改舊行藏。卻憐塵海箏琶耳，不抵吴兒木石腸。莽莽吾生同絣縍，寥寥大地掃欃槍。果然銷盡紅羊劫，已乏瀼西舊草堂。

次楊佩甫伯潤見懷元韻

伏處塵土中，敢詡寥天鶴。踽踽復涼涼，文采日彫落。不飛又不鳴，可喜亦可愕。東置高閣乎，有一邱一壑。

魯望能言鴨，羊公不舞鶴。俗士盗虚聲，名實嗟瓠落。世事幻萬端，入耳輒驚愕。捷徑豈終南，奈何販雲壑。

贈虚谷僧

一衲閒遊未肯歸，一瓶一鉢是生機。槎牙肺腑横行筆，土木形骸壞色衣。大地儘堪容我老，何天不可以高飛。黄牛遠矣青獅近，詩畫禪林是也非。

一飲三百杯圖爲陳還還之題

酒腸如海人如龍，世間乃有陳孟公。少年倜儻負奇氣，糟邱高踞能稱雄。生涯麴蘖拍浮樂，醉鄉歲月神仙同。有樓百尺酒百斛，壺天清福殊無窮。黄歇浦邊春波融，黄公壚上春醪濃。亦狂亦俠約朋好，不衫不履時過從。伊誰旗鼓足相敵？酒兵一隊偏師攻。就中惟君稱大户，杯行三百仍從容。鼻出火，耳生風。不畏玉山頽，不放金罍空。一石周僕射，一斛鄭司農。八斗山巨源，五斗王無功。但恨古人不見我，誰知異曲原同工。況君能書善醉墨，酒聖自與書聖通。通隱只在城市中，自署麴部頭銜崇。恨我遠作孤飛鴻，詩天酒地何時逢。倘逢荷鍤從君去，不作花傭作酒傭。

分湖漁隱圖爲褚平巖世鏞題

人居塵網中，釣名復漁利。憧憧與攘攘，苦乏煙波氣。面目既可憎，語言亦無味。不樂一身閒，空勞百年計。惜乎澹蕩人，翻不得遂意。遑遑衣食謀，役役竿木戲。雖懷遯世心，徒抱窮途淚。褚生分湖居，湖水清無既。夙具瀟灑姿，頗愛菰蘆避。人事苦相迫，不獲一竿寄。擔劍走長途，槖筆佐大吏。高士鴻廡留，書生鵝籠庇。回思故鄉良，忍作脱屣棄。漁隱繢成圖，戔劈溪藤膩。中有寄愁天，中有埋憂地。笠子筍皮涼，艇子瓜皮繫。抱岸鷗沙長，臥波魚影細。風月既常新，風景殊不異。妙畫想從頭，苦吟還擁鼻。他日儻歸來，願把入林臂。君爲張志和，我作張仲蔚。詩人多妄言，談之何容易。

次蔣幼節韻寄蔣叔堅確

人生覿面會有時，十年獨恨逢君遲。聞君欲來未來際，相思相望愁千絲。客冬曾飲茸城酒，纜繫吟艭一揮手。蓬蒿不翦幽人居，短刺空投漫搔首。歸來闔户荒江邊，一鐙獨對書龕前。寒梅弄影動塵壁，疑君破墨之遺箋。淩生本是悠悠客，土木形骸與塵隔。側帽行吟自往來，落落窮交幾衣白。既不作，五湖泛。又不爲，五嶽游。安能瀉盡詩腸秋。可憐寂寞久居此，提鵰曳鷺江之洲。湖山而外友朋好，縋幽鑿空能探討。朅來詩國作閒民，千卷千秋紛在抱。我今不去君倘來，蕭齋讀畫焚麝煤。聯襼之樂自兹始，何當鬬酒同傾罍。帶水盈盈愁阻絶，神交卻異新交結。閒雲出岫未可期，所思不見廻腸折。春申江上生緑蕪，士多於鯽誰歟徒？石鶴不來病鶴杳，行將孤飛遠引隨所如。叔堅一號石鶴，余曾號病鶴。

爲董枯匏丈燿題手臨戴高士本孝山水册高士字務旃和州人父重字敬夫所稱河村先生者明季曾爲湖州推官順治二年起兵太湖中爲大兵所窘中流矢死務旃遂遁去隱居以終所居曰守硯廬

守硯終能歷劫灰，窮棲避地有蒿萊。惟將桑海遺民淚，寫出殘山剩水來。

鷹阿鶴澗兩幽深，世外蕭然耐苦吟。比是白頭姜仲子，一般冷墨畫冬心。姜鶴澗作詩喜用白頭字，人呼姜白頭。

畫本閒憮證火傳，濡豪揮灑盡雲煙。破琴生後枯匏叟，落落知音二百年。務旃自號破琴先生。

畫筆如龍變態殊，莫將瘦格笑倪迂。相逢我欲低頭拜，似見雲林十萬圖。倪幻霞曾有萬峰飛雪，萬壑争流等共十種，名十萬圖，世人但知其寥寥數筆而已。

國色國香册爲陳嗜梅丈綗題册高五寸許紙本爲顧横波畫蘭柳蘼蕪題七絶十首蓋真蹟也

崇蘭委涼露，抱兹幽谷香。美人含春愁，朱樓遥相望。素墨偶一灑，寒馥盈衣裳。同是散花人，雅擅生花筆，簪花格書復奇絶。秀才可惜不鍾山，世界何曾餘本穴。桑海煙雲幾斷魂，風流旖旎更誰論。玉人偶歛〔一〕薑芽手，詞客空留雪爪痕。楚楚娟娟，含豪邈然。倒好嬉子，仙乎其仙。長物還歸長翁手，陳丈自號湖海長翁。實翰墨之因緣。畫蘭即爲花寫照，詠花更有何人妙。數到千秋以上詩，君不見幽蘭啼，香蘭笑。

經過廢園有石巋然有感成此

不信人間有鬱林，石交枉自訂同心。翻疑米老真癡絶，攫石如何不攫金。
冷吟閒醉憶前游，片石摩挲劫外留。老屋荒江何處是，故山煙月使人愁。

鄧鐵仙啟昌爲陳還之畫秋柳鳴蟬漫題

秋心黯淡何妨瘦，畫境荒寒未厭奇。恰羡最高枝上住，只吟風露不啼飢。

徐烈女詩

歲庚申，月夏五，倉皇賊逼松江府。賊勢如蠭來，可憐那有乾淨土。徐家女郎志不凡，零丁避地心獨苦。一解

維女生名門，知禮還知詩。幽閨人抱幽蘭姿，厥父母兮，實深憐之。二解

憐之維何，欲字未字。林下風清，掌上珠媚。綠窗夢破晝沈沈，忽地驚烽來賊騎。三解

阿父都中居，阿母堂上存。孤懸一城若累卵，狼奔豕突悽心魂。殷勤扶阿母，竄影鄉與村。四解

村中居，聊止止。安樂窩，何處是。虎狼遍地難鄉邇，保兹千金軀。有生不如死，羅衣淚染鵑啼紫。奮身躍入溪中水，骨冷泉香從此始。五解

天語煌煌，既祠且坊，徵詩海内無盡藏。我今執枯管，闡幽非荒唐，女貞之木千秋光。六解

贈楊佩甫

秋士生涯一硯田，白衣人寄白鷗天。蒼蒼莽莽山林氣，泠泠清清水墨緣。通老苦吟成草際，逃禪香夢祇梅邊。逃禪姓本從楊，姑假用之。南湖舊隱歸難得，客裏光陰不計年。

題墨菊

空山幽隱自年年，瘦石孤花結静緣。四壁寒香秋士屋，一籬疎雨酒人天。狂吟未分詩成癖，坐對還參畫裏禪。何日斷除塵土夢，卜居長飲菊花泉。

題金保三丈德鑑雙瑁閣圖

端谿硯石剡谿藤，門巷深深夜上鐙。想見幽人偕隱地，圖書四壁閣三層。

弦詩讀畫盡風流，雙瑁齊飛墨雨秋。難得比肩人絶俗，彩鸞寫韻伯鸞儔。

又題保三丈小耕石齋圖

茅齋十笏無纖塵，幅巾野服中有人。杜門不用事干謁，硯田一畝能生春。買山無資畫山賣，歲歲年年償畫債。松煤繭紙高於山，此中便是清涼界。肘後還傳換骨丹，藥囊香透藥房寒。能令痼疾起苦海，此術爭如快活丸。貫酸齋嘗賣第一人間快活丸。婦能作書兒鼓瑟，翁也微吟學詩佛。花光滿户月滿床，斯人盡具神仙質。求書求畫客蹋門，藥裹更醒勞人魂。清名清福世無敵，一翁鶴髮人所尊。此屋何殊笑俗陋，吴仲圭嘗題其居曰笑俗陋室。此圖閲世堪長壽。老輩遺篇在上頭，珠玉淋漓非島瘦。展卷還熏篤耨香，賤子亦復搜枯腸。羨翁作畫襪材富，媿我詩才襪線長。

惜花謡

春風潑眼花光濃，散誕合作花田農。惜花有意正年少，花下春人態娟妙。花遊一曲殊可憐，花飛釧動愁當筵。花種將離人易别，嬉春漫負花時節。對花忽地生歡容，我欲送春兼送窮。

幼節索畫安蹇劣齋圖

卑棲如架巢，樂此荒寒意。長攜一尺書，便是埋憂地。十丈緑陰中，静會塵外意。莫使膩人來，溷我尋詩地。

滬江雜詠

岳王詞翰見英風，龍跳天門筆勢雄。浩氣長留貫金石，流傳争似滿江紅。

岳武穆詩石刻本在川沙北門外種德寺，兵燹後寺燬，川沙同知陳方瀛移置觀瀾書院。詩云：『學士高僧醉似泥，玉山頽倒甕頭低。酒杯不是功名具，入手緣何只自迷。』後署：『商丘狂學士李夢龍索余書於大梁之舞劍閣，岳飛草。』武穆《登黄鶴樓滿江紅》詞見於李申耆先生所刻之所見帖中。

輪蹄擾擾走輕雷，誰解荒菴訪古來。不道江干餘片石，大書深刻護莓苔。

静安寺内有宋理宗書『雲漢昭回之閣』六大字，石刻嵌於壁。而游人往來經過寺外，所未省也。

漁山石谷名俱重，浮海還山志不侔。始信絶交元有意，海濱留得土饅頭。

王石谷與吴漁山絶交，《畫徵録》謂因假畫卷不還之故。其實漁山後歸耶穌教，曾至歐羅巴，有遺冢在滬城南郭外，其墓碑題字可案。石谷至京師歸隱烏目山，禹鴻臚爲作《還山圖》。

猨叟書名滿天下，功深懸肘夙通神。墨池偶爾作游戲，驚倒申江一市人。

何猨叟薄游滬上，求書者踵接，潤筆頗昂，月餘獲二千金。有人乞書齋榜，爲寫『尊彝山館』四字，蓋微詞焉。

作隸能爲隼尾波，雕蟲篆刻費研摩。署名何事偏矜異，十字纍纍駭俗多。

富陽胡鼻山震，字伯恐，善分隸，刻印亦佳。嘗見署名云胡鼻山、胡鼻山人。胡鼻山則殊覺可異，後於夏日飲冰過多致疾而歿。

鄦書里董何人識，六筴編成別有心。一任世人呼怪物，不從海內覓知音。

仁和龔孝拱橙，字公襄，著《里董鄦書》及《六筴》，大抵以象形居多，嘗見其未定之稿，書尾自識云：『羲軒復起，不易我言。』平生好書古字，人多不識，目爲怪物。蓋比之宋時楊備云。

覺公遺墨太高寒，爲惜飛花墮溷殘。不向人間食煙火，恰從味外別鹹酸。

浦氏酒樓壁間有覺阿上人祖觀墨梅屏幅四，已稍稍汙損，詢之主人，知於亂後在光福舊貨攤以賤值購得，亟以他畫向易，重裱而珍藏之。

破浪乘風來海客，拖泥帶水訪山僧。偶留筆墨閒公案，嬾向蒲團打葛藤。

偕日本岸吟香櫻冒雨訪一粟菴柳溪上人今澄，與之論畫，抵暮方歸。柳公善畫山水，吟香亦喜寫蘭。

湯貞愍公梅花硯歌爲雲間張筱峰丈鴻卓作硯爲端石，形方質細，鐫梅滿身

片石棱棱孕山骨，剩馥殘膏出獅窟。忠魂已逐梅魂飛，硯以人重硯益奇。雨翁畫梅梅最夥，十萬梅龍筆端墮。硯田闢作梅花田，四面玲瓏香雪裹。勇退急流，與白雲游。紗帽巷中掛冠住，何妨石隱同巢由。況乎梅兄石兄日侍側，亦復相親相狎如閒鷗。湛淵一死争俄頃，大節長留心耿耿。神物天應呵護之，奇緣恰遇張三影。吁嗟乎，蹋天何愁紫雲割，人地不掩白虹出。歷盡蟲沙浩劫來，光怪還能争浴日。雲間詞客喜欲狂，寶之何異青琳琅。諸公健筆排長江，我亦作歌聲悲蒼，大家憑弔梅花王。

哀姚拙民孝廉

一家并命悲前日，三載飄蓬困爾身。滿目淒涼愁似海，寸心憔悴鬼爲鄰。遺文零落藏山稿，風度思量墊角巾。他日玉湖歸去路，隻雞絮酒爲君陳。

詩似長城書百城，此生原未限經生。譚兵不少聞雞舞，草檄還傳倚馬成。熱淚文章孤客夢，淡交金石友生情。至今冷抱殘編在，舊雨難忘昔日盟。

和人泛舟碧浪湖之作

十里明湖一掌平，翦刀風起縠紋生。恰從葦地萍天裏，閒喚吴娃打槳行。

清波瀲灩路迢遥，載得茶尊與酒瓢。八尺篷窗兩頭坐，偶然行過赤闌橋。

扁舟容與水中央，不釣鱸魚一尺長。好水好山全在眼，春來消受柳絲鄉。

野鷺驚人去復回，隨心來往水雲隈。何時也買蜻蜓艇，鎮日從君鼓枻來。

題幼節垂虹亭待月圖

行過松陵偶繫船，夕陽初墮水生煙。十分風景誠堪憶，鏡面湖光卵色天。

長橋宛宛路西東，野水荒亭暫寄蹤。待到淡黄涼月上，料應清露滿吟篷。

爲金吉石爾珍畫梅

削出一枝雪，寥然太古春。莫汙寒具手，羞對熱中人。蕭澹從吾好，孤高見爾真。珊珊仙骨冷，翹首出風塵。

案有剩紙寫梅寄蔣石鶴以詩媵之叔堅一號石鶴

小梅作花花正妍，凍香觸手清可憐。殘箋不忍敝屣棄，瀋墨卻比凝脂鮮。吟穿雙袖句初得，瘦盡一鐙人未眠。寫寄笏溪草堂客，相思相望自年年。

續懷人詩

清譚娓娓醉顏酡，酒德真能氣味和。苜蓿盤餐佐家釀，冷官偏覺著書多。汪丈曰楨謝城

避地申江有小樓，耄而好學自優游。異書手寫猶盈篋，鉛槧隨身雪滿頭。葉丈廷琯調生

生涯祇藉硯爲田，海上僑居又幾年。清福全家好書畫，劉綱夫婦並神仙。金丈德鑒保三

窮交情話日追陪，野店荒涼寄襆來。念到家山愁入破，牙籤萬軸委蒿萊。勞權巽卿

異地同游日夕過，奇文欣賞共摩挲。門攤市肆搜羅徧，留得遺民剩稿多。吳釗森曉鉦

一榻繩穿此暫留，白陽老筆氣橫秋。閒來攤飯澆詩罷，送客終年不下樓。陳丈綱嗜梅

君家群從君尤穩，嶺海遨遊別夢沈。説劍樓空人不見，漆書何處覓冬心。包虎臣子莊

橫雲外史畫中仙，名字渾同孟浩然。合向藝林推巨擘，煙雲供養筆如椽。胡公壽公壽

蔣生氣度自從容，淡宕襟懷酒一鍾。買得吳綃三百丈，興來顛倒畫梅龍。蔣確石鶴

孤蹤略似吾邱衍，蹩躠風塵世詎知。奇字羅胸人不解，秋來病骨苦難支。金嘉穗邠懷

落拓交遊到狗屠，平生命筆意常孤。俗書姿媚難留眼，冷抱殘碑學醜奴。蔣節幼節

文章官樣漫違時，解組歸來鬢欲絲。三絕才高雙管下，范湖謀得草堂貲。周閒存伯

邗江寓齋寄胡公壽疊用寄叔堅韻

酒樓一別殘秋時，蘆花送客煙艇遲。秋山滿眼夢秋士，夢境迢迢通一絲。秋士情懷託詩酒，丹青顛倒屠龍手。老筆長驅墨一瓢，百輩畫師齊俛首。胸中邱壑殊無邊，兔起鶻落來腕前。奇思忽發不可止，掃遍百丈青苔箋。更有窮棲三徑客謂叔堅，斗大雲間一城隔。眼似車輪筆似椽，悲歌慷慨中腸白。我今落落成獨遊，二分明月九分秋。忽作揚州雨淋鶴，襤褸瘦影依空洲。揚州不比乾嘉好，文壇書庫難搜討。仍從袁壘憶同儔，安得聯床豁幽抱。臘鼓將催吾更來，話舊一翦蘭釭煤。喜從楮國覩梅面，下拜合復陳山罍。虎頭妙墨真癡絕，龍頭瀉酒銷愁結。不數前朝畫狀元，如君合使人心折。天涯莽莽多寒蕪，哦詩且寄煙霞徒。遙知寫出青山賣，冷淡生活今何如？

題黃秋士鞠畫蓮塘美人小幀

澹妝初罷易輕紗，釵股沈沈壓鬢斜。涼露滿身吟未穩，曉風吹瘦一池花。

爲人題餐英小榭圖

老輩乾嘉悵客魂，餐霞人住傍花村。憑他苦雨淒風裏，消受寒香未出門。

一椽不築水雲鄉，不覺塵中歲月長。飽啖黃華三萬斛，年年安樂有餘糧。

爲及甫從父題採藥圖

笠子撐日群峰迎，幽人自縛芒屩行。峰迴路轉入巖腹，山中茯苓大如屋。劚之不用鴉觜鋤，一肩兀兀青松扶。煙霞萬古春不老，何必呼龍種瑤草。

聞石鶴與胡鐵梅璋同僦居滬上小樓偶書二十八字寄之

側身小住江之滸，詩魔酒癖時相伍。石鶴無端伴鐵梅，一樓風月撐千古。

同人游焦山歸沈丈亦香仰曾爲圖而索余詠之

看山著屐多酒徒，乘輿不畏寒侵膚。孤帆翦江類非馬，凍峰出水疑泛鳧。幽人瓜廬渺何許，老僧香積情非辜。歸來喜倩瘦狂沈，濡染還留壁上圖。

守鶴圖守《瘞鶴銘》也，爲焦山主僧芥航上人大須題

老鶴雖死石不死，能寶此石即鶴子。保殘守闕天所使，天使此山留此僧。片石剩作無盡鐙，聚訟紛紛如葛藤。千秋神物石骨冷，伊誰攫石無留影。《雲麓漫鈔》云：宋時有使者過，命工鑿取十許字。煮鶴貽譏殺風景，我來探碑山寺旁。土花剥落苔錢蒼，三宿其下仍不忘。空龕愔愔瓦鐙緑，山僧視我楮一束。有圖盈尺以詩續，别來歲月秋雲徂。我今作詩償夙逋，著糞佛頭真罪辜。

胡璋招飲金谷園酒肆在坐爲丁丈葆元林景禧大醉作歌紀事

十一月十一，曈曈日未酉。二客翩然來，招我市中走。爲言校場東，一客相待久。披衣出門去，摸索青蚨有。先啜茶社茶，繼飲酒壚酒。圍坐卓四隅，各人一面守。老屋打頭低，雙炬置左右。傭保擕酒來，陳肴七八九。惟肴有美惡，或受或不受。何如玉版師，足配此紅友。家雞與野鶩，物也必有偶。諫果小木奴，纍纍堆如阜。引滿自斟酌，各不相先後。酒腸寬於瓠，酒杯大於斗。浮白數十巡，乃覺酒力厚。爾汝絶虚文，不爲形跡紐。一客善諧辭，高縱談天口。大言驚比鄰，聲若洪鐘吼。一客嗜拇戰，自負霹靂手。較量及銖錙，形同市儈醜。燭跋酒已闌，凍月忽在牖。醉態雖頽唐，解囊各争首。悤悤扶醉歸，摇曳風中柳。回思此夕樂，仗爾

銷愁帚。明朝成此詩，聊爲酒人壽。

梅花嶺史忠正公衣冠墓題壁

孤忠祠墓在，憑弔太荒涼。鐵石梅花骨，衣冠墳土香。殘碑蝕蒼蘚，遺礮冷斜陽。碧血蘊何處，千秋發異光。

送人返滬瀆

特向江干一送行，蕭蕭落木正潮生。料知明日歸帆疾，飛過瓜洲鬼臉城。

三十樹梅花草堂主人高叔壽翔重理故業以賣畫爲生計索題其潤格

冷淡生涯翰墨緣，不能免俗效前賢。先生不敢高擡價，只取人間短陌錢。照板橋道人原價減十之二。

爲王楚賓湘題湖上采菱圖

明湖如鏡復如羅，小小輕舟兩兩過。隄畔長橋橋畔柳，柳陰深處有菱歌。

秋風客子記頻仍，客裏披圖感不勝。安得故鄉風味美，秋來飽吃闊腰菱。

聞金邠懷嘉穗歸自日本作詩寄之

萬水千山外，天風送海濤。跛仙一夕至，别夢五年勞。花月根游屐，雲霞絢彩豪。可憐黄浦樹，依舊隔江皋。

送杜西鳴鳳岐回嶺南即次其留别元韻

淡交落落意仍殷，塵世尋盟跡太紛。常覺胸中露書影，不教面上著韡紋。迂疎情性成三拜，然諾精誠重十分。料得書仙歸去日，有人思换白鵝群。

陳古彝别駕寶樽屬題母夫人蕉窗試硯圖夫人湯氏海秋侍御女芝楣制府子婦著有蕉硯詞

緑雲滿地蕉爲鄰，湘簾棐几無纖塵。中有名媛事柔翰，琉璃硯匣時隨身。清福平生在書卷，自然好學天所遣。閒吟長把紫蘊豪，苔箋涼共蕉心展。片石摩挲比玉温，璧人旁侍有文孫。新詞琢罷研秋露，鏤月裁雲無俗痕。换羽移宫推妙手，著作長留堪永久。漱玉新聲林下風，傳遍詞場不脛走。

為胡鐵梅題梅花美人小幅

苔枝窈窕春娟娟，花下有人嬌可憐。此花冰心若巢許，之子玉貌疑神仙。疎影横空劃香界，凍月墮地成瑶田。亭亭獨立不歸去，欄外不覺生春煙。

自維揚至豫章小詩十二首

小車軋軋六濠行，一上輪船眼便明。千里長江安穩過，浪花如屋不曾驚。瓜洲至九江計程一千二十餘里。

沙頭喧渡各倉黄，古店荒城暫卸裝。山轎一肩穿嶺去，亂山堆裏是姑塘。九江陸行至姑塘四十里。

鞵山西去蝦蟆石，鞵山即大姑山，以形似也。卅里程途好掛篷。喚得湖邊巴斗子舟名，維舟今夜宿屏峰地名。

篷窗侵曉順風行，行到吴山半日程。最好望湖亭子上，晚山如黛晚霞明。

行經昌驛還樵舍，雞籠山過到省城。訪古滕王高閣畔，婁妃墳上草初生。

柳隄吹遍翦刀風，淼淼東湖入望中。閒向百花洲上去，草衣芒屩拜蘇翁。内有蘇翁祠，即宋高士蘇雲卿也。

尋遍市中荒貨店，躍龍池畔幾徘徊。行囊但購新詩卷，也算貧兒驟富回。購得《江西詩徵》、

《江蘇詩徵》等書。

悤悤返櫂負清遊，七日章門此逗遛。更買省城鴉尾子，榜人七十善操舟。鴉尾子，舟名。舟子王姓，年七十餘，而精力甚强。

孤城斗大南康府，睥睨雲峰五老顔。卻恨此行無眼福，朅來曾不上廬山。道出南康，擬遊廬山，而城中滿目荒涼，覓肩輿不得，廢然而返。

九曲三灣山澗水，千篇一例野田花。倘來眼底便成句，且向荒村坐吃茶。自姑塘回九江道中書所見。

邗上臨行柳未芽，清明時節客還家。水程一路有茅舍，開遍山桃無數花。二月中旬桃花已開闌，此九江以上風景。

來去無聊各有詩，十年辛未仲春時。鄱陽風浪潯陽月，都遣先生領略之。

論印絶句八首

盧公大節仰遺風，玉印長留篆脚紅。入手忠魂應未泯，秋鐙照影氣如虹。明季盧忠肅公雙玉印兩面刻字，硃文曰『迫生不若死』，白文曰『大夫無境外之交』。硃文曰『孝者竢忠而成』，白文曰『取彼譖人投畀豺虎』。蓋厄於楊武陵時所作也。

芻狗齋中黄九烟，曾將樂府譜人天。熱腸冷面平生事，傲骨稜稜不受憐。黄九烟進士著《芻狗齋》、《夏爲堂》等集，又《人天樂傳奇》。自刻兩印，一曰『性剛骨傲腸熱心慈』。其一乃詩一首云：『高山流水詩千軸，明月清風酒一船。若問阿誰堪作伴，美人才子與神仙。』

畫手清閨妙入神，神仙眷屬是天親。芝泥紅出嬋娟影，中有亭亭絕世人。陳素素善畫，國初姜鶴磵高士侍姬也。嘗見畫水仙一幀，印文三，曰『二分明月女子』，曰『玉臺金屋』，曰『翡翠筆床無時離手』。

摘來盲左入私章，佳話流傳翰墨場。甘作青藤門下狗，板橋老子太清狂。鄭板橋燮有印曰『燮何力之有焉』，又有『徐青藤門下走狗』印。

傾城名士繫相思，旖旎風流貰酒時。豔説柯山老詞客，任人喚作有情癡。德清嚴修能茂才元照通經淹雅，尤善倚聲，著有《柯家山館詞》。愛妾名香修，凡詩篇尺牘皆鈐『香修』二字小印。嘗效當壚故事，此亦才人放誕伎倆也。

作達偏將榜尾稱，依稀張叟有傳鐙。公然割取西廂語，畫壁渾同悟老僧。吾鄉孫柳君孝廉衍慶博學，善古文。中榜末舉人，有一印曰『解名盡處是孫山』，此與禾中張叔未解元之『風魔了張解元』，同一貼切詼諧也。

湖山風月樂徜徉，如此高情獨擅場。卻向海東傳韻事，紅蘭佳耦有梁張。日本美濃人梁緯，字公圖，人稱星巖先生。以詩鳴，從游者千餘人，高尚不仕，偕其妻紅蘭女史張道華景婉遨遊山水間。著有《紅蘭小草》、《星巖集》。見其印文曰『梁張』，蓋踵趙文敏、管夫人故智耳。

學山堂譜漫稱雄，印手專家篆刻工。忍俊一時癡絕語，怪他真是可憐蟲。張夷令集印客刻《學山堂印譜》，內有一印曰『算來白石清泉死，終勝兒啼女喚時』。

寒夜爲吴門石梅孫丈渠畫梅

瓦鐙熠熠朔風攢，人倚屏山夜正闌。卻寫苔枝寄相憶，二分明月十分寒。

寫隔水疎梅便面寄子高處士於金陵

江路無端見野梅，故人消息隔江隈。相思有夢輕於絮，隨著寒香渡水來。

爲鐵梅畫梅綴以二絶句

寒梅寂寂得春遲，黄土岡邊見一枝。記得獨披風帽去，薄冰殘雪史公祠。

懶數從前老畫家，一枝枯管自横斜。可知骨相元孤傲，强半開成仰面花。

爲人題高叟畫梅有弱不勝衣之態高叟叔壽自號

亭亭獨立昏黄候，雲窗霧閣寒香逗。絶似佳人秋病甦，冰肌怕被風吹瘦。

鐵梅以石鶴畫梅横幅贈丁丈蘭生旋轉貽令兄筱農觀察於濟南

屬爲題句行人遄發信筆成此

石鶴善寫梅，放宕爲古榦。胸中氣鬱蟠，筆力類鐵漢。縱之復横之，一龍墮天半。花光大如拳，萬斛香雪爛。轉展相贈遺，不用斗酒換。急足走千里，聊供静者玩。薫之沈水香，匱之古錦幔。莫使俗士觀，令梅發長嘆。

葉第花春華自湘中寄横雲山民畫幅索題

一客來自湘水東，視我畫幅束筍同。開囊懸掛雪色壁，虚堂肅肅生寒風。藏者葉生故人子，畫者華亭横雲翁。横雲繪事妙天下，巨手久擅丹青雄。葉生寓書意鄭重，索我著墨鴉塗濃。畫中何所有？長松夾立雙蛟龍。下有翳茅屋，趺而讀者居其中。屋後青山屋前水，暗泉鳴砌如秋蟲。草疎石瘦有閒意，境界幽異開塵蒙。惝怳欲入畫中住，煙霞痼疾來相從。昔君先人繪書隱，我曾題句留泥鴻。尊甫菘龕茂才嘗屬題《書隱圖卷》。不圖蟬蜕竟仙去，去若黄鶴無遺蹤。令子温文復爾雅，挺秀不翅巖間松。性耽文藝繼先躅，一編兩世書鐙紅。亦爲書隱亦市隱，市廛托足山林胸。笑我年年爲廡傭，枕流漱石何時逢。搜腸爲爾作長句，魂夢還應藉畫通。

題王小梅丈素湔裙圖

幽嫻情性綺羅身，指顧韶華又暮春。三月鶯花明錦地，一灣螺黛弄波人。可曾繡閣呼知己，同叩芳津及此辰。賴是玉纖親洗後，不教留惹軟紅塵。

爲胡二梅琦題小影

獨坐凝眸意灑然，胡郎風度自翩翩。横山範水傳家學，寶月華星正少年。兩世論交新舊雨，二難競爽畫書禪。形神逼肖呼能出，展卷抽豪亦墨緣。

題惲香山山水巨幅

墨韻蕭疎筆氣蒼，早宗董巨晚倪黄。汝南月旦分明甚，品畫應推宋漫堂。頗辭簪組閉柴關，畫旨流傳見一斑。憶得遺民留老眼，閒將破墨畫殘山。

贈邱履平心坦

不見已聞名，相逢快此生。一貧餘短褐，五字抵長城。劍抱潛龍氣，人驚猛虎形。丈夫原血性，全異盜虚聲。

子莊屬題湯貞愍公詩稿尺牘墨蹟

儒將風流迥絶倫，清詞霏玉自鮮新。只看淡墨斜行字，如見輕裘緩帶人。獅窟荒涼悲昨夢，鴻泥陳跡證前因。寥寥涉筆堪千古，始信當年老斲輪。

又屬題姚薏田金壽門兩先生詩札

一經兵燹後，冷墨尚流光。偶入珊瑚網，還緘古錦囊。藝林推老輩，遺翰表孤芳，長物能堅守，摩挱喜欲狂。

手稿名孱守，頭銜署恥春。清羸劬學士，幽夐古畸人。居與王孫近，書傳餓隸真。偶然流露處，胸次總無塵。姚先生集名《孱守齋》，所居在蓮花莊，即趙松雪故居相近，金先生一號恥春翁。

方小東刺史朔以姬人桐花閣内史李賓畫松寄贈報謝二首

桃葉渡頭屋，桐花閣裏人。蛾眉擅奇慧，兔管自通神。翰墨前身契，丹青粉本新。六朝煙水地，深羨結鷗鄰。

貽我畫松好，蒼寒筆底秋。全宗白陽派，疑有緑陰流。姓氏儕今是，生涯與古謀。遠山眉黛色，相對定忘憂。明葛徵奇妾李因字是菴，一號今是菴，又稱龕山女史，善畫。

改再薌阿壽以令祖七薌居士玉壺詞稿索題詞

斵冰翦水清無儔，片言墮地天爲秋。冷韻如仙鶴能語，香心有骨梅同修。銅琶豪氣雅難匹，石帚高情或爾侔。雲璈水瑟偶一奏，豁盡人間塵土眸。

爲楊石卿大令鐸題三十樹梅花書屋圖

老梅塞户香刺天，此中有人頑若仙。亂頭麤服意自適，飲水讀書清可憐。居有東西屋鱗次，枝分南北花蟬聯。羡君善享清閒福，冷抱冰心不計年。

題吴蒼石俊齊雲館印稿

敢將小技薄雕蟲，詣力深時鐵畫工。一意孤行秦漢上，十年劬學琢磨中。昆吾刀自能攻玉，急就章還擬爛銅。古致蒼茫天趣在，豈徒篆法繼斯翁。

又題其蕪園圖

小園一畝蕪可憐，此中居者應有緣。竹木蕭疎石奇傑，皆以荒率全其天。青苔上榻企脚臥，閒吟擁鼻心陶然。問君生事計安在，是園以外惟硯田。奉母頻年出負米，未得與園常周旋。往來吴門僦屋住，局促如牽岸上船。作圖莽莽寄遐想，蒼寒滿紙生雲煙。我今讀畫意棖觸，故鄉山好情纏綿。他時倘遂卜鄰約，爲君更賦逍遥篇。

又題蕪園第二圖

甕牖繩樞位置便，山居草草得安然。蓬蒿不翦餘三徑，邱壑無多别一天。但有石床容蹇士，未須金谷羡時賢。茅堂十笏堪容膝，久客歸來意已仙。

爲人題行看子偶作三體詩

畫閣正清幽，羅幃半上鉤。夜分人未寐，紅瘦一鐙秋。

窗外緑陰如墨，壁間白堊無塵。問字忽來精婢，抽書時見先民。

閉户閒吟樂有餘，良宵風露滿庭除。縹緗萬卷憑誰管，合讓蛾眉作掌書。

爲王小汀茭題小梅老人畫東坡石銚圖

偶然石銚著髯蘇，韻事千秋總不孤。我爲君家徵故實，九龍山上竹爐圖。

又題八仙圖（集畫師八人合作水仙横幅，以小梅翁爲最佳）

角勝争奇各逞妍，伊誰丰格出天然。雪蕉家學分明在，老筆還應壓衆仙。

題胡覺之大令寅兒曹習射圖

箭鏃飛馳白羽翻，兒曹習射向郊原。爭如九歲朱童子，金帶能成武狀元。宋朱童子虎臣，浮梁人。年九歲，紹興間武殿試，十二矢中九的，講《孫子兵法》、諸葛八陣圖，賜金帶武狀元，補承信郎，見《饒州府志》程元祐《贈朱童子》七古詩注。

偕江蓮峰太華遊上方山禪智寺即次蓮峰元韻

幽人喜冷游，步屧選暇日。惜無峰巒奇，有山只平實。上方剩枯寺，匿影類遺逸。游目聊勝無，塵襟偶一拂。寺門得殘石，髣髴古人筆。虎賁冒中郎，難與佳刻匹。竹西有芳逕，勝地已荊棘。昔當全盛時，未覺營造力。煌煌選佛場，鑾輿數登陟。金碧既莊嚴，水木亦明瑟。兵火變荒墟，衰盛難一律。何時復舊觀，低回三嘆息。

題汪硯山文學揚州景物圖册

迷離往跡感年華，勝地維揚自昔夸。粉本經營胸有竹，才鋒橫溢筆生花。囊中收拾新詩料，郭外難尋舊酒家。天遣此翁留老眼，還期全盛覩乾嘉。

約高叔僤行篤張乳伯行孚兩嵯尹平山秋泛

著了芒鞵趁早閒，清秋時節足開顏。煙波畫舫湖邊路，花木禪房郭外山。舊雨兩三同快敘，高風六一杳難攀。他時重鼓登臨興，歷歷游蹤在此間。

夜靜讀冬心定盦兩先生集

病梅館主龔禮部，枯梅菴主金徵君。筆下滌盡塵土氣，胸次嘔來冰雪文。白虹出地豈能掩，黃鵠摩天殊不群。一鐙相對樂忘倦，街柝頻催總未聞。

題張叔未解元遺象

新篁里內清儀閣，老輩風流尚可追。鄉榜龍頭名父子，畫圖鴻爪古鬚眉。癖耽金石人同壽，傳到雲仍澤詎哀。今日只留遺象在，圖書散盡亦堪哀。

子莊索題其姬人陳貞蓮女史淑真花卉册

香海移家一棹回，僦居仙館有蓬萊。隨身檢點閒家具，畫篋詩囊滿鏡臺。

畫派鴛湖久擅場鴛湖外史張子祥，蛾眉低首拜門牆。從師若仿龕山例，合把沉香製白陽。龕山女史李因以沉香製陳白陽象供奉之。

果然林下有清風，粉本臨摹點染工。翡翠筆床時在手，二分明月是同宗。二分明月女子陳素素有『翡翠筆床無時離手』小印。

清才清福證雙修，夫子書仙第一流。想見挑鐙齊讀畫，更無塵影到心頭。

韓江雜詠

三策天人王者師，江都遺愛剩荒祠。榜書恰有南枝叟，想見清寒售字時。北柳巷有董子祠，其門榜三分書爲戴南枝高士手書。高士名易，乃劉念臺先生弟子，曾售字積貲爲徐俟齋孝廉營葬，至隆冬衣葛者。

竹西亭址認依稀，禪智山光澹翠微。三絶空教餘斷碣，廬山真面已全非。便益門外五里許上方山有禪智寺，僅存茅屋數椽，一野僧居焉。寺門外有三絶碑嵌於壁，已剥損。三絶者，乃吴道子畫寶志公像、李太白贊、顔魯公書，然係明代翻刻，不足觀矣。

風流文采推朱十，邗上題襟幾度經。不道僧寮留坐具，銘詞應補曝書亭。天寧門外天寧寺方丈有竹垞翁漆坐具，尚完善，銘語分書百許字，爲《曝書亭集》所未收。當時曾手拓之，後竟不知所在矣。

蜀岡勝地著名賢，傑構重新又幾年。楹帖已芟伊太守，居然過眼若雲煙。平山堂上本有伊墨卿太守手書聯云：『隔江諸山到此堂下；太守之宴與衆賓歡。』兵燹後方子箴都轉重修屋宇，不用此聯，皆易新句矣。

甘泉山上琉璃墓，絶似訛傳杜十姨。西漢字還存碩果，揭來椎拓任搜奇。甘泉山惠照寺有古石三，上有字，爲阮文達搜得之。一曰『中殿夷廿』，一曰『第百卌』，其一模糊不可辨，字在篆隸之間。甘泉山本漢厲王胥墓，土人訛爲琉璃王墳，遂定爲厲王冢，石移置府學宫。

梅花嶺畔有荒邱，聞道衣冠碧血留。姓氏儼然遺礮在，孤忠勁節自千秋。廣儲門外有史閣部衣冠墓，尚存鐵礮一尊，鐫字爲『崇禎甲申某月日南京兵部尚書史及參將江城監造』等字。

射陽古道伊誰訪，石刻長留不計春。知己忽逢金石癖，巧偷真有嗜奇人。寶應射陽聚即漢射陽古城，有石刻畫像，上有『孔子弟子老子』六字。汪容甫以錢五十千倩人竊得之，並自署門云：『好古探周禮，嗜奇竊漢碑。』容甫身後其子喜孫送還寶應，今在畫川書院。

絃誦終年樂有餘，繩樞甕牖得安居。晉琴唐石夸奇貨，標榜人傳處士廬。梅嵇菴植之藏嵇中散琴及唐貞元田府君並夫人冀氏兩墓志，因書門聯云：『家有貞元石；人彈叔夜琴。』今此二物已爲真州張午橋觀察丙炎所購得矣。

石亭菊丈寅恭以戴文節湯貞愍畫扇合裝小幀索題爲賦三首

河陽郭，江南徐。名所同，名不虚。文節有小印曰『與河陽郭江南徐同名』。本是玉堂仙，入世幽懷冷。逸氣發豪端，蒼寒墮秋影。鴉背殘陽雁齒橋，江干七樹何蕭蕭。文節所畫聚頭扇爲《江干七樹圖》。以少少許勝多許，尺幅居然見千里。

六橋驢背人，三月黃冠客。『六橋驢背故將軍』及『羅浮三月黃冠客』，皆貞愍所用小印也。翩翩儒將擅風流，落紙揮豪見標格。磊砢長松，遥山萬重。小亭如笠撑秋空，中有一人長吟翁。翁疑七松之處士，畫境蒼茫淡如此。貞愍所畫紈扇七松環擁小亭，一老人趺坐其中。胸中有邱壑，腕底生雲煙。零星妙繪已足寶，況乎二忠遺跡相流傳。琴隱園，賜硯齋。珠聯璧合殊復佳，不使蠹蝕還塵埋。懸之虚堂雪色壁，翰墨良緣千古諧。

爲鮑少筠醝尹昌熙題左寧南奉督師孫公檄轉行揭帖

銀印芝泥跡未陳，將軍平賊意因循。須眉不及蛾眉壯，名媿桃花馬上人。揭帖前後皆鈐平賊將軍印，方三寸三分，柳葉篆，時爲崇禎十六年八月二十日。『桃花馬上請長纓』，莊烈帝賜石砫女土司秦良玉詩也。

又爲題小玉印白文四字曰萬歲無極

玉印玲瓏入手寒，篆痕勁似出豪端。尊卑共本中郎語，文字還同古甓看。此印小秦璽之屬。璽，《説文》從土，籀文從玉，古印譜有私鉨及某氏之鈢，蓋鉨、鈢皆璽字。蔡邕《獨斷》云『古者尊卑共之』是也。古甎文有『萬歲不敗』、『萬歲累世』等字，可見萬歲二字非盡人君所稱。

吴仲遠分轉允徠奉差江右覆舟鄱陽湖遇救無恙因繪波餘圖爲題二絶句

平生胸次水雲寬，莽莽天涯寄一官。如此風波欣出險，料如詩膽尚餘寒。

與世浮沈信可哀，幾人能識不羈才。科頭晏起尋常事，怪底冰夷肆虐來。

梁溪馬貞烈女詩女名大寶

小家知大節，狂暴枉相侵。奇烈能完璧，香名比賽金。吾湖峴山之麓有烈女吴賽金墓，年十六，拒暴被戕，請旌建坊。一抔留淨土，千古表貞心。鄭重徵題徧，瑶華蔚若林。

敬題族伯少茗先生介禧遺像

有道須眉尚儼然，吾宗耆舊至今傳。姓名志乘風流遠，經濟平生水利編。著有《蕊珠仙館》、《東南水利略》。老輩典型天爵貴，清癯骨相地行仙。卻從圖畫瞻遺像，鶴髮松身似往年。

爲唐菊夫鹺尹如嵩題紀游圖

跌宕情懷汗漫游，萍蹤隨處足句留。帝京景物鶯花麗，故里清華水木幽。大好湖山雙蠟屐，無邊風月一扁舟。勸君更鼓登臨興，踏遍岧嶢五嶽秋。

爲朱養儒遇春題晴窗鑒古圖

與世酸鹹迥不同，瑰奇煙墨盡羅胸。千金敝帚千秋蹟，都在蟫殘鼠蝕中。

書畫船爲安樂窩，明窗淨几日婆娑。知君眼大如箕者，留得遺珊入網多。

爲王楚賓題行看子

書帙琴囊自在身，玉兒親勸玉壺春。羨君家世能耽酒，五斗先生有替人。

百尺長松七尺身，年年消受瓮頭春。石交亦足傳千古，小傳何妨續印人。君善鐫印。

再續懷人詩

金石搜羅號大家，鸞飄鳳泊走天涯。年年古道黃塵裏，拓本叢殘載滿車。楊石卿丈鐸

六朝碑版有心傳，投老荒菴鬻字緣。七十衰翁雙耳聵，夜來長對佛鐙眠。吴攘之丈熙載

磨墨磨人可奈何，先生妙墨繼新羅。蕭條身世蕭閒筆，窮老依然畫債多。王小梅丈素

枕經跋尾餘三卷，宦海浮沈感二毛。富貴殘甎作遺贈，聊將古甓當投桃。方小東丈朔

樸學終年異啖名，閨中寫韻共高情。小園半畝書千卷，布襪青鞵老此生。李賓隅丈祖望

畫境沈酣自一家，堆床絹素亂如麻。微官偏有閒中趣，破帽籠頭自煮茶。李小淮丈匡濟

狂譚大噱豪猶昔，繪事精能筆氣遒。遊遍黃山酬夙願，竹西歸臥草廬秋。胡覺之丈寅

薄宦天涯別恨長，魚書寄我字千行。辨疑析異心如髮，碑課群推績語堂。魏稼孫錫曾

博學多能大雅扶，任人故態笑狂奴。目空一世才如海，壓倒千秋筆陣圖。趙撝叔之謙

傳經三世擅清名，一室怡怡好弟兄。絶憶淮南著書地，青谿舊屋緑楊城。劉恭甫壽曾

胸無城府自天真，十載論交笑語親。篆籀功深摹獵碣，苦心孤詣有斯人。高叔徲行篤

古刻臨餘静掩關，晨書暝寫足開顔。憑他十丈黄塵裏，野鶴閒雲自往還。張穎仲維嘉

環堵蕭然獨寤歌，寒氈枯坐事編摩。績谿績學家風舊，贏得蟬聯著述多。胡子繼培系

陶詩歐字倪黄畫，此老平生自道之。頖水重游年大耋，手攜髡管尚臨池。董枯匏丈燿

瘦羊博士今詞伯，禪榻中年感鬢絲。羨殺高懷如水淡，少温小篆少陵詩。潘麟孫鍾瑞

拔劍高歌猛士風，壯懷鬱塞有誰同？平生獨立蒼茫意，只在歸來一集中。邱履平心坦

煙雲揮灑能千變，斧劈麻皴異臼科。會得解衣盤礴趣，人間猶有大癡哥。顧若波澐

絶似佯狂温相公，丹青點染技偏工。畫禪别具廣長舌，談謔風生四坐中。蓮溪上人真然

秋日梁溪道中

落葉打船頭，西風送客舟。鐘聲穿樹出，帆影貼波流。秋色歸樵擔，斜陽上酒樓。鷗程知不遠，前路是蘇州。

吴門顧氏怡園主人索題梅花書屋圖

芳園富邱壑，窅若仙人家。别闢數椽屋，惟見梅之華。寒香抱户牖，窈窕春無涯。虚堂透

涼月，瘦影紛橫斜。

寒梅女字枝，詩人山字肩。相對兩清妙，苦吟日流連。心契静中地，香穿空外天。顧梅壽無極，淡交忘歲年。

庚辰冬旋里月餘歸途得小詩八首

十四年來夢，方爲故里行。只看苕霅水，依舊昔時清。

山水仍清遠，僧廬瓦礫多。尚餘唐石在，經過幾摩挲。天寧寺尚存唐經幢數座。

垂柳長橋畔，曩年日論文。於今舊游侶，落落幾晨星。

古琴明代製，殘甓漢時留。珍重朋儔意，輕裝伴客舟。高叔壽貽明益王琴，陸存齋以甘露斷甎持贈。

煙水吴門路，斜陽暫繫橈。明朝侵曉發，未訪醋坊橋。俞劼叔寓醋坊橋，未及往訪。

展卷篷窗冷，遥牽百丈行。奔牛風雪緊，權宿吕蒙城。

淺涸丹陽水，風寒又作冰。驅車郊外過，片石剩延陵。道旁見延陵十字碑，蓋蕭定所模刻者。

馬嶺經行處，纔過鐵甕城。渡江心太急，空憶蔡瑜卿。蔡瑜卿時館常鎮道署。

次孫半農柯贈別詩元韻

舊雨情深有所思，寒梅寫贈一枝枝。故人淡比苕溪水，骨秀神清似昔時。

鎖苕橋畔雨如絲，正是東塘放櫂時。行過吴門天又雪，忍寒吟得憶君詩。

爲東臺蔡履乾茂才題北堂夜課圖履乾生五歲而孤母繆教之未弱冠而青其衿林錫三學使書畫荻風清扁旌之兩江制府沈文肅暨蘇撫吴子健中丞聞於朝得旨建坊履乾因繪斯圖而徵詩焉

劉向傳列女，首重在母儀。孫頎録賢母，端爲表母慈。宋太常少卿孫景修名頎，少孤，而教於母，因爲賢母録。卓哉蔡氏母，豈僅女中師。堂堂任五經，蒲有母任氏，知書，里中號任五經。博雅無不知。且更擅八法，頗似衛茂漪。母善書法。五齡子失怙，比是何家兒。幸賴母聖善，教養能兼之。《南史》：何承天五歲喪父，其母徐聰明博學，故承天幼知訓義。楹書每親授，手澤先人遺。篝鐙夜課讀，弗使荒於嬉。焚膏冷相對，就枕宵恒遲。脱簪置典籍，汲古深取資。勖以名世業，意不專文辭。即以文辭論，力學純無疵。一衿列横舍，弱歲香名馳。母心乃克慰，不負苦節持。旌門出學使，大府咸陳詞。因之達天聽，煌煌恩綸施。尚念罔極德，莫遂烏鳥私。作圖冀不朽，聊以舒孝思。徵詩及鯫生，敬仰生嘆咨。片言爲君告，愛此春暉時。努力日進德，顯揚尤在斯。

三君詠 三君者皆終身不娶

不矜家世盡簪纓，古淡情懷似水清。筆硯精良爲樂事，世間蠻觸總無驚。張維嘉穎仲，杭州錢塘人。

眉飛色舞快當筵，東海歸來興欲顛。至竟窮愁猶似昔，客囊揮盡賣文錢。金嘉穗邠懷，蘇州元和人。

無争於世豈求譽，簡出深居樂有餘。什襲但餘金石刻，蕭然況似野僧廬。丁則蘭問松，湖州歸安人。

贈日本吉堂海復

域外如君畫筆稀，丹青工妙有靈機。悠悠水國知魚樂，杳杳長天共鶴飛。大海萍浮欣會合，高樓茗話即分離。西湖煙月東瀛水，一路蒼茫送爾歸。君最工畫魚，客於武林吳山甚久，今將回國。

爲葉叟題七十小像

何處響山籟，風泉滿耳中。言看太古月，來對歲寒松。世外支離叟，人間矍鑠翁。神仙好標格，麋壽樂雍雍。

題鄭苕仙女士百花圖卷女士名蕙又字懷蘇爲芝巖給諫嵩齡之姑適新安程氏咸豐癸丑歸寧母家粵逆犯揚城女士作滿庭芳詞一闋從容殉難焉

暈碧裁紅燦若霞，璇閨妙筆自清華。錚錚獨抱千秋節，不比尋常没骨花。

翰墨緣深夙擅長，可堪身世遇紅羊。鄭虔縱是稱三絶，那及貞魂姓字香。安禄山授虔以僞水部員外郎，國家收復，貶台州司户。

放舟至武林有感

忽地乘舟有此行，客中草草又清明。看來柳色將三月，夢遶揚州共幾程。迢遞偏遲紅鯉信，蹉跎虛負白鷗盟。何時金石書叢裏，兩版衡門老此生。

爲人題種瓜圖

拓得一弓地，栽成五色瓜。不須課晴雨，抱瓮是生涯。

二月喜逢辰，齊民術可守。種瓜而得瓜，緜緜皆我有。

酷暑苦相逼，晴空火傘開。緑沈涼似玉，聊以鎮心來。

南瓜以爲糧，可以永朝夕。千載緬高風，澗上草堂客。

西湖偶詠

騎驢湖上影隨形，居士清涼意獨醒。勇退急流猶感舊，題名留重翠微亭。靈隱山翠微亭有紹興十二年韓蘄王題名，蓋岳武穆本有《池州翠微亭》詩，王殆痛念武穆，故築亭而仍此名歟？

富翁百二硯田良，筆墨瑰奇擅勝場。前後江湖供嘯傲，不知何處著書堂。吳山之勝，前江後湖，憶金冬心曾有『前江後湖書堂』印，『百二硯田富翁』亦冬心所自號也。

白舫青簾水一方，湖山風月任平章。水仙恰有天隨子，羨殺當年自渡航。陸筱飲解元飛善書畫，嘗製一舟，名自渡航，置西湖中。以舟爲家，來往自如，其高致可想焉。

文瀾閣圮已荒蕪，劫後重新復舊模。願作長恩護書庫，儒林傳得抱殘圖。丁松生徵君丙於兵燹後購得文瀾閣書若干種。時左文襄爲浙撫，入告，蒙賞知縣，徵君因繪《書庫抱殘圖》，並廣爲搜輯，冀復舊觀。

泊舟禾中即柬莫韞香懷寶時韞香返淮陰余則之暨陽也

滿湖煙雨泊舟遲，秉燭篷窗話別時。記取明朝分袂處，落帆亭畔酒仙祠。

哀江子平孝廉珍楹

總角論交幾友生，江郎生小本聰明。才高喜作神仙語，意妙常多綺麗情。奔走三巴謀菽水，窮愁一第限科名。悼亡再賦渾無奈，壘塊填胸總未平。

一別悤悤經二載，聯床重憶廣陵城。談諧閒作心無忤，老大徒傷志未成。靈氣銷殘同物化，詩篇删剩有誰評？無兒有母淒涼甚，門户端應弱弟撑。

書金邠懷遺著後

東海遨遊此壯行，東方諧謔似先生。詞章厭作尋常語，身世空留放誕名。秋士愁多終抱異，春蠶到老吐絲成。囊金散盡靈文在，著述能傳亦快情。

七月廿二日卧病澄江齹局時風潮突至床下皆水匝月病瘳感成此作

升堂入室水湯湯，有客呻吟正在床。四壁風如出林虎，一身病類觸藩羊。擁衾獨對鐙前影，選藥還求肘後方。今日瘧魔驅遣盡，胸中豪氣又飛揚。

澄江雜詠

瑟居無侶掩荊關，掃地焚香意自閒。閒裏偶尋雙不借，獨游時上瞰江山。君山以春申君名，一名瞰江山，舊有翠煙廳、時雨堂、松風亭諸勝，又有梅花書院植梅千樹，今皆無之。惟東嶽廟在山麓，真武殿踞其巔而已。無聊時每一登臨，以資遐眺。

海天一柱剩遺蹤，坊石嵯峨碧蘚封。留得撐天忠義氣，江頭猶自壓蛟龍。君山上有石坊，正面四字曰『海天一柱』，爲江陰令李令晳書，閻應元所立。李字霜回，吾湖之烏程人。後爲南潯朱莊史案株連被戮。閻即守城殉節謚烈愍之閻典史也。此四字若預爲閻公孤忠之讖。坊之背面陰有『龍飛駐蹕』字，謂明太祖曾至此。山之東畔，又有姚文僖公『忠義之邦』四大字，石已破碎。

敗瓦頹垣古佛存，穹碑羅列鎮山門。盲風疾雨此狂草，不比尋常屋漏痕。東關内廣福寺有唐異僧道松草書大字《心經》石刻，甚奇怪，一筆下垂，有長至數尺者。原刻久佚，此爲常州郡守胡觀瀾據明刻本重摹，跋語疑爲素師書，因《懷素草書歌》有『有時一筆二筆長丈二』故也。然亦想當然耳，非定論也。

至德三人傳百世，讓王祠墓溯遺型。大書如斗垂天壤，尚有光芒炳日星。申港鎮有延陵季子祠，西即季子墓。前明鄭鄤題祠額曰『至德第三人』。聯曰：『星斗夜寒君子墓；風雷時護聖人書。』謂十字碑經雷雨斷而復完也。十字碑傳爲宣聖書，然此乃宋崇寧元年朱彥重鐫。而丹陽亦有一碑，則唐大曆十四年蕭定所模刻。

黄山名以春申著，去郭迢迢六里餘。中起一峰稱席帽，隱君高尚有蝸廬。黄山在縣東北六里而遥，山凡數峰，其中突起一峰名席帽，乃元王逢隱居處也。逢自號席帽山人。

緹騎横行當道豺，丹心耿耿任傾排。雙忠浩氣千秋在，從野堂兼落落齋。繆文貞、李忠毅二公皆死東廠冤獄，雙忠祠在學宫内。文貞所著爲《從野堂集》，忠毅所著名《落落齋集》。

許學辛勤斠小徐，本來名下定無虚。説文更有疑疑在，學古還傳孔廣居。承培元字守丹，貢生，能文，工篆刻，著有《説文引經證例》、《籀雅經滯楬櫫》等書。祁文端督學時重刻《説文繫傳》，延之訂正，有校勘記一卷。孔廣居一名千秋，字堯山，工詩及篆隸鐵筆，究心六書，著有《説文疑疑》行世。

城市山林足嘯秋，元明名繪盡搜羅。壁間真蹟皆鑱石，不比河豚贋本多。城内陳氏適園壁嵌石刻名繪四十種，首列趙彝齋畫蘭，凡元明暨國初皆有之。内甌香館所作最多，俱真跡也。兵燹後所見已殘闕不全矣。

小住吴中與潘瘦羊吴苦鐵金冷香連日聚首甚樂或謂子號病鶴與瘦羊正可作對偶有所觸而成是詩

同是襟懷淡宕人，客中邂逅亦前因。論交端在求良友，俗目相看擬怪民。篤志但教書有味，捫心難得淨無塵。平生豈少蒼茫感，懶與屠沽話苦辛。

吴門客旅夜分枕上偶成

平生抱微尚，絶口不言貧。鶴骨瘦無恙，豬肝恥累人。友朋爲性命，文字是緣因。自笑勞薪慣，飢驅歲歲頻。

爲瘦羊題畫石

拔地衾天此一峰，其形夭矯若游龍。倘教得遇東山叟，合作園中怪石供。謂查伊璜緇雲石事。

煙雲變態半模糊，墨汁淋漓筆氣麤。比是挺然能特立，文貞曾有石交圖。倪文貞公有手繪《石交圖》。

爲苦鐵題橫雲畫石

介然而獨立，氣勢自嵯峨。海嶽狂呼丈，羲之號躲婆。王右軍因老媪頻來乞書，避於石後，人呼之爲躲婆石。不居三品後，趙松雪故居有三品石。特表一卷多。妙絶橫雲筆，煙雲與蕩磨。

吴昌石缶廬印存題辭

老缶手持方寸鐵，顛倒縱橫鑿山骨。左之右之無不宜，環而觀者驚神奇。本來作篆稱辣手，腕底倔彊蛟龍走。秦斯而後至小生，退筆如山硯成臼。三十年來畫被破，勁氣入刀刀力大。不爲側媚解人頤，寧使曲高而寡和。吁嗟老缶亦可憐，眼花奏刀猶鬻泉。但言儂自食其力，可取則取何傷廉。斬新一編入我目，欲與名場同逐鹿。古來屈指幾聞人，朱修能蘇爾宣文三橋何雪漁皆碌碌。不恨我不見古人，後來居上張其軍。浙西六家相間作，別有意態能翻新。近世傑出乃有兩，悲盦居士方竹丈。精誠所至金石開，各樹一幟相雄長。缶也兀兀志復古，勇往直前猛於虎。上窮秦漢窺先民，真氣淋漓留此譜。此譜歷劫能不磨，令我一日三摩抄，歡喜贊嘆成此歌。余於明人諸家印譜靡不寓目，僅舉四子以概其餘。程穆倩好以古篆入印，亦見其譜。

蘇臺偶詠

行盡山塘到虎邱，山靈容我小句留。零星石刻搜尋徧，湮没題名賀鬼頭。虎邱有賀方回題名，爲妄男子覆刻惡書於上，遂爲所掩。焚琴煮鶴，往往有之，蓋不僅是刻如此也。

名園慘淡復經營，結構端由意匠成。不料奇礓漸潦倒，可能重問幻霞生。獅子林傳爲倪高士締造，園雖不甚寬，而曲折有致。十餘年前來游尚完善，亂後重經，已非復本來面目矣。

澗上堂空賣畫餘，天荒地老此巖居。生涯彷彿桃椎屩，博得人呼高士驢。徐俟齋先生隱居天平山，終身不入城市，以所作畫置驢背，任令至孔道間，見而知之者取其畫而酬以錢，因呼爲高士驢。

梵隱名篇夙昔耽，石門文字老瞿曇。詩僧不作寒梅槁，惆悵楓江咒筍庵。覺阿上人居楓江五百梅花草堂，又曰咒筍庵，其詩爲國朝禪林詩品之冠。祝髮後所作名《梵隱堂集》，余最喜誦之。

舟中讀戴趙二子詩各書一絶句

古愁莽莽苦沈吟，冷抱遺經託素心。詩可孤行人獨行，寂寥天壤幾知音。子高《謫麐堂集》。

逸致奇情迥絶倫，劇憐龍性總難馴。玉光劍氣分明在，天外昂頭讓此人。撝叔《悲盦居士集》。

僑寓滬上與家礪生淦李辛垞齡壽章碩卿壽康諸君縱飲酒家樓甚樂

忽漫相逢水上漚，人間難得有糟邱。入門便索逡巡酒，秉燭聊爲汗漫遊。北海尊罍推巨手，南樓風月豁吟眸。青州從事青樓女，都爲諸公一散愁。

爲黄吟梅超曾題東瀛采風圖

人生不作湖海士，牖下蘊頭空老死。禪中之蝨井底蛙，跼天蹐地而已矣。有客有客人中豪，壯志不欲隨蓬蒿。願乘長風跨巨海，直以浩氣輕波濤。昔年曾向東瀛住，蹋遍芒鞵知幾處。胸羅掌故作詩材，佳句都從心血鑄。長物猶餘破錦囊，不徒風月恣平章。茹古涵今皆有用，扶桑聲振稱詩王。杜甫於十餘歲時得一石，有文曰：『詩王本在陳芳國，九夜捫之麟篆熟，聲振扶桑樂天福。』見《雲仙雜記》。歸後雄心猶未已，安能鬱鬱久居此。還臨滄海釣巨鼇，不義丈夫以爲餌。

畫梅寄均甫濟南

瘦骨棱棱不畏寒，冰魂忽現此豪端。滿身霜雪前身月，合作梅花小傳看。

題周萊仙文桂行看子

舊雨交深近卅年，團萍海上亦前緣。誰知十丈黃塵裏，自有翛然陸地仙。
才堪肆應未辭勞，市隱頻年跡自高。氣味清和心地厚，果然公瑾是淳醪。
布襪青鞵折角巾，莊襟老帶暫閒身。有時同作銷愁計，百尺高樓集酒人。
養到矜平躁釋時，羨君兩鬢未成絲。何來煩上添豪手，貌出須搖海鶴姿。

爲施洛笙亦爵題尋夢圖

人生强半夢中過，好夢迷離一刹那。欲補情天填恨海，迴腸九轉貯愁多。
試將佳境憶從前，如此天倫信夙緣。兒嗜擁書妻擁髻，本來眷屬是神仙。
團沙散雪總無常，草草分離事可傷。碧落黃泉何處是，夢魂飛到即仙鄉。
朱絃且喜續鸞膠，更有佳兒比鳳毛。不若孤山林處士，空將梅鶴説清高。

爲楊誠之觀察題陳圓圓出世像

可是如來妙色身，鉛華洗盡尚丰神。袈裟一著真難垢，好續蓮花記裏人。梅禹金撰《青泥蓮花記》。

不須詩史論婁東，但覺丹青點染工。更把黄絁添道服，玉菴還與玉京同。圓圓號玉菴。

倉碩缶廬詩存題辭

苦鐵年年作詩苦，掃盡陳言務求古。瓦棺古鼎皆取材，收拾靈奇成奥府。硬語迸向筆尖吐，古致歷落偏媚嫵。竭來投我詩一囊，狂吟踢遍江之滸。好詩何必李與杜，好友如君真可數。鷗地凫天快合并，昔日清游今日補。相期尚欲醉千場，我作酒龍爾詩虎。

題倉碩解衣獨坐小影

人生墮地爲裸蟲，衣冠桎梏纏其躬。安得解脱大自在，放浪形骸了無礙。可憐十丈囂塵黄，大酒肥肉徒顛狂。鐵也號苦鐵道人錚錚獨奇絶，胸儲冰雪團文章。蒼蠅聲喧凡幾輩，標榜空餘三尺喙。畫角描頭醜態多，安得望君之項背。有時苦吟還攢眉，佳句當從天外來。有時學書還畫肚，不慕時榮但妮古。奇書不展琴罷彈，解衣獨坐成盤桓。觸熱喜無褦襶客，幕天席地心腸寛。平生自褒煙霞質，蕭疏況味清涼室。敢將皮相目先生，不羈之士無垢佛。

爲江建霞太史標題竹柏圖卷蓋爲其賢母華太孺人而作竹柏各一乃孺人之兄篴秋司馬繪卷端三篆字則吴愙齋中丞手筆也

亭亭千歲柏，足以比壽耄。挺挺一竿竹，所以表特操。佳兒方墮地，雛鳳正驚譟。賢母失所天，離鸞遽悲悼。對月空幃寒，似雪麻衣縞。撫孤復持家，危苦善督教。功兼三餘勤，學以百川導。諸郎盡成立，弱歲香名噪。白眉尤出群，青箱能跨竈。但以古人期，不爲時俗好。羅胸多異文，竺學已深造。母以女宗稱，子有聖童號。曩時天語褒，此日雲衢到。有志遂顯揚，至斯乃食報。拜手敬陳詞，中心實傾倒。

題李澹泉彦奎柳波春艇圖

東風如翦草如茵，煙意濛濛做好春。柳是鵝黄波鴨緑，扁舟添個白衣人。

澹宕情懷婠嫿天，煙波深處足流連。呼僮檢點閒家具，畫卷琴囊載一船。

南林孫氏二女殉節詩二女蓋遭粤逆之亂姊妹同赴水死其父爲之作圖徵詩

逆燗鴟張肆毒荼，逼天烽火慘驚嘑。孫家有女雙完節，不獨千秋一秀姑。烈女孫秀姑事見於國朝名人文集中。

珠沈玉碎事堪悲，痛定高堂尚淚垂。名與清流同不朽，果然閨閣抵須眉。杭有清流井，相傳宋季有兄弟二人殉節於是井，故有此名。

闈幽梓里足流光，弱質偏能大節彰。文藻争如貞操重，漫教才媛比聯芳。元詩有《聯芳集》，乃鄭氏姊妹所作詩。

題石門道士沈白華澄畫菜

鐘鼎山林各擅材，虀鹽況味異鹽梅。方壺畫史冰壺傳，貌出清寒骨相來。

同邑老友吴申甫其福家世鬻書今滬上推爲老輩蓋陳思錢聽默之流亞也爲人好友善飲酒爲題其持盃獨立小影

與君相識逾卅年，年年總有邂逅緣。祇覺精神老益壯，高談健飯猶如前。黄歇浦上一廛寄，曹倉鄴架相周旋。縹緗萬卷足生計，用之不竭惟紙田。平生結交遍湖海，往來裘馬多豪賢。閒來呼朋入市飲，鐙紅酒緑時張筵。釵光鬢影照四座，花飛釧動殊堪憐。百盃到口輒已盡，渾如渴驥來奔泉。酒兵互鬭發狂叫，不知身畔珠喉圓。醉眼迷離興未艾，招邀隔座仍蟬聯。似此酒豪稱大户，欲避三舍難隨肩。偶然出視行看子，神妙直到秋豪顛。魁頭露紒意自足，酒盃在手疑流涎。我爲題詩替君祝，願人長壽花長妍。異書名酒日相伴，快哉此樂真無邊。

題倪耘劬鴻瀛臺觀海圖

大風吹海海壁立，水氣掀騰天亦濕。飄然有客疑飛仙，放膽長驅刺船入。孤城斗大如浮空，煙雲四合人當中。狂歌一聲破空出，倦游歸臥爲潛龍。觀於海者聊爾爾，險境人間有如此。何當安穩狎閒鷗，二分竹與三分水。

題畫鍾馗爲倉石作

老馗兀坐張兩眸，鬢毛猬磔髯則虯。終歲無聊與鬼謀，可憐鬼國難封侯。青鋒無用鐵亦愁。然而進士頭銜能嚇鬼。鬼爲爾噉鬼何罪？倘教出爲百里宰，那不敲脂而吸髓。雖然看爾七尺形，昂藏丈夫氣概非尋常。而今鬼氣遍塵世，得能掃盪庸何傷？前言殆與君戲耳，紗帽如君誠不恥。畫師特倩劉殺鬼，爲爾圖形有如此。

爲家培卿孝廉賡颺畫梅

落落疎疎一樹斜，高寒偏稱野人家。生來自具神仙質，瘦有精神是此花。

題沈竹礽雲孫小影自詠元韻

已從霜雪變陽春，見説曩時劇受辛。流水華年屈伸臂，烽煙滿眼過來身。全家骨肉皆完節，隱市心胸自率真。省識紫芝眉宇好，披圖展看幾回頻。

爲人題課子圖

有福方讀書，長與芸編伍。傳經在教兒，展卷志希古。篤學不寬園，自精乃閉户。聯步青雲會有時，詎負青鐙今日苦。

冰雪佳兒心，玉雪嬌兒貌。髫齡工趨庭，他年或跨竈。琴書位置安，筆硯精良妙。由來樂事出天倫，訓有義方斯善教。

次韻答李星垞齡壽

頻年寄影滬江濱，景物常看變態新。無限煙雲供倦眼，有緣金石趁閒身。詩篇脱手餘同調，卷軸隨身未算貧。解向熱場求冷趣，茫茫塵海有斯人。

星垞以疊韻詩至仍用前韻酬之

冷吟閒醉江之濱，天涯邂逅相知新。殘碑共賞郭有道，奇詩雅近泥無身。胸羅萬卷足毉俗，方擅千金能救貧。論交難得氣相感，同是襟懷跌宕人。

楊藐翁丈峴以近詩見寄即就鄙況次韻奉答

熱惱萬人海，依然心地涼。閉門成獨笑，展卷對驕陽。縱使愁能寄，其如硯欲荒。一鐙聊慰影，兀兀自傾觴。

讐書耽夙好，伏案事丹黄。志趣存孤願，文章媿淺嘗。故鄉餘老輩，古學實專長。翹首吳門路，虛懷欲就商。

嚴九能先生手稿爲藐丈所藏次倉石韻

餘韻流風逝水徂，故鄉樸學竟何如。芳茮堂址今安在，憶煞銘心絕品書。先生芳茮堂藏書數萬卷，多宋元槧本，有宋版《儀禮要義》等書，皆銘心絕品，見錢警石《曝書雜記》，黄蕘圃《百宋一廛賦》注。

柯家山下追遺躅，想見當年閉户時。更有香修傳韻事，著書長對遠山眉。先生每有所作，輒以侍姬『香修』二字小印鈐於紙尾。

著作流傳即子孫，紅蟫身世寄精魂。護持孤本留天壤，何事搜奇到水村。此稿爲藐翁丈寶藏得留碩果。

逸稿還逃劫火經，蕙櫋一卷出菰城。傳鈔賴有鷗陂叟，頭白劬書老此生。先生著有《蕙櫋雜記》。菰谿章紫伯明經舊藏吳門葉調生丈手鈔副本，今真州吳次瀟觀察已刻入《傳硯齋叢書》矣。

題閔闇如茂才彥閒中自遣圖

人生有福誰能閒，有福不閒真癡頑。不知白日去如矢，但願黃金高於山。千年作計曾何用，至竟浮生若春夢。空爲兒孫作馬牛，畢世終爲造化弄。那知世有耽閒人，欲閒不得誠苦辛。兀兀窮年事呫嗶，長物破硯時隨身。有時聊作偷閒計，擺脱塵勞藉游藝。畫擅丹青且遣愁，棋爭黑白非經意。五字長城費苦吟，七條瘦玉求知音。花天月地供詞料，流水高山寫素心。平生結契餘紅友，無聊更飲壚頭酒。濡頭安得醉千場，放膽居然傾五斗。我睹此圖心轉疑，君多嗜好何不疲。應接不暇那足樂，一十二時無閒期。君聞此言笑不止，所論雖殊亦近是。從今諸癖盡蠲除，請與酒人相終始。

題倉石畫盆蕙

喜氣畫蘭怒氣竹，用筆入神皆絶俗。缶廬有喜無怒容，腕底習習流清風。潑墨一瀉詩腸湧，紙上幽花忽簇擁。指尖勒住國香魂，一寸毛錐有神勇。

又題其墨梅巨幅

老梅倔强不諧俗，遁跡空山作雌伏。沐日浴月生意足，千花萬花媚幽獨。自詡不受塵埃辱，憑空忽被詩狂縛。捉入硯池使狹促，渾身是墨濕漉漉。顛倒縱横塗滿幅，唐突冰肌毋乃毒。詩狂啞然開笑口，聞君此言殊否否。我欲拉梅與梅友，貌得全神常八九。强如蘦落在空山，攝取圖中偏耐久。歲歲春風到敝廬，紙窗紙閣長相守。妙句惟吟白石仙，揮豪不效青藤狗。鄭板橋有『徐青藤門下走狗』印。我師造化不泥古，自信得天常獨厚。此論殊佳心灑然，大家同結梅花緣。高築梅花屋，多種梅花田。活潑潑地，空洞洞天，狂歌爛醉花之前。任人喚作梅花顛，而今且詠梅花篇。此圖終古若長在，作跋人期五百年。

題萬劍盟釗空羚詩思圖

灘流激箭水泠泠，詞客停橈此暫經。涼月有痕詩有夢，夢中吟與老猿聽。

萬重雲木曉蒼蒼，望裏天涯意渺茫。想見幽懷清徹骨，半肩行李一詩囊。

又題其鶴澗詩龕圖

茅堂坐擁萬山青，無數峰巒列畫屏。澗引長虵流委曲，夜聞孤鶴語零星。茂林修竹衣無縫，朗月清風户不扃。正好大開詩世界，豁人心境兩空靈。

長吟裒叙樂徜徉，茶熟香温引興長。勝地合稱林壑甕，幽人常占水雲鄉。一龕詩供黄金佛，四壁書圍白石床。贏得硯田生計足，年年長有鶴餘糧。

與倉石小廣寒聞歌

高樓鐙火放光明，列坐渾同罫畫成。人影密於沙際雁，歌聲嬌似柳隄鶯。棖棖弦索參差弄，緩緩香車次第行。他日若逢清興發，何妨重聽繞梁聲。

題倉石所藏吴侃叔先生手書詩卷張文魚徵君赴吴門，手摹阮文達新得宋拓鐘鼎欵識，侃叔以詩送之

真州相國儒林宗，不以俗學攖其胸。生平落落富文史，恥營金穴爲豪雄。藏弆法物盡奇寶，羅列几席如崇墉。當年澥中秉節鉞，如公雅度何雍容。讀書尊古日提唱，卓哉士行皆如銅。鐵中錚錚二三子，就中巨擘張吴同。張生夙具金石癖，鉤摹手段疑神工。會公新得宋拓

字，忻然鼓櫂來相從。吴子酸鹹有同耆，長歌送别心神融。爬梳抉剔出考據，金石擲地聲隆隆。手跡今爲苦鐵獲，物聚所好精誠通。苦鐵好古出天性，躬入篆室成陶鎔。寶此尺幅喜不寐，緬懷前喆思追蹤。我聞造字始倉頡，自兹草昧開鴻蒙。三代以還有古籀，形制瑰異如雲龍。六書端由象形首，厥維夏鼎還商鐘。吉金流傳數千祀，往往寶氣光騰虹。人事變遷有銷毁，煙雲過眼成虚空。辛苦模形剩墨本，棗梨壽世矜奇功。考古博古足並列，嘯堂集古堪附庸。遺編更有薛欵識，後世學者皆推崇。一經覆刻或滋誤，焉烏帝虎難折衷。《考古》、《博古》、《嘯堂集古》三種，惟《博古圖》刻本最夥，薛《欵識》萬曆時所刊硃印本多謬誤，崇禎朱謀垔刻本最佳。阮文達刻本自序亦未得見硃本。惟此長物出王氏，天留碩果貽我公。精心考索付雕鏤，墨林寶貴今稀逢。据侃叔先生詩知所摹乃王復齋《鐘鼎欵識》也。自阮刻後有葉東卿翻刻本，今皆罕遘。鯫生兀兀抱獨契，自翊金石稱書叢。無力蓄吉金，惟所蒐金石書共有三百數十種，聊以自豪。網羅遺佚尚難遍，徒令景仰欽餘風。文魚徵君所刻《金石契》先後兩本及漢石經殘字，侃叔先生所著之《石鼓讀》、《群經義證》，寒家皆有之。侃叔先生尚有《六書述》、《商周文拾遺》、《鐘鼎欵識釋文》、《金石文跋尾》則不可得見。即看妙墨足眼福，小樓坐對書鐙紅。我願缶廬世相守，古緣千載傳無窮。

題苦鐵畫山水卷

偶然學山水，有意與無意。畫筆如神龍，掉弄作游戲。

苔如急雨點，樹作枯藤斜。北苑南宫外，自然成一家。
老氣欲横秋，天機自流動。苦鐵與苦瓜，出氣一鼻孔。
竪抹横塗處，惟應造物師。畫從兒背得，人似虎頭癡。

題畫梅

千花萬蕊遶檐端，香靄迷離隱畫闌。淡淡有煙涼有月，照人清影倚樓看。

己丑夏瘦羊潘丈以綏和二年斷甎拓本寄贈因黏於粤東紙扇越一年丈遽下世辛卯五月檢行篋見扇有小損感書二絶

瘦羊博士今何在？夢到吴門不見君。珍重故交遺故紙，尚留翠墨似煙雲。
三年掌握漸飄摇，那忍塵封客裏抛。愛惜一般如敝帚，不教聽雨共芭蕉。

和悦洲口號

團團荷葉水中央，漁婦漁翁樂此鄉。一自滄桑經劫後，居然林立有帆檣。洲名荷葉，以形似也。彭剛直易今名，地本荒僻，皆漁家所居，亂後曾文正設淮鹽督銷局，遂市廛櫛比，估舶雲集矣。
轅門高聳勢峥嶸，門外喧闐百物陳。墻裏鳴鉦墻外鼓，同聲相應到天明。督銷局氣象宏敞，轅門外羅列各物，皆小本營生者。每夜墻内更夫鳴鑼，墻外營兵擊鼓，極爲嚴肅。

羊山磯上小流連，石壁痕留百丈牽。傑閣憑虚聞打鼓，山㧑飛出救生船。羊山磯臨江，爲大通鎮入口處，水勢湍急，上有關帝殿，並無僧居，惟救生局司事守之。救生紅船乃彭剛直暨黟人李輝庭所創，山顛有文昌閣，置巨鼓，俛瞰大江，凡舟行遇險，一聞鼓聲，救生船即出，誠善舉焉。

一年一度劇場開，牛鬼蛇神著意排。聞道目連能救母，愚氓心事亦堪哀。每年必演目連戲一次。

大通鎮東偏有僧廬其中小有蕉石謂是九華山下院經過偶成

市闤行盡訪瞿曇，結伴閒從静處探。詩佛難尋金地藏，大通距九華山九十里，可望而不可即。幽居竊比緑天庵。畫梅剛直傳千古，方丈壁上懸彭剛直畫梅四幅。刻石莊嚴剩一龕。中供墨拓觀自在像甚佳，是吴道子筆。半晌隨緣駐游屐，粥魚茶版許同条。

畫梅自壽

天然骨相本來清，修到何須問幾生。鐵石心腸金石壽，與儂長結歲寒盟。

爲丁蘭生丈葆元畫梅

鐵榦縱横氣勢雄，此花端合號猶龍。道人落筆無凡想，只在寒冰古雪中。

爲丁丈題蒿鹿山樵俞英畫障

一客手攜過頭杖，一翁獨坐打頭屋。屋後青山列畫屏，屋前曲澗飛寒玉。老樹盡交柯，徧地皆修竹。半讀與半耕，生計終年足。竹籬茅舍出天然，此中自具清閒福。若問斯圖畫者誰？於越山樵號蒿鹿。

聞倉石次郎子茹涵入泮喜而賀之

耆好酸鹹與世殊，平生衹以古爲徒。教來雛鳳清如許，始信園蕪學未蕪。

一襲襴衫稱體裁，故鄉聞道采芹回。書香恰是傳家物，羡煞延陵小秀才。明太祖取英敏者爲小秀才，明道者爲老秀才。

明年盼到踏槐時，記織登科會有期。贏得君家修月手，天香分取最高枝。

竺學芸窗志未群，少年爾雅復温文。乾嘉老輩遺風渺，後起還期張一軍。

爲吴秋農穀祥題鉼山畫隱行看子

大好生涯一硯田，儻來腕底盡雲煙。家風好繼梅花衲，回首高踪五百年。

念到家山倍有情，一邱一壑足經營。年來勘破江湖味，淨几明窗老此生。

粉本臨餘費別裁，天機流露好懷開。絹山膠海渾無盡，恰夠先生畫課來。

翰墨從來有夙因，每於盤礴見精神。惟應妙手任風子，貌得廬山面目真。

金蓋山圖卷沈仲復中丞秉成爲記，包鑽甫茂才承善作篆，顧若波雲繪圖

吴興清遠山水窟，撥雲巢是神仙宅。煙霞萬古抱空山，遺韻流風未銷歇。山外嵐光不斷青，山頭雲氣依然白。雲白山青無盡期，古梅亦解迎仙客。洞天福地闢精廬，藥爐丹竈留靈跡。玉翰遥頒賜品題，賢王鄭重親書額。有成親王、定親王、鄭親王郵賜觀額。誰知浩劫遇紅羊，蓬壺亦復成滄桑。清泉白石尚無恙，雲山未免愁荒涼。耦園中丞真好道，比肩人亦同懷抱。布金架木藉興修，傑搆重看出林表。我昔曾向山中行，秋壇夜静聞仙經。惜少金丹换凡骨，未能長作林泉民。一别山靈卅年久，月舊煙新幾回首。卻從江北望江南，令我憶山如憶友。於今讀畫疑舊游，此圖此記皆千秋。記者爲誰畫者某，老輩龍頭謂中丞與虎頭顧君。

朱影梅真小象

泠泠一池水，上有小橋横。偶爾坐相對，了無塵慮生。胸懷誠澹宕，眼界覺空明。自得蕭然趣，天寒萬籟清。

梅爲軼俗姿，君是耽幽士。好結歲寒盟，冬心淡如此。花氣静浮天，月痕涼墮水。形影兩

相忘，與梅相終始。

爲徐仲彦瑞芬題菘園感舊圖園爲仲彦先人别業，與其叔葆意讀書處。葆意殉辛酉寇難，仲彦以鹽知事官兩淮，繪圖徵詩。園有昭華夫人青未了閣遺址，昭華乃毛西河女弟子

世澤流傳未有涯，當年門第本清華。西湖弟子南州族，喬木依稀認故家。

書味青箱夙所耽，鴻泥陳跡畫圖探。芳園自昔饒邱壑，不比徐波落木庵。

愴懷大阮騎鱷去，薄宦天涯此寄蹤。畝得菜根滋味好，依然淡泊是家風。

寄襆灡溪督銷局冬日大雪嚴寒偶成

密室圍鑪緊掩扉，漫天帀地玉龍飛。廊因葉走聲偏厲，鐙受風欺燄不肥。半夜有棱衾如鐵，一寒無那酒爲衣。但看出了黄綿襖，轉眼陽和仗化機。

炙硯爲陳湘湄茂才伊畫横幅梅花

忍寒特地寫寒梅，紙上疎花歷亂開。風雪滿天冰未解，居然腕底有春來。

楊誠之觀察兆鋆招余爲金陵同文館提調館設城北妙相庵境頗幽寂到館後六日偶成此詩

借得禪關近佛鐙，端居差覺此心澂。從公豈效酸寒尉，好學渾如苦行僧。容我石田餘醉墨，幾人篆室證陽冰。隨身卷軸無多在，聊伴宵窗月半棱。

白門偶詠

瀟灑神情迥軼群，美人豪氣意如雲。紅妝季布今誰是，愁絶汪中舊院文。馬湘蘭名守真，舊居孔雀庵旁，汪容甫《述學》有《經舊院弔馬守真文》，情詞淒婉，蓋以寓身世之感也。

君臣優孟共登場，舊宅人傳褲子襠。燕子春鐙留院本，阿誰知道詠懷堂。錢東生林《玉山草堂集》有《金陵雜詠》，内一題曰《褲子襠》。注云：阮大鋮置宅於此。余藏有阮圓海《詠懷堂詩集》，清微澹遠，王孟之遺，鏤版亦精。

妙畫長留一翦梅，蘭閨況復擅清才。小桃源裏詩之窟，爲弔孤忠別墅來。余嘗得湯貞愍畫《折枝梅》及碧春女史白描《秋夜讀書圖》兩便面。碧春名嘉名，貞愍女，適天津王氏。方歸寧，金陵陷，從父赴水殉節。詩之窟，貞愍別墅，在小桃源。見《盋山志》。

績麻房裏留遺刻，疊玉深藏夙未聞。比是乃翁猶具體，家傳風格是顏筋。茅山績麻房石壁有『疊玉』二大字，字方尺許，欵爲顏頵書，乃魯公長子，新修《江寧府志》搜訪石刻得之。按頵書有晉祠《新松碑》，見《天下金石志》，復《舜廟碑》、《禪定寺通公碑》，見《寶刻類編》。而府志謂頵書從無著録者，誤也。

題畫瘦梅

冰肌玉骨出天然，位置山厓與水邊。自與世間凡艷別，本來風格是癯仙。

癯梅寫得一枝枝，正是霜清月上時。洗髓伐毛留本相，空靈文字白描詩。

鳩江榷舍偶成

岡巒起伏總綿延，自弋磯山至赭山，中隔數小山，聯綿不斷。江畔長街直似弦。訪古偶乘青雀舫，渡江至蟂磯靈澤夫人祠。搜奇難覓赤烏甎。赭山上有浮圖，黃勤敏《壹齋集》謂是赤烏年造，時有塔甎飄墮，其實誤也。層樓突起山顛屋，如弋磯、范蘿、鶴兒等山均爲洋人建屋。鐵鏁牢牽水上船。江心有招商局等五家囤船終年停泊。新粟登場争出口，輪艘梭織往來便。米運香港、汕頭等處，皆粵東商人承辦，此爲新關出口稅一大宗。

爲薛慕淮署正葆棟題萱闈課讀圖

古人録賢母，千載流徽音。慈幃善督教，功比嚴父深。矯矯薛侍御，忠讜爲國琛。卓哉厥配郭，勁節同堅金。無慚女中師，垂訓尤足欽。持家戒侈靡，不使俗習侵。嗣孤日親課，鑽研維惜陰。畫荻賢母教，畫粥賢郎心。十年經笥貫，五車楹書森。青鐙味自永，青箱業可任。榮名捷鄉榜，高文傳士林。宦游京國寄，迎養板輿臨。春暉期綿綿，去日何駸駸。旋嗟北堂背，愁絶南陔吟。授經憶自昔，失恃悲至今。莫報罔極德，棖觸猶沾襟。作圖寄遐想，難忘賢母箴。

董味青念棻母孺人百歲徵詩

期頤上壽徵人瑞，日誦南陔奉北堂。金石齊年同永固，子孫逢吉樂康强。扶來不藉鳩笻力，後去仍添鶴算長。此際榮邀天雨落，群仙競進九霞觴。

一硯隨身未覺貧，能謀菽水共長春。墨池恰比丹砂井，老壽還多百歲人。《抱朴子》：臨沅縣廖氏家世老壽，或出百歲。所居宅井水殊赤，掘井得丹砂數十斛。

慈蔭長依有瑞萱，杜門劬學不窺園。雲煙花竹晨昏奉，絶似當年易畫軒。頤道居士《畫林新詠》詠王椒畦孝廉云：『百歲慈親七旬子，雲煙花竹奉晨昏。』易畫軒，孝廉所居。

江孝女張宜人詩

宜人江姓，名堅，字子璞，江西安福人。父漪泉，游幕皖江，子女各五，宜人其第四女也。生有異稟，工詩善畫，書法晉人，兼通星命之學。髫齡時，父以秧馬命對，即應聲曰：

竹雞。父故鍾愛之。性至孝，侍父疾，醫者術窮，刲股者再。迨父殁，痛不欲生，以針刺心，深不見跋，人無知者。針忽自出，竟無恙。繼服藤黄、鉛粉、信石，皆不死。復自經，彷彿有青衣者解之。一日，登樓委身墮地，氣絶復蘇，至是不復求死，恐勞父靈之救護焉。適嘉善張晴波少尹清藻，相敬如賓，日誦曹大家《女誡》一過。時際中秋，對月自推命造，賦詩有云『非無彩鳳呈佳瑞，只怕孤鸞舞碧空』之句，慨然曰：『吾之詩豈亦嘔出心肝耶，何得年與長吉同也。明年秋夕，恐不復見此月矣。』次年閏七月，産一男，血虚致疾，竟不起。年二十有七，其言斯驗。皖中大吏聞於朝，得旨旌表。

名實相符名堅志不磨，一生奇孝媲曹娥。誰知屢荷天公眷，百折徒勞死法多。

蘭心蕙質氣含芳，藝事精能各擅長。夫壻多情是京兆，掃眉才子畫眉郎。

行年昌谷適相同，詩讖端由感觸中。忽地銷魂成賦别，人間竟有女文通。

短夢輕塵事莫論，悼亡一賦愴黄門。自從天語垂褒後，足慰千秋孝女魂。

袁重黎兵備昶招同人於永福精舍修禊謹次其韻

晴波灧灧柳陰陰，傑閣憑虚此快臨。大有尊罍供嘯詠，居然城市似山林。盍簪雅比臨河敘，擊盋奚愁夕照沈。多謝主人壇坫盛，敢辭惜墨竟如金。

爲人題翁叔平司農同龢畫墨桂司農此作其有意無意處頗似玉几山人以三體詩題之

落落不經意，超超若有神。玉堂揮翰手，金粟證前身。

老筆能師造物，此心渾與天游。倚樹曾聞吴質，一丸涼月澄秋。

偶然留得鴻泥跡，珍重琳琅紙盈尺。司農妙墨足千秋，新詞合譜迎仙客。《三餘贅筆》張敏叔以桂爲仙客。

頌武從弟道曾取楊秋室先生除夕詩瓶有梅花敢嘆貧句索畫衍爲三絶句

驚破空山太古春，一年景物又更新。從教冷淡生涯好，瓶有梅花敢嘆貧。

瓶有梅花敢嘆貧，硯田無恙幾經春。傳家故物青氈舊，清供蕭齋恰斬新。

無邊風月任從新，瓶有梅花敢嘆貧。祭竈祭詩諸事了，大家團飲甕頭春。

三續懷人詩

縱橫老筆走龍蛇，簡鍊文心稱作家。鐵硯磨穿鐵門限，辭官賣字是生涯。楊藐翁丈峴

年年聽鼓韓江住，好學深思四壁空。匏繫一官貧徹骨，尚思復古繼謙中。張乳伯行孚

故人遠宦中州去，迢遞音書久未聞。可有叢書續傳硯，雞鳴風雨最思君。吳次瀟丙湘

掌故羅胸六國賅，重洋萬里壯游回。圖經百卷堪千古，天遣流傳著作才。傅懋元雲龍

早辭輦轂玉堂仙，高尚情懷懶著鞭。金石書成稱暴富，一官七品便歸田。繆筱珊荃孫

復堂詩老香名舊，藝苑争傳白雪吟。食古功深棄糟粕，耐人尋味是元音。譚仲脩廷獻

不用時牽岸上船，布颿歸去得安便。故山猨鶴皆驚喜，新養疑年更續編。張公東鳴珂

頻年旅食古爲徒，故紙勤鑽足自娱。聞道校書如掃葉，模糊老眼墨痕麤。蕭敬甫穆

衙盃兀兀足開懷，樂志軒成興復佳。草隸渾如蠣扁體，料應宗派出庸齋。沈約齋祥龍

牙齋清晏猶堪學，貽我新詩且細論。屈宋衙官騷命僕，一編心懾漸西村。袁重黎昶

影山家學淵源繼，插架尤多善本儲。唐寫説文存本部，瑯嬛世寶讀楹書。莫仲武繩孫

妙畫奇詩盡入神，衙叅罷後趁閒身。吉金文字皆師法，鐵筆争如垢道人。吳倉石俊

鳩江雜詠

李監千秋篆法良，如何謙卦失鋒鋩。秋蚳春蚓存形似，絶倒翻身一鳳皇。蕪湖縣學宫有李陽冰篆《謙卦碑》，蓋實應間爲邑令時所書。原刻已佚，《格古要論》云，刻於板門四扇，在民家者，亦久經湮没。今所存者乃前明時覆刻，豪無精采，不足觀矣。

米老能書存畫意，留傳縣學記尤超。難尋碑側羲之鬼，月旦休憑楊大瓢。學宫内又有宋崇寧

建學碑，黄裳記，米芾行書甚佳，波折處彷彿蘭竹。上有碑額『縣學記』三篆字，或亦米老所書。趙紹祖《安徽金石略》云，碑側有明人集王右軍書。今不可見，蓋此側正貼墻畔也。《大瓢隨筆》論書頗詆襄陽，余不以爲然。

蟂磯舊是水心院，赭嶺猶傳滴翠軒。千古經幢無覓處，問他頑石總無言。蟂磯在縣西南七里大江中，其廟本唐水心禪院，有唐廣明年石幢，今爲靈澤夫人祠。赭山在縣西北五里，上有廣濟院，本唐永清院，宋改今名。有唐大中十二年、乾符六年兩石幢。旁有滴翠軒，傳爲宋黄文節公讀書處，或偶然寓此而後人附會之。惟兩處唐經幢皆見於王象之《輿地碑目》，恐湮没久矣。

鶴兒山頂已童童，忽地層樓起碧空。不見識舟亭子影，令人空憶謔庵翁。識舟亭在鶴兒山上，俛視大江，取謝玄暉『天際識歸舟』意。本名八角亭，崇禎四年山陰王思任榷蕪湖日始以名亭。其地今爲洋人教堂所據矣。

梅築幽棲得地偏，道人無悶此遺賢。離騷圖就登梨棗，異曲同工有老蓮。蕭雲從，字尺木，崇禎間副貢，晚號無悶道人，又稱鍾山老人。善畫山水人物，嘗於城東隙地植梅搆屋，榜曰『梅築』。其所繪《離騷圖》鏤版行世，乾隆時收入《四庫》。陳章侯則有《九歌圖》刻本，亦精。此二書寒家皆有之。

鍛鍊工深妙入神，名流題詠有緣因。匠心别具鑪錘手，絶投能傳亦可人。鐵工湯鵬字天池，溧水人，僑寓蕪湖。比鄰畫室，鵬日窺其揮豪，爲畫師所呵，因發憤鍛鍊，爲山水、花鳥諸屏幛，生趣宛然。名公如梁山舟、錢籜石、謝金圃、吴山尊、黄左田輩，皆有鐵畫歌詠之，縣志入《方技傳》。

浮圖孤立勢嶕嶢，鳥雀争喧挾市囂。砥柱中江鍼定海，盈盈衣帶水程遥。濱江有廢塔名中江柱，空其中，爲禽鳥所窟穴。地近市廛，現已闌入民居矣。潤州北固山甘露寺旁有鐵浮圖，爲唐李衛公建，名曰定海針，相去五百餘里，遥遥相對。

不翁澹泊早歸田，勤敏林居正大年。難得作朋仍有偶，一般高壽是書仙。黄左田尚書，當塗人。其先德於國初遷居蕪湖，官至大司農，至七十七歲致仕。善詞章及書畫。前年秋承沈約齋明經以公硃拓分書壽字見貽，欵識『九十翁黄鉞書』。篋中舊有梁山舟侍講所書壽字，拓本已失去。吴倉石大令從吴門復以先生硃拓正書壽字寄贈，署年九十翁同書。去年四月偶至揚州校場骨董店，又得潘三松中翰草書硃拓大壽字，其年亦正九十。物必有偶，爲之狂喜而珍藏之。

揚州八怪歌

板橋落拓詩中豪，辭官賣畫謀泉刀。畫竹揮盡秋兔毫，對人雅謔常呼貓。鄭燮。冬心品詣殊孤高，薦舉鴻博輕鴻毛。漆書有如金錯刀，詩格畫旨皆清超，六十不出仍游遨。嘗有『六十不出翁』小印。金農[二]。西園硯癖誇石交，左手握管疑持螯，涉筆詭異別趣饒。高鳳翰。復堂作畫真粗豪，大膽落墨氣不撓。東塗西抹皆堅牢，硯池滾滾驚飛濤。李鱓。晴江五斗曾折腰，拜梅與梅爲朋曹。畫梅倔强猶騰蛟，腕底颯颯風雨號，金剛怒目來獻嘲。蔣苕生論晴江畫詩有云：『努目撐眉氣力强，不成菩薩是金剛。』李方膺。閩中畫師有瘦瓢，曹衣吴帶皆鎔陶，點睛活潑同秋猱。黄慎。葦間居士寄興遥，老筆氣挾霜天高，平沙落雁秋蕭騷。邊壽民。巳軍篆法能兼包，詩情古淡惟白描，太羮元酒非官庖。楊法。

丙申四月病起書懷

婆娑一室影相隨，病後無聊且下帷。坐久窗鳴風有力，宵長夢破月含規。療飢只借雙弓米，遣興閒摹百衲碑。明日便思蠲藥裹，起看江上遠山眉。

唐昆華太守光照以其夫人吴杏芬女史畫百花圖長卷索題

奩主梅花久擅名，澧蘭湘竹有餘清。丹青家學傳閨彦，贏得專門是寫生。女史爲吴子嘉文學女，文學善寫蘭竹。

異卉名葩美不勝，拈豪疑有暗香凝。寒山文與寒閨惲，林下清才一樣能。前明趙凡夫隱居寒山，子婦文淑善畫花卉。山中草花圖寫殆偏。惲冰，字清于，一字寒閨，相傳爲南田草衣族孫女，畫格正復相似。

寫遍西湖花百種，畫林新詠句清華。白陽超妙甌香艷，畫派流傳各一家。頤道居士《畫林新詠》詠吾湖許雲林女史花卉長卷句云：『曾將十丈鵝溪絹，寫盡西湖百種花。』然雲林仿陳白陽，與此學甌香館者不同。

安排絹素滿妝樓，活色生香筆底收。他日畫圖傳粉本，彩鸞寫韻共千秋。

江館思親圖爲顧石仲玉書題圖爲令兄綸卿森書所作

北堂長護萱，西堂還夢草。天倫骨肉親，珍重共相保。望望天之涯，游子暫還家。還家娛壽母，甘旨紛如麻。蓮花幕下翩翩客，不獲終年侍顏色。還家時少出門多，親舍白雲心脈脈。依依雁影，超超虎頭。弄累累之柔翰，思乙乙其若抽。尺幅寫盡長江流，孝思永與春暉留。我願君家高堂壽無極，年年鶴祘頻添籌，此圖自足傳千秋。

爲繆筱珊太史畫梅

瘦蕊疎枝别有春，恰從冷淡見天真。惟應惜墨如金意，好爲梅花畫喜神。

二農詩俞茗農介臣、孫半農柯皆諸生，吾湖東郭外人。光緒丙申季秋，旋里相見，則氣味依然。茗農覺微衰，半農狀貌如昔，惟鬢髮略蒼耳。年俱六十六，與余同。爲作《二農詩》

茗農我中表，行年相與同。誕生在九月，先我旬日中。綺歲列黌宫，家道原素豐。居傍鎖茗橋，乃在東城東。不圖浩劫來，一掃煙雲空。華屋變山邱，瓦礫如崇墉。惟君素有守，氣度仍從容。令子登賢書，髫齡誇奇童。篤志許鄭學，頗追先民蹤。暫時羈健翮，終奮扶摇風。君可藉自慰，不嘆途之窮。

半農吾老友，亦與同歲年。秉體本清羸，苦吟時一編。故居三里橋，兄弟怡怡賢。門前設列肆，負郭多良田。頗得耕讀樂，絶少塵網牽。昔年頻訪君，雅譚無俗緣。一自兵燧起，分飛爲兩天。亂定歸故里，相對鶩華顛。君居已遭燬，賃屋謀一椽。雖抱伯道戚，胸次仍超然。以此見學養，益壽期綿綿。

丁酉春王三日即事戲成示同游諸君

果然臘雪趕春回，元旦新晴亦快哉。除夕飛雪，元旦晴霽，初二立春，諺有云：臘雪趕春牛，田裏三擔收。如意樓頭飲茶去，吉祥寺裏訪僧來。泰西攝影神全肖，藝新樓照相館，中土傳書局甫開。新關初設郵政局。卻值明天啟關日，與君轟飲醉深杯。

春日倚醉寫梅作歌

東風初來春欲緑，明霞散盡天如玉。萬花一開世界香，中有幽人好茅屋。梅花四面爲堵牆，酌酒澆花花魂强。醉來不覺玉山倒，老梅爲我相扶將。替花傳神花失喜，南枝北枝皆鵲起。畫成拉雜更題詩，梅仙唤我作知己。

題畫梅

華光而後幾人能，墨有清光筆有棱。欲奉逃禪爲鼻祖，疎花瘦蕊是傳鐙。

畫法都從字法生，揮豪聊爾寄幽情。而今大闢梅花國，合讓冬心作主盟。

硯池游戲少塵埃，腕底幽花歷亂開。涉筆自饒疎野氣，何曾奉勅號村梅。

豎抹横塗筆一枝，何須著色買燕支。問余畢竟何宗派，月影横窗是導師。

論印絶句 補録前七首後

蟫編蠹簡置縱横，四壁琳瑯萬卷陳。拄腹撐腸看不盡，紙田留與子孫耕。王述庵藏書有一大印云：『二萬卷，書可貴。一千通，金石備。購且藏，劇勞勩。願後人，勤講肄。敷文章，明義理。習典故，兼游藝。時整齊，勿廢墜。如不材，敢賣棄。是非人，犬豕類。屏出族，加鞭箠。』吴兔床藏書有長印云：『寒可以不衣，飢可以不食，至於書不可一日失。』此昔人貽厥之名言，即可爲拜經樓藏書之雅則。陳仲魚藏書有小印二，一肖己像曰『仲魚圖像』，一十二字云『得此書，費辛苦。後之人，其鑒我』。

從來筆墨是生涯，貌得寒葩稱作家。恰憶鐵瓢詩句好，果然吃飯靠梅花。李晴江畫梅有『換米糊口』小印。錢玉魚有『畫梅換米』印。陳肖生有『畫梅乞米』印。『近來吃飯靠梅花』，吾鄉周鐵瓢山人句也。

鼎彝碑版搜羅富，小印矜奇藝苑傳。嗜古情同文義異，一般金石是良緣。黄小松有『金石癖』印。方外六舟有『金石僧』印。許珊林有『金石富豪』印。汪研山有『金石布衣』印。吳康甫有『金石洞天』印。

爲楊誠之觀察題絳雲樓掃眉鏡硯

旖旎風流映玉臺，絳雲樓閣鬱崔嵬。盤龍明鏡盤龍髻，想見驚鴻照影來。

當眉寫翠留遺硯，香韻流傳總不孤。記得蘋洲老詞客，曾藏妝鏡是蘼蕪。吾鄉陳稚君明經長孺居白蘋洲上，藏有柳蘼蕪妝鏡。

一卷河東迴不群，蛾眉才調自温文。尚餘艷蹟存天壤，長物分明署我聞。海昌王海村斯年《秋塍書屋詩鈔》有柳如是《伽楠筆筒歌》，云有『我聞室』字。

輕描淡墨亦丰神，儒士風標戴幅巾。和氣樓中拼一殉，尚書何幸有斯人。柳如是喜作男子裝，故又稱儒人。案《勝朝遺事》有云，柳夫人小影係淡墨所描，上有顧云美八分題跋。又云其自經處在和氣樓，有世廟御書『一團和氣』榜。

作如是觀園圖爲羅頌西大令振鏞題

但覺吾廬愛，奚虞陋室嘲。幾人能拔俗，不負碧山巢。

幻想何妨意造，放懷兀自逃虛。粧點神樓境界，本來天地蘧廬。明劉南坦尚書欲築樓而力未能，文衡山爲繪神樓圖。

避人奚用入林深，詩借無聲託素心。將就園中黃略似，高山流水是知音。明季黃九烟進士作《將就園記》，並繪爲圖，蓋寓言焉。晚年改名人字，『略似高山流水』乃其所刻小印中語。

次韻答王守方處士介

浮湛與世但求真，閒鷺閒鷗總可親。自笑勞薪同馬磨，無多長物有龍賓。筆歌墨舞舒襟抱，吉石祥金逐異新。隨寓而安安分過，衹應把臂個中人。

采石酹詩圖卷爲湯允孫直刺沅宜題

千里此長江，萬古此明月。遥望燃犀亭，緬懷釣鼇客。釣鼇客去千百年，不見詩仙與酒仙。仙乎仙乎不可即，惟有高樓百尺突兀撑青天。夜郎竄後青蓮死，青山薶骨有如此。留得文光樓上頭，萬丈寒芒照江水。湯侯芷卿大令破浪乘風來，欲登不得心徘徊。臨流酹酒發長嘯，潑盡一斛蒲萄醅。幸有君家老癡叔武功將軍貞愍公，畫筆猶龍稿在腹。范寬善與山傳神，淡冶春山全在目。雖然登山願未酬，抱此足以成臥游。長歌短詠靡不有，淋漓珠玉詩囊收。圖畫如新人已古，難得從孫允孫直刺官此土時權當塗縣篆。果能尚友謫仙人，把酒親來薦芳杜。此圖歷劫喜長存，想見煙雲落筆痕。淵源佳話傳三世，風雅居然萃一門。徵徧騷壇猶未已，賡唱迭和看後起。將來詩卷若牛腰，我媿留題續貂尾。

守分

守分終能耐歲寒，隨緣聊自放懷寬。願除妄想銷塵慮，但蓄奇書證古歡。得句何心覓狐穴，逐流真笑沐猴冠。我行我素年來慣，萬事無争意總安。

挽丁松生大令丙

回首論交廿載强，虎林邂逅幾經霜。但憑魚素通辭翰，曾把烏焉替審詳。嘗代校《南宋院畫録》。遺籍抱殘汲修綆，叢書嘉惠饋貧糧。民胞物與平生事，一片婆心百世芳。五斗折腰非夙願，百城坐擁足稱豪。瑯嬛福地侈鴻寶，蘭玉庭階蔚鳳毛。善讀楹書傳令子，脱離塵網列仙曹。而今舊雨晨星似，淚逐泉唐八月濤。

曉起渡江乘輪船返蕪湖

揚子江頭潮正平，布帆安穩翦江行。日光斜射金山塔，雲氣遥連鐵甕城。旅店弛裝經兩度，輪舟初上夜三更。來宵又到鳩兹宿，斗室依然伴短檠。

爲二兒文司作紅緑梅花小幀

冰霜閲歷總如新，邱壑生來有夙因。祇覺年年春不老，朱顔緑鬢兩仙人。

凡有索書畫者須以水族爲潤筆蓋仿獨漉堂以飛禽潤筆例也

東塗西抹偶爲之，消遣閒窗染翰時。但乞活鱗供潤筆，硯池權作放生池。

包纘甫世講以令祖子莊先生所作溪山積雪圖便扇索題爲書二絶句

但聞終歲與書盟，不道丹青技亦精。可見書中原有畫，胸懷邱壑筆端生。

何必前身定畫師，偶然得意一揮之。范寬自是傳神手，唤起冬山欲睡時。

辛丑四月自鳩江返邗上小住二旬偶成此作

近市何妨寄一椽，蝸居小小得安便。明窗淨几清涼室，斷簡殘編翰墨緣。硯北餘閒資静坐，竹西小别動經年。雨新雨舊寥寥甚，憶到交游輒惘然。

去年九月歸自鳩兹倏一歲矣漫成此作時壬寅孟冬也

中江歸棹又經年，偃蹇蓬廬但任天。老去情懷書作伴，閒來況味墨參禪。孤吟竊比雞三唱，危坐渾如鷺一拳。得過且過聊自慰，茶鐺藥臼尚依然。

校勘記

〔一〕底本作『偶歎』，淩霞手書贈揚州劉壽曾墨蹟作『偶歛』，據改。

〔二〕底本作『嘗有六十不出翁金小印農』，爲排版誤，徑改。

附天隱堂贈詩 贈者數十家，今僅録數首

施份 改名補華

鶴骨褵褷瘦不禁，秋風長自裹頭吟。蒼寒萬古峨嵋雪，不抵淩郎一片心。

戴山 改名望

淩生放歌秋天哀，長帽短衣歸去來。空山無人成獨往，見瘦梅花相向開。

陳長孺

我愛淩霞者，翛翛多冷姿。少年能學道，清況最宜詩。剥復姑隨運，窮通要決疑。樹根堪讀易，莫負好秋時。

徐士駢

十載神交久，來從海島游。奇詩泣風雨，高節抗王侯。人事嗟何迫，征颿此暫留。故鄉煙水闊，莫忘五湖舟。

邱心坦

甘作魚鹽隱，艱難悟道深。風塵知我倦，江月比君心。客至頻賒酒，家貧尚置琴。何當乘興去，湖海任長吟。

胡　斐

我識戴安道，儒林第一流。聞君富文史，清節傲王侯。落莫知音少，高吟破屋秋。何時開蔣徑，同訂竹林游。

天隱堂文録卷上

癖玻堂收藏金石小學書目敘

性耆金石之文，力不能多致，無已，乃𡢃意於金石著録之書，蓋亦聊以自娱也。遍覽旁搜，孜孜不券，或求之不可得，則不遠數千里假鈔於同好之友人，抑或久訪未獲之本，忽於無意中遘之，如願以償，喜不自勝，倘所謂精誠所至，金石爲開者歟？嘗獲陳碩甫先生手篆楹帖云：『人惟有癖斯專好，語不求多在會心。』遂以癖玻名吾堂。按《晉書・杜預傳》：『臣有《左傳》癖。』即《正字通》所云嗜好之病是也。但《説文》無癖字，先生作此或亦有所本乎？考之《玉篇》：『癖，食不消。』《抱朴子》：『飲過則成痰癖。』是蓋有積聚之義。《説文》：『辟，法也。』與癖無涉。然《史記・扁倉傳》：『則邪氣辟矣。』索隱：猶聚也。則假辟爲癖，其義可通。辟好猶聚好，所謂物常聚於所好也。今從碩甫先生仍作癖，至於小學各書亦頗羅致，合編爲《癖玻堂收藏金石小學書目》以備循覽。若以爲誇多以自豪，則非余之本懷焉。

續語堂碑録敘

學問之事，非耆之竺而思之嫥，不足以臻極詣。金石一門，爲經史之支流，而實可以補證經史。其時之最古者，則梁元帝《碑英》一百二十卷，其卷衺之最繁者，則宋曾鞏《金石録》五百餘卷。餘如葉夢得《金石類攷》、蔡珪《金石遺文》之類，皆不傳。其傳者，自宋迄明凡十餘種，而盡録全文。金文則《考古》《博古》二圖，王薛『鐘鼎欵識』，王氏《嘯堂集古録》；石則洪氏《隸釋》《隸續》，都氏《金薤琳琅》差堪依據。若楊氏慎《金石古文》、徐獻忠《金石文》則不足恃矣。我朝經學昌明，通儒輩出，而金石之學亦復超越前代。惟患身居高位，往往藉手它人，蒐采既多，眾擎並舉，則紕繆雜出，亦勢使之然也。若夫窮而在下，蜷伏菰蘆，得一墨本，守闕保殘，博徵詳考，務至精當無遺憾而後已。無它，其用心苦也。至吾友魏君稼孫之《績語堂碑録》，直可淩躐千秋，獨樹一幟。稼孫以諸生筮仕閩中鹺尹，其於講求金石一意孤行，精心考索，譬之牛毛繭絲豪髮不苟，絶無影響鑿空之弊，非一知半解區區淺嘗者所能夢見。寒家僑寓韓江，與閩中相距數千里，稼孫時以書來，或月數至，或數月一至，郵筒往復，皆言考證之事。娓娓辯論，輒盡八九紙，蠅頭細書，旁行斜上，或塗乙改竄，顛倒潦艸，它人不知驟難通曉，而余視之瞭如也。又仿倦圃鈔書之約，互相叚鈔金石著録之書，以其所有易其所無。復互斠之，訂異析疑，致足樂焉。稼孫嘗爲碑課，日必録碑一通，後以人事紛擾或致間斷。光緒庚辰秋冬間，來書道及目力漸眊，右臂瘦痛，自謂此身於五官百骸中惟手眼役使最勞，其言甚確。不虞未及一年赴音即至，言念良友，能無惘然！　喆嗣性之能讀楹書，傳家學，善爲四體書。用是節縮衣食，手寫其文而付手民。甫成四箣，不及三之一，而性之又下世。烏虖愓矣。幸其長君仲良遽登賢書，青氈無恙，後起有人，遺稿留存，當必能仰承先志，繼而授梓者。天末故人，感懷舊雨，竊願冀全璧之成而先覩爲快矣。

槑花艸盦石刻鉤本敘

人不能無所耆，而耆之清濁判焉。清者何？曰耆古。耆者非一端，而要其有裨古學，異乎玩物喪志之所爲，斯爲金石文字而已矣。故友丁君筱農，近時之金石家也。其爲人襟懷曠朖，眉目間奕奕有英氣。工篆刻及繢事，尤善分隸書，用筆蒼勁，蓋得之家學爲多，而於金石文字尤究心而篤好之。迨宦游山左，愈蒐集古鐘鼎彝器暨殘碑斷碣之墨本，充牣几案間。雖戎馬倥傯中輒取摩挲以爲樂，暇則辨其源流，參稽同異，或細意鉤摹使之不差累黍，則其致力之勤可知矣。藏弆既富，乃先取石刻之佳者，雙鉤契木，斆錢唐黃氏小蓬萊閣例也。夫雙鉤之法，如鐙取影，摹勒盡善，足與真跡抗衡。然或孤本單行，如曲阜桂氏刻《婁壽》、歙巴氏之刻《劉熊》、海鹽許氏之刻《夏承碑》是也。許名《古均閣寶刻録》，或不止此一碑，諒是未成之書。若其裒集各種鏤版精良，則首推黃氏，嗣仁和高氏陵苕館續刻繼之。而上海徐氏隨軒、上元張氏鐵齋亦其類也。近人宜都楊孝廉守敬亦有望堂金石文字之刻。嘗謂洪氏《隸釋》以今所存原碑校之多不合，良由展轉翻刻致斯譌誤。假使景伯當日用雙鉤法，今日之寶洪氏書者當更何如？其説良是。然則雙鉤之法不綦足重乎。君之爲此，亦由諸君之志焉。奈剞劂未斁，遽作古人，不及藏之名山，旋已修文地下。緬懷舊好，能無愴然！尚憶少時伏處里門，往來譚蓺，至爲足樂。一日，偕陳稚君明經、戴子高廣文過君齋，見唐玄宗隸書泰山銘殘拓本，戲割其字爲楹帖，余所集者爲『風雨拜山鬼，海天來故人』十字也。閱一歲，君與先後出游，從茲天各一方，不復相見。又越五歲，粤逆陷郡城，明經殉於賊，廣文則遠客閩中，轉徙白下，不數年亦下世。君至山左，後以積功至觀督，逮履德州糧儲任，遽以微疾而賈其生。回首曩游，殆如夢境。余僑寓邗上，而君之喆嗣桐孫自山左攜家來此，結屋而居，相去一牛鳴地，因得覩其儲藏，序其遺刻。是則可悲亦可幸也。噫。

六朝别字記敘

世俗以字之誤書誤讀者謂之别字。弄麞伏獵，此類是也。不知别字之稱，其來已久，《漢志》有《别字》十三篇。《後漢書·儒林傳》：『讖書非聖人所作，其中多近鄙别字。』又《宋景文手記》謂北齊時里俗多作僞字，其所謂僞字即别字也。然頗有古字可通，適與暗合者。是以好古耆奇之士每喜其新異而取之，亦足以備參考焉。若夫六朝碑版本屬無多，造象流傳大抵出石工之手，點畫偏旁，隨意增損，怪誕紕繆，觸目皆然，固不能盡以六書繩之耳。即如造象之中，區軀二字，厥狀至夥。北魏道士張相隊造天尊象，西魏僧演造石象，後周王妙暉造釋迦象，區均作𠥱。《平津讀碑記》僧演造象，僧資造象，均作𠥱。北齊趙阿歡造彌勒象作𠥱。《潛揅堂跋尾》天和四年造象作𠥱。北魏元象元年壽聖寺造象記區作𠥱。又北魏檀泉寺造像記區作匠。北齊紀僧咨造觀世音象作軀。《楷法溯源》清信女楊造象作軀。東魏王方略造須彌塔記，北魏元盜造象均作塸。東魏路文助造象作鏂。西魏曹續生造象作傴。北齊郭于猛造象作摳。齊惠好造象作駈。北魏魯眾造象作區。北齊張祖造象作嘔。則其變態不窮可知矣。至唐崔懷儉造象則又作𠥱。清信女張寂造象作驅。是乃沿波逐流，變之又變者也。吾友趙撝叔大令嘗有《六朝別字記》，曩未寓目，逮君歸道山，嗣君武子甫以稿本排類編寫，暇時出眎，索爲弁言。按嘉慶時階州邢澍嘗爲《金石文字辨異》，以碑字之别體者分四聲韻，以類相從，自漢迄唐而止。撝叔此作則專收六朝，其體例亦與邢書小異，而其足資考證用心一焉。武子擬付梓人，爰書數語歸之。

千甓亭古塼圖釋敘

金石文字之可貴，以其可以考古事，證異文，故學者多耆之。而於古甓亦然，往往於殘斷剥蝕中，於地理、官制藉以訂訛補闕，而姓氏之稀異，亦時一遇之。若夫字跡之瑰奇，尤覺變態不窮。雖間出匠工俗字，其古致亦可喜也。惟古甎專書，宋洪文惠雖有塼録之作，其書不傳。而散見於它書者則寥寥無幾。逮國朝以來，耆者既多，搜討漸博，嘗見褚千峰所輯《古塼録》，其中頗有異品，然未梓行。厥後纂輯爲書者，則有張氏燕昌《三吴古專録》，馮氏登府、釋達受各有《浙江塼録》，周氏中孚有《杭嘉湖道古塼目》，徐氏熊飛有《古塼所見録》，陳氏宗彝有《古塼文録》，丁氏芮模有《漢晉塼文考略》，陳氏璜有《澤古堂古塼録》，王氏獻有《寶鼎精舍古塼録》，鈕氏重熙有《百陶樓甓氏集録》，吴氏廷康有《慕陶軒古塼圖録》，嚴氏福基有《嚴氏古塼存》，吕氏佺孫有《百塼考》，紀氏大復有《古塼品》，宋氏經畬有《瓴甋録》，近時陸氏增祥有《皕塼硯齋塼録》皆是也。其書或傳或不傳，未得盡得寓目。然其數之多者亦不過數百種而止，從未有爲數逾千彙爲巨觀者，有之，自我老友潛園觀詧始。觀詧以通敏之才，思精力果，富有藏書，即古甓一物，亦致之不遺餘力，其嫥意可知矣。初有《千甓亭塼録》之刻，仿馮氏例也。近復爲《古塼圖釋》二十卷，俾得相輔而行。其諸家纂輯，或有考而無圖，抑或有圖而無考，未臻盡善。今塼圖與塼録並傳，洵爲璧合珠聯，誠墨林中獨樹一幟矣。本擬即付手民，恐致失真，改從泰西攝影法縮本石印，庶豪髮畢肖。以鄙人同有金石之癖，承命排次，樂觀厥成，爰歡喜讚嘆而爲之記。

觀自得齋古印譜敘代

自古秦書八體，其一曰摹印。逮亡新居攝，使甄豐定六書，其一曰繆篆，繆篆者，謂其屈曲填密，即所以摹印也。按《廣雅·釋器》，印謂之璽。蓋古者上下皆稱璽，即《獨斷》所謂尊卑共之者也。而《説文》：『璽，王者印，所以主土。從土爾聲。籀文從玉。』朱氏駿聲以爲用印以泥，從土，秦以後從玉，非籀文，説亦可通。又古印譜中有某氏之坏及厶杜等印，程氏瑶田以爲皆璽字，厶即私字，其言良是。然亦有從金作鉩，或僅作尒，則又變體及省文矣。凡朝爵印文皆鑄，軍中印文皆鑿，視之判然不同。其流傳至今爲收藏家所寶愛，不獨可以考官制，辨姓氏，證異文，即字畫渾樸，亦覺古趣盎然。昔之著録者，如子昂《印史》及楊宗道、吴夢思、王厚之、錢舜舉、郭胤伯諸家皆有《古印譜》，今皆罕傳。可見者前明之王氏《秦漢印統》則録木，甘氏之《集古印譜》則鈐印，王氏亦有《集古印譜》，亦録木也。尚可藉爲考古之助。國朝古學昌明，學者耆古之愽，藏弆之富，即一物之微，亦講求不遺餘力。其彙爲成書者，如新安汪氏、嘉定錢氏、嶺南潘氏、海昌查氏之流，亦指不勝僂。今子静觀詧好古敏求，其所蓄古印、古泉，皆裒如山積，今印譜先成，凡周秦之璽、秦漢之印，下逮元戳而止，搜羅之二千餘紐之多，可謂夥矣。以近世而論，足與壽卿太史、退樓老人、愙齋中丞諸譜相頡頏，鯫生獲此鉅觀，如入山陰道上，幾令應接不暇，竊幸眼福之不淺也。

重栞漢隸字源敘代

漢隸之著於録，自宋以來流傳至今，則洪氏之《隸釋》《隸續》，劉氏之《隸韻》洪氏亦有《隸韻》未傳，馬氏之《漢隸分韻》《宋史·藝文志》作馬居易著，婁氏之《漢隸字源》而已。《隸釋》《隸續》皆全文以四聲，分別部居惟此三書。然三書中以《漢隸分韻》爲最劣，馮鈍吟謂以漢人石刻校之多不合，不如《漢隸字源》，其言良是。顧宋栞《字源》，不可得見，通行祇汲古閣本，亦繆誤滋多。偶得翁覃溪閣學據朱竹君學使所弆南宋栞本以校毛本，並以顧南原氏《隸辨》參校，共得百數事。又有丁小山、任子田兩先生識語坿録於上，誠足爲是書之諍友。爰倩友縮摹，其字小於原刻三之一，凡所改正及圈識之字悉依之，而以翁、丁、任所斠各條别録卷後。行將授梓，嗣復得吴興淩君塵遺録眎翁氏勘語，條分件繫，其所糾計有二百餘處，皆閣學一人手筆。蓋禾中鮑銘青孝廉藏本，淩君假而過録者，與此本絶不相同，遂合并爲一，洋洋乎誠大觀矣。以是嘆老輩之劬學，一校再校而不憚煩，豈末學小生所可同日語哉？昔秦敦甫太史得劉氏《隸韻》宋拓本，亦閣學爲作考證，鏤版以行，頗稱善本。今余乃以翁校《字源》付之剞劂，以繼秦刻《隸韻》之後，或亦嗜古者所不棄乎？長洲蔣某某記。

澤雅堂文稿敘

此總角交施君均甫之遺文也。均甫負異才，髫齡即以能詩名。少孤，奇窘，爲童子師以養母。不數年入邑庠，庚午登賢書。兩應禮部試不售。遂遠赴蘭州，投左文襄軍營，留佐幕府，薦擢至府同知，戴孔雀翎，旋因公鐫級。時張勤果以副帥駐軍阿克蘇城，出關往依之。勤果甚重之，倚如左右手。嗣勤果入都暨開閫山左，咸隨其行，俾綜理營務。積功迭保至候補道，加二品銜。越二年，入覲，爲部臣持其短長。勤果具疏力辯，奉特旨，以原官原銜發往山東補用。初，均甫在都時，因拂鬱病，齒頰腫腐，又誤於藥，及抵山左，勢加劇，帀月遽下世。烏虖，傷矣！其所著《澤雅堂詩初刻》僅六卷，其餘未刻之詩古文稾，勤果爲付手民。迨《澤雅堂詩二集》成，勤果已騎箕而去，文稾遂中輟未栞，由其親串郵寄於余。余乃函商老友濳園觀詧，篤念故交，慨許授梓，居然告成，此編是也。均甫自以特用道員，得缺當易以爲真，除後即相招，可遂聯襼之樂，詎意竟成虛願，良堪浩嘆。至其爲文，議論縱橫，時露精悍之色，蓋頗肖其爲人。憶於弱冠時，嘗屬余鐫小印曰『我輩豈是蓬蒿人』。惟念均甫以有用之才遽止於此，雖未得展其抱負，然此區區文字亦足以長留天壤。均甫詎真蓬蒿人哉！是爲敘。

景詹閣遺文後敘

同治甲子秌八月，歸安孝廉姚君拙民殉於吴門，其舊友同邑淩霞聞而悲之。初孝廉居郡城，會兵亂，從趙忠節襄辦民團。迨城陷，其眷屬自大母以下既僕媪凡九人皆殉焉。孝廉赴水爲賊所得，乘間脱歸，流寓海上。無聊侘傺，思得當以殺賊，未果，益悲憤，日從酒人游，非其志也。越二年，郡城收復，亟返里門，裒羅遺骼。旋至蘇，忽病，病三日，遂死。蓋心傷已。時霞作客海上，亟思所以謀窀穸者，迺效明季戴南枝處士葬徐昭法孝廉事，以書畫取微直，不足適。其中表兄吴君朗夫自湘中來，力任其事，各喪賴以安葬。因與吴君約，君既爲此，予惟有梓其遺稿以報故人。吴君曰諾。以是遍徵同人，而施均甫孝廉、俞勁叔茂才、王竹侣明經，咸以録稿至。益以行篋所藏姚氏雜文十餘篇，乃昔日戴子高廣文獲於東林山舍者。删薙重複，都爲一編，生平詩不多作，掇拾殘剩，坿録於後，孝廉著作止此而已。本思即付手民，以饑驅奔奏，未遑繕校，因循悤忽，深懼無以踐諾。丙申冬日寄廡韓江，傭書之暇舉以登木，烏虖，姚君往矣。猶幸裒其殘稿，見此如見故人。回思昔日少年，切劘談蓺，過從甚歡。曾幾何時而姚氏之墓木已拱，即竹侣明經、子高廣文，亦復相繼下世，古人所謂叢冢剌天，萬事都已，能不令人三嘆息哉。剞劂甫竟，爰牽連而記之如此。至其爲文，大旨宗法桐城，予毋庸贅一詞矣。

懷岷精舍集敘

懷岷精舍詩若文及金石跋凡三册，爲烏程李少青廣文所著。君好學深思，夙善校讐之學。憶自光緒六年爲先君子窀穸之事，留滯故里者月餘，一日，老友潛園觀察邀飲千甓亭，廣文在座，得以把酒縱談。自後不復相見，流光如駛，倏逾二十星霜，而廣文已於前年謝世。今其嗣君伯塤茂才介余從弟頌武攜眎遺稿，並索爲之序。讀其文温雅有法度，詩則和平無叫囂之習，而感舊懷人之思於是乎寓焉。其金石跋尤能考據精詳，不同恒泛。昔洪筠軒得見平津館孫氏所藏，因作《平津館讀碑記》，瞿木夫爲潛揅堂錢氏館甥，耳濡目染，乃撰《古泉山館金石文跋》，其所致尤爲詳盡。今少青廣文頻年爲潛園觀察斠勘群書，得觀秘籍，所儲墨本靡不一一寓目，故涉筆所及，自然學有根源，語無鑿空，與夫専衍成文，徒事鋪張者實有天淵之異矣。特將《金石跋》一種録副留置行篋，以備循覽，亟以原稿寄還伯塤茂才，俾得付之手民，用以餉海内好古之士也。是爲敘。

有萬熹齋題跋敘

傅節子先生，余神交友也，官閩中太守。因魏君稼孫爲之介，辱先寓書於余，厥後魚素往來，歲時不絶。所論皆書册金石之事，無一塵俗語，辨異析疑，至爲足樂。屈計締交以來，蓋已三十年矣。迨余寄樸鳩兹，其間不通音問者凡數載。丁卯歲莫忽得來書，並媵以佳刻數種，爲之狂喜。不意甫經作畣而先生於戊辰春孟遽歸道山，始終竟無一面之緣，良堪浩嘆。今秋喆嗣子式鹺尹以先生遺著題跋郵眎，且索弁言。伏讀一過，見其攷據之精，往往旁參側證，推闡無遺，自非博覽群書、胸羅萬卷者未易臻此，當與翁氏復初齋、張氏清儀閣相伯仲。至於熟諳明季掌故，又與鮚琦亭全氏、采蘭簃楊氏相頡頏，付諸梨棗，足以流布藝林，沾溉來學。鯫生不文，未足爲先生重，因徇子式之請，謹述文字知交之雅也。至魏君稼孫墓艸久宿，其所著《積語堂碑録》亦嘗爲之作敘，言念及此，又不禁有舊雨凋霝之感矣。

蕉庵琴譜敘

《説文》云：『琴，禁也。』《白虎通》云：『琴者，所以禁止淫邪，正人心也。』是知琴之爲物，所以陶鎔氣質，涵養性靈，固不若箏琶之徒以悦耳而已。隋《樂書》謂衆樂乃琴之臣妾，旨哉言乎。古之善操縵者，類多襟懷超曠，知足遺榮，當其寂坐一堂，泠然雅奏，斯能神與天游，性與古會。若夫膠膠擾擾，塵俗攖心，其神理固與枯桐相隔閡，安望其技之精哉？十餘年前甫游邗上，即聞有秦君蕉庵其人，善鼓琴，僕以素不解此，未嘗往訪。迨其身後，得其所爲琴譜而讀之，知君於此道固深造而篤好者矣。溯自古昔，齊嵩作彈琴法，薛易簡作彈琴式法，趙惟則注明蔡邕指法，趙邪利作指訣，趙希曠作指法。厥後爲譜，不名一家。至近世所傳若松弦館、松風閣、蓼懷堂、五知齋、誠一堂，則皆前明暨國朝時人所作，雖派别不同，各有精詣。今觀此譜明晰易曉，殆足以抗衡前哲，津逮後人乎。又聞君藏有唐雷霄琴，愛護甚於頭目。按蜀人雷氏如雷霄、雷威、雷珏、雷文、雷迅，皆善製琴，其斲琴自爲品第，上者玉徽，次者瑟瑟徽，又次者金徽，見於《㵎確類書》《太古遺音》。第不審所弆之琴其狀若何，惜未寓目。惟君苦心孤詣，終身畢力於斯，是真不負斯琴者矣。爰應其後人之請而爲之敘。

金蓋山圖志序

吴興山水清遠，夫人而知之。若其窈窕而幽深，爲神仙所窟宅，厥惟金蓋首屈一指焉。劉文房云：『山不在高，有神則名。』顧名山必有志，所以述奥區，表靈蹤也。而金蓋闕如，使山靈有知，寧無遺憾？故友李少青廣文竺學不券，有心人也。怦然有動於中，爰於剛經柔史之餘，苦心孤詣，纂成斯志，分爲四卷，於是乎足爲此山增重矣。惜尚未授梓，而廣文遽下世，良可浩嘆。妹倩潘小泉大令慮此稿之久而就湮也，乃慨解囊金，獨任剞劂之役，豈不誠盛舉哉？不寧惟是，山中自兵燹後，雖殿宇重新，而署榜尚多未備，其中如澹泊齋、挹翠樓、山雨欲來風滿樓諸匾額，皆君出貲補懸而屬霞爲之書者。又嘗繢爲《金蓋山圖卷》，廣徵題詠，藏弆山中，以爲千秋掌故，是皆有功於兹山，其用意良足多矣。韓昌黎有言曰：『莫爲之前，雖美弗彰；莫爲之後，雖盛弗傳。』今此志自廣文剏之，得君而幸成之，於《心鐙》《志略》二書外，别樹一幟，庶可補雲山之闕陷，且以慰廣文夙願也夫。

隸有敘

書之由篆變隸，所以趨簡易也。自秦程邈刱爲此體，後世遂沿其製。隸之云者，蓋以爲隸人佐書，故名曰隸。至八分之目，始見於蔡文姬石室筆勢，而釋適之《金壺記》則謂王次仲以楷字局促，引而伸之爲八字之分，故號八分。其語似校割篆二分，取八分之説爲可信。且知古者隸亦名楷，楷猶楷則也。然隸雖以簡易爲歸，要之有正變，有通假，苟未識源流，則無以知趨向耳。宋洪氏爲《隸釋》《隸續》，盡録全文。劉氏之《隸韻》、婁氏之《字原》、馬氏之《漢隸分均》及國朝鍾氏之《漢隸分均增》則皆摘録碑字。而顧氏之《隸辨》尤爲謹嚴，若翟氏之《隸篇》則影鉤原刻，豪髮無殊，更稱佳構。故友趙君撝未，海内所推爲能書巨手也，其宗人伯徲大令數法撝未，亦工八法，而於分隸寢饋尤深，今出其手纂《隸有》一編見眎，其意實取便於檢查，似謂漢刻所有之字大抵不外乎此，斯其命名之義也。且手自精寫，其小注亦用隸體，可爲蓺林獨樹一幟。吾鄉丁問松理問嘗撰《隸類》一書，與此大同小異，尚未授梓。今見是編之成，真所謂先覩爲快矣。

重槧山右金石録敘

《山右金石録》爲高郵夏寶晉著。寶晉字玉延，一字慈仲，以孝廉仕山右縣令，陞知州。鄉舉出屠琴隖太守門，又爲顧南雅學士高弟，乃郭頻伽女夫也。此書原有槧本，流布甚尠。昔從商城楊石卿丈假録，别寫一本，以寄石君子韓於漢皋。子韓以其罕傳也，爰校訂而重鋟之，以様本寄余覆勘。乃爲正其譌字，並加校語三十餘條於後。又於《續揚州府志》中録得夏君小傳以弁其前。時子韓攝篆楚北監利邑令，到官數月遽嬰疾，旋至不起。校本去時適值病中，不知能寓目否？逮眷屬南歸，此稿已失。尊甫亭菊世丈痛令子之早逝，而刻書未竣也，重印一本命爲再斠，並補刊校語，俾成完璧。子韓爲人豪邁不群，善分隸，癖耆金石，搜羅甚力，撰《金石譚》及《山右金石補録》，皆未竟。擬刻楊大瓢《鐵函齋書跋》，嘗爲題記，此册今亦未見，不知飄霝何所。烏虖，子韓往矣，而遺稿叢殘尚須整理，且擬爲之作《古歡閣收藏金石記》，庶不没其一生好古之心。兹以此本先成，用識厓略。最可異者，楊丈石卿奉檄權知江蘇震澤縣事，逮任旬餘，即病殁，距子韓之亡，甫帀歲也。二君與是書皆有因緣焉，故牽連記之。而緬懷舊好，蓋不禁感慨係之矣。

桐谿嚴氏女史暨子女合稿敘

從來閨閣鍾靈得扶輿清淑之氣。自古迄今，凡頌椒詠絮之流，所謂閨中彦、林下風者，考之載籍，僂指數之，一時更僕難終。然按其生平，往往有所缺陷，求其得天獨厚，既秉清才，又兼濃福，數十百人中，尠遘一二，豈福慧固未易雙修耶？抑詩能窮人，古之常例，即女子亦難以倖免耶？否則何豐其才者，嗇其遇者之多乎，不可解矣。《紫佩軒詩稿》者，桐谿嚴小雲女史之所作也，嚴本望族，先德比玉先生大有聞於時，而其兄伯雅太守、芝僧太史皆以文學著稱，況乎一門風雅，閨中伴侶靡不能詩。女史耳濡目染，幼即工吟，及笄，適白門李氏，蓋以親串而結朱陳者。李亦素封，自紅羊劫後，家中落。夫石泉君以入貲官連平州刺史，女史隨宦嶺南，眉案聯吟，唱隨甚樂。古之稱曰比肩人，曰佳耦，不是過也。不數年，石泉君卒於官，女史猶在盛年，寡鵠含悲，悽然稱未亡人。於是千氣萬力不遠數千里扶其匶以歸，僦屋苕溪，茹苦戢影。尚幸子女在側，藉以自慰，督課之餘，相依爲命。子女皆奇慧，子夢梅髫齡入邑庠。女蘊卿女紅翰墨無所不精，以家計維艱，日以刺繡供甘旨。無何，蘊卿、夢梅相繼溘逝。蘊卿實以刲股療母疾，創甚而殁，尤覺可傷。女史至此，顧影惸惸，益無聊賴矣。烏虖，何天之困之厄之至於斯極耶？雖然，困之厄之者其境，其不可掩者其名。石泉君本清宦，身後蕭然，女史固無媿女宗，夢梅亦有聖童之目，蘊卿更以孝女請旌，足以流芳百世，固非尋常眷屬所可同日而語也。

今女史顧念身世，掇拾叢殘，行將裒集授梓，冀垂不朽，乃命其義子潘小泉妹聟郵寄見眎，屬爲弁言，爰得而盡讀之。石泉君所著曰《石雲館詩草》，蘊卿曰《紉蘭閣詩鈔》，夢梅曰《冷香樓遺稿》，皆清雅多佳句，惟披紫函一編，譬如鵑泣蝯嗁，令人不忍卒讀，蓋不禁掩卷而三嘆息焉。嘗思吾浙素多閨彦，其最著名者爲汪小韞，爲吴蘋香。汪不永年，吴則有天壤王郎之感，殆即所謂缺陷非歟。方之女史，其處境不同，其所作不同，然而仌心鐵骨，彤管流輝，當此暮年依然健在。雖骨肉之凋喪，有篇什以流傳，成一家言，爲千古事，於閨閣中別樹一幟，豈不難能而可貴哉。余欽其人，乃不辭而爲之敘。

西泠六家印存敘

摹印爲八體之一，又曰繆篆。擅其埶者，是必精究六書，潛心學古，乃能深造自得，邁越俗流。若武林鈍丁丁先生者，其人也。竺耆金石，與古爲徒，偶一奏刀，迴異凡手。同時烋庵、蒙泉、吉羅三君，接踵而起，世目之曰丁黄奚蔣，厥後秋堂、曼生，其學亦從此出。六家皆杭人，遂稱之曰浙派。兵燹後，諸老遺製流傳日罕，收藏家偶得其一，靡不珍秘。惟丁氏當歸艸堂所弆獨夥，亦足豪矣。友人高尗徲行篤嘗鈐一冊見餉，惜欵識未拓，猶爲缺事，今傅子子式就丁氏舊藏復加增益，輯爲《西泠六家印存》，而欵識則另書付梓，以廣其傳，傅子真有心人哉。魏稼孫鹺尹錫曾，酷喜名人刻印，拓欵尤精，經其手拓，必使豪髪無遺憾而後已。此本所録，有從稼孫原拓而出，藉以補其缺失者。昔趙撝尗大令之謙戲呼稼孫爲印奴，嘗刻二字小印贈之，想見同志忘形之樂。奈稼孫長逝，痛失石交。因傅子索敘是書，遂不禁有感舊懷人之慨矣。

天隱堂詩録敘

余少喜弄翰，弱冠時與施君均甫、戴君子高游，甚相得也。子高性幽癖，通眉而短視。均甫意氣自豪，議論風生，目多上視。余則秉性冷淡，寡言語，惟良友當前則娓娓不倦。陳稚君丈嘗作《三君詠》以贈。厥後子高反而治經，均甫兼爲古文辭，余則癖耆金石、《説文》之學，皆不專意於詩矣。迨稍長出游，遂乃天各一方，不復相見。今二君皆宿草久，其著作早經鏤版，惟余懶於料量，迄未授梓。楊藐翁先生嘗寓書規余，以爲人生此舉斷不可少，而因循未果，然先生於前年又歸道山，愈有孤翼隻輪之慨。因感其意，勉爲删薙，將付手民。惟余既不拘拘宗派，亦不欲與海内名流相角逐，蟬琴蚓笛，聊以自鳴，它日覆瓿之譏所不計焉。

天隱堂文録卷下

三十樹梅花艸堂記

高君味梅既倦游，抱琴歸里，將架屋於霅溪之北，植梅左右之，而索記其友凌霞。霞不文，烏能爲役，然重違其意，且有感焉，因述高君之言曰：曩者逆氛犯郡城，豕突狼奔，遷徙者十九。余亦襆被出走，依人於海上。斯時也，人心倉黄，勢如處堂之燕雀，雖欲匿影敝廬，以木葉自蔽，何可得哉？已復之廣陵，之漢臯，之湘，而僑居於潤州者甚久。其間往來奔走，褦襶者若而年，爲謀食地也，即爲艸堂地也。今郡城收復已久，散處者各歸其土，且幸艸堂之資略能備具，予奈何而不歸乎？不寧惟是，昔之擁厚貲而稱巨室者，徒見夫夏屋渠渠，而今則荒煙蔓艸，爲孤兔游矣。桑海之感，往往而是。予誠細民，然行篋中猶蓄古琴八，端溪石十餘，它法書名畫稱是，則所得不既豐乎。他日者艸堂告成，行將露紒魁頭，徜徉於瘦石孤花之畔，以琴爲友，以梅爲鄰，與谷民溪叟爲世外之伴侣，予其暫爲艸堂之主人，可乎？凌生曰唯唯，遂濡筆而爲之記。爲斯圖者，歸安費以畊也。

戴金溪先生遺事

金溪先生數至吾湖，恨生晚不及見先生。咸豐辛酉，避亂滬瀆，遇塘栖勞丈彛卿，多聞人也。談先生軼事甚悉，頗有出於陳碩父、何姓舫、潘少白三先生所爲志傳之外者。先生父常以販豕之杭，識老儒某，老儒詢若子讀書若何，曰：日可讀數百行。因屬其偕來，遂從老儒讀。初應試，年尚幼，學使者爲彭公元瑞，按臨時揭榜有『本部院一目十行，無書不覽』語。及試，先生首先交卷，彭公以其稚也，疑而詢之，則問無不答。轉以三事詰，彭公不能應。及日晡放牌，彭公避不敢出矣。先生少時讀書武林，方氏者，巨室也，聞其才，妻以女。而妻亦知書，至經史疑義，輒辯難至反目，旁人不能解，聽其交訢而已。爲方氏館甥，一日雨，先生著屐持蓋出，遇友於途邀飲，醉則和衣及屐而睡，詰朝逕去。越數日，友候於方氏，知未歸，友訝曰：『渠尚屐，天姓奈何？』其婦兄笑曰：『想俟再雨乃歸耳。』先生面白多痘痕，目鋭入鬢，吾湖嚴九能茂才元照嘗戲之曰：『吾子面有殺氣，後恐斷頭。』先生曰：『斷頭何害？忠臣義士皆如是。』殊不知後爲刑部之徵也。爲刑部司員時，同官遇值宿輒請代，日中無事，獨飲於酒家，每以朝珠質錢以爲常。同官有疑獄未能決，則覓之酒壚，代以白金二兩贖其朝珠，拉歸爲之辨析，無不立辦。其後陳臬江西，將之任，道杭，謀購一羊裘，躊躕十許日，無所得錢而罷。及巡撫河南時，以刑部尚書召至揚，僕病於逆旅，從江都令陳雲伯假一僕，送至清江，返其僕，乃隻身襆被，蕭然入都。爲刑尚時，一足病，乃一穿鞾，而一著履。同僚皆笑之，問：『何不俱履？』答曰：『此足不病而履，是欺君也。』解歸，在杭嘗赴酒肆夜飲，醉而假寐。會邑令出巡，覩之不識也。吏役牽之，出袖中刺墮地，令大驚，輿送歸署。醒而自詫，强留不可而去。又嘗自杭赴德清訪嚴九能，雇一破艇，與星者同舟，泊柯家山，帀月仍與星者偕返，竟不知其爲大吏也。先生所爲多類此，以其有異乎人，故紀之。

周一庵先生遺事

一庵先生畢生志節，蕭、施二君所爲志傳詳矣。然尚有嘉言畸行之足以稱述者。先生爲人其大端在孝親，終身如一日。里人或譽之，先生曰：『孝豈易言哉。其上者以德及人牖親於道，其次則顯親而揚名，若夫温清定省，分所當爲，烏足道哉？』自師事道峰費先生後，遂以昌明理學爲己任，每教人勿虚盜聖賢之言以欺人，必實踐聖賢之言以自勵。在圍城中與弟子講學不輟，辨明拒賊大義。故鄉之人守志不撓，慷慨赴敵，未始非先生潛移默化之效焉。居室卑陋，門人請易之，先生不可。曰：『以可以毋取之資，取而營室，傷廉孰甚！』固辭乃止。生平篤學，於書無所不窺。謂堪輿家言亦人子葬親急務，不可不知。聞德清羅叟精斯術，師之，得其傳。余家有先人壙地，在北郭外之籠山，嘗延先生履視並擇厝期。事竣，貽以雙履，力辭不受，且面發赬。再三請，以爲非盜泉乃受之，其狷介如此。又嘗病暑，身熱如燔，舌焦裂，憊甚，竟不服藥。假榻比鄰火神廟之空樓，一時朋舊暨諸弟子咸往問疾，先生相對清譚，無惰容。倩人招余往視，移時，謂氣清之人晤對可以愈疾，間閱法書名畫爲消遣，謂此即藥餌，若徒乞靈於屮木，終有偏勝，非長策也。越數日，病良愈，此則稟賦之異，非恒人所可並論矣。又善續事，謂可養性靈，嗣以徒爲人役，近於玩物喪志，遂戒不爲。余未嘗從學於先生，然每聆其緒論，輒令人鄙吝自清。今先生仙去已三十餘年，緬懷舊雨，於志傳外別纂是篇，俾它日修志乘者有所採擇焉。

書賣菜傭施老三事

施老三，佚其名，歸安人。住郡城之北門内，鬻菜把以爲生，人以其行三，輒呼之曰施老三云。性樸直，無駔儈習氣。矮屋一椽，位置整潔。一媍頗粗陋，交相得也。老三勤且儉，肩販所入，不爲酒食嬉。其媍亦爲人浣衣，間有所獲，銖積寸累至百數十緡。隣之巨室某，家中落，嘗以釵珥等物質錢於老三。咸豐十一年冬，髮逆圍郡城。越明年四月，勢愈危，城旦夕且破，老三度事不可爲，預將釵珥完之巨室某，不索其價。問其故，曰：『某將以身徇，安用此阿堵爲？』固讓之，不顧而去。至五月三日城陷，老三自沉於和讓橋下，人有尼之者，不肯起，竟死。其婦得間逸出，幸免於難。余蓋聞諸其隣顧姓云。烏虖，當城破時，竟有身爲邑侯亦且靦顔從賊。更有諸生某乃團練局中司軍糈者，於圍城正亟搜括民米之時，輒以儲糧數百石以償博進，此殆喪心病狂者乎。否則，何冠蓋中反出市井下耶？若施老三者，慷慨從容捐生就義，彼雖賤丈夫，直可稱之爲大丈夫矣。

清儀閣題跋跋

光緒庚辰秌，故友魏稼孫鹺尹以手輯張叔未先生《清儀閣題跋》自閩郵寄，僅百餘葉，乃初栞未竣之樣本。越歲君遂作古。十餘年來，久悲宿草，竊念是書之果成否也？客冬寓鳩江，於友人案頭覩全帙三册，知爲君聓丁修甫孝廉斠定補鍥，爲之色喜，寓書索之，遂蒙見貽，爰得詳閱一過。適石埭徐子静觀詧亦以新刻《觀自得齋叢書》寄贈，中有《清儀閣金石題識》一種，取而互勘，則較多於此，而删去雜器書畫諸品。又於行篋中檢得盩厔路山夫岯、同邑石子韓宗建處假鈔《清儀閣隨筆》、日記等，與此大半重複，尚有出於兩刻之外者十餘則。蓋先生耄而好學，於金石文字尤有癖者，辨析豪釐，往往跋而又跋，所述不厭其詳，與翁覃谿閣學《蘇齋題跋》正復相似。舊友中嘉興鮑少筠昌熙最重翁、張二公墨本，有其手跡，不吝出重值以購之，而會稽趙撝叔之謙則殊不喜，遇輒割棄，其好尚之不同有如此者。平心而論，詳敘源流何妨言之覼縷，正不得以涉筆複沓病之。撝叔之見，無乃稍偏。惟先生以嘉道間老輩，其所師友皆一時魁儒勝流，聞見既廣，著述斯勤。叢殘遺稿，得稼孫爲之珍惜而甄録之，得修甫爲之校訂而踵成之，藉流傳而餉同志，是皆有足多矣。

錢叔蓋印譜跋

刻印之有徽、浙兩派，猶畫家之分南北宗也。徽派圓渾，浙派則瘦折而方勁，然造詣入神，同臻妙境。浙中自乾嘉時，丁、奚、黄、蔣諸先生推重一時，而兩陳先生繼之。厥後趙氏接踵而起。及道咸時，有錢處士叔蓋，品格高寒，鎸印猶極蒼秀，惜生平都不存稿，兵燹時處士亦全家殉難。嗣嶺南嚴根复氏搜羅數十枚，與富陽胡山人鼻山所作合輯一册，而流傳甚尠。今武林高君邕之善書畫，篆刻之學尤精，偶得錢處士遺印若干，亟欲鈐印成譜，以廣其傳。蓋重其人，欽其所學，俾處士篆刻之法大顯於世。高君之意，不既善乎？光緒戊寅冬仲寄影海上，暇時出觀，命爲加墨，爰喜而爲之記。

寶印齋印式跋

傅君節子得汪尹子印稿於閩中，名《寶印齋印式》，寄以見眎，且命留題。明季琢印諸家，若蘇爾宣之《印略》，朱修能之《印格》，胡日從之《印存》，何不違之《印史》，梁千秋之《印雋》等，皆嘗寓目，而汪氏專稿則見所未見。汪訒庵《集古印存》所收明人刻印何雪漁三十餘，而尹子之作亦羅列至二十四印，其珍之當不下何氏。《印式》題詩諸公於繆文貞、文文肅外，如侯岐曾爲侯忠節峒曾之弟，與忠節後先死節者焉。《集古印存》尹子所刻印中，亦有忠節名印白文四字曰『侯峒曾印』，則其當時刻印見重於名公可知。今觀諸公詩翰，皆屬手題真跡，非刊本可比，則此《印式》一書應爲僅存之碩果，傅君其寶藏之。

沈小霞畫紅梅卷跋

此卷出自邗上故家，前有『小玲瓏山館』印，知爲馬氏舊藏。畫無款識，然有明人四題，足爲證據。潘陋夫一跋頗佳，今復據《明史》本傳、《青霞文集》、《褒忠録》，此録爲霞之八世族祖稚哲公所刻。公諱迪知，進士，工部員外郎。青霞先生劾嵩之疏，小霞叩閽兩稿皆在録中。核其前後而詳記之。按小霞名襄，一字叔成，青霞先生之長子。先生以進士三任縣令，陞錦衣經歷，嘉靖三十年以劾嚴嵩獲罪，徙保安。襄隨父居邊數年，後以葬祖回籍，迨先生爲嵩黨宣大總督楊順、巡按御史路楷誣陷，處以極刑，次、三子袞、褒皆杖死，並捕襄置諸獄。會順、楷被劾見收，襄得不死，在獄年餘，遣戍遼東，流離數載。嚴氏敗，始走京師訟冤。隆慶元年，詔復先生原官，加光禄寺少卿，遣官致祭，録幼子袠入國學。當時袠以幼稚幸免者也。襄以貢上春官，復疏請正順、楷之罪，皆論死，先生之冤大白於天下。嘗見江盈科所爲沈小霞妾傳，江盈科字進之，常德人，萬曆進士，官至四川提學僉事，有《雪濤閣集》。謂襄遣戍時，一妾隨行，聞嚴氏將使人要殺之，妾曰：『君一身宗祧所係，第去勿憂我。』遂紿押者：『城市有年家負我金，往索可得。』押者恃妾在，不疑。去久之，往跡未得。妾大慟曰：『必汝授嚴氏指戕吾夫矣。』觀者如市，聞於監司，監司亦疑嚴氏真有是事，不得已權使寄食尼庵，而立限責押者。及嵩敗，襄出訟冤，妾復相從云。據此則襄曾經遁跡事實有之，後復仍赴戍所，未可知也，殆志傳諱而不言耳。是沈氏一門忠孝，又得此奇女子，豈不尤足重哉！　至襄之畫梅，《佩文齋書畫譜》引《山陰志》謂其幹隨筆生，枯潤自得天趣。《無聲詩史》、《圖繪寶鑑續編》、《畫史彙傳》均稱其畫梅霜枝雪幹，風骨峻嶒，自是清流之筆。並云仕至郡守，正張松齡詩所謂『尋補黄州乘五馬』也。又嘗讀徐文長有《沈刑部善梅花》詩、《京邸贈沈刑部》詩。自注：叔成至安鄉，召入，善畫梅，在署竟日伸紙。始知襄曾仕秋曹。張松齡詩『君王嘉作尚書郎』，亦與相合。張詩又云：『寄語傳家小阮郎，深藏匣裡鎖鴛鴦。』是此卷當爲襄之猶子所藏。其第一首王子獻稱『社弟廷筞和』，似襄尚有原作，惜已佚矣。史槃詩：『⿱穴並餘譜出絳梅花。』⿱穴並字穴頭，疑即⿱穴皿字。⿱穴皿，《説文》作⿱穴並，北方謂地空爲⿱穴並，讀若猛。又《廣雅·釋室》：⿱穴皿，窟也。當即潘陋夫跋中所謂匿身地窖，日畫地爲梅也。陳玉几詩：『白蓮之後現紅梅。』謂楊順、路楷誣先生通白蓮教也。伊墨卿詩：『縛艸攢射檜與嵩。』謂先生在邊，嘗爲李林甫、秦檜、嚴嵩三偶像而射也。洪桐生詩：『居庸關外舊生徒。』謂襄在保安考補廪膳生也。又嘗閲明人鄭雪湖《梅譜》，有襄爲序。知襄曾師雪湖，是畫梅一道，襄固夙所究心者焉。總之，忠孝遺跡雖片楮流傳，自有不可磨滅者。此卷藏弆行篋已有年所，今貽舊友田稚存恩厚分轉，因爲跋而歸之。

滬游筆記跋

《滬游筆記》何爲而作乎？蓋以記滬上之風土人情，繁華景象焉耳。顧游滬者不知幾何人。游於滬而善文筆者，亦殊不乏人，即鄙人亦游滬之一耳。然能記其風土人情、繁華景象，蓋不數數覯，豈皆懶於搦管？而瘦鶴詞人獨津津樂道，筆而記之，果何爲乎？或則逞其才華，思欲與古人頡頏，抑或胸懷鬱勃，乃作此游戲伎倆，皆不可知也。夫滬上僅彈丸地，自中外互市以來，風氣日開，奢靡亦日甚。倘無一人焉爲之掇録，亦殊缺典，然則瘦鶴詞人其殆有心人耶。披兹一編，舉凡所謂蜃氣樓臺、登場傀儡、城能不夜、鍋可銷金者，皆於是乎在。即使乍游此地，目迷五色者，亦可按籍而求，按圖而索。是則此編之成，自可不脛而走、不翅而飛乎？惟是鄙人以久游滬上之一人，得覩此千奇百怪，亦幾幾目迷五色矣。是爲記。

雪景山水大理石屏跋

大理石出雲南大理府點蒼山中和峰之腰，明代即見重於世。總以文彩分明、形象天成爲貴。按李日華《六研齋二筆》云，環列大理石屏，有荊關董巨之想，蓋謂逼肖畫家山水也。又《徐霞客游記》，親至大理，見淨土庵七尺山水二大石。是尤以材大爲難得耳。昔阮文達公總制滇南，選石甚夥，各加品題，嘗見其手書《石畫記》言之甚悉。今維揚市肆所售尚有僞鐫公名者。貫經姻丈屢游邗上，所獲佳石正復不少，比又於滬城新得雪景山水石屏横幅，疊嶂層巒，惟妙惟肖，真奇觀也。阮氏《研經室集》中有題寒峰曉雪一石，謂似雲林簡筆。此則氣魄雄壯，尤當駕而上之。欣賞之餘，是不可以不記。

任伯年大寫意畫跋

畫家之大寫意，最非易事，墨一著紙，即難改移。青藤老人尚言覩白紙輒不敢落筆，其難可知。雪个作畫，純用簡筆，以天趣勝。伯年此作，頗能得其神似，固不僅優孟衣冠也。昔張僧繇畫鷹於壁，能驅鳩鴿，黄筌畫雉於殿上，白鷹見而下擊，蓋疑其真也。伯年其殆張、黄之流亞乎？

顧若波畫白描大士象跋

曩見陳老蓮畫大士象，其衣以破荷葉裹之，詫爲奇絶。今若波居士用白描法作莊嚴法相，於造象拓本之中生面别開，得未曾有。至筆意之精，儼然滿月慈容，有菩薩低眉之狀，所謂神妙直到秋豪顛矣。顧苦鐵道人日日以好詩供奉之，以墨緣爲佛事可也。因歡喜贊嘆，合十頂禮而爲之記。

石交圖跋

明季倪文貞公嘗有自畫《石交圖》立幅，見於梁山舟學士《頻羅庵集》題跋內。謂文貞所交之石實自其胸中吐出，磊磊落落之石，非凡所謂石也。又鄧山人石如與梅石居爲金石交，繢二人小影爲手卷，顏曰『石交圖』。今十二硯齋主人集友人之能繢事者各作一石，名曰石交。按《三國志·裴潛傳》注，黄朗特與東平右姓王惠陽爲碩交，即石交也。《説文》：交，交脛也。交友之交應從人。鄙人承主人之屬，亦塗一石並爲篆『碩佼』二字以弁其端。

隮雲廬跋

雲壑故址在我湖之金蓋山，曩爲故友張君聽泉購得，擬搆精舍，爲晚年棲隱之所，名曰隮雲廬。後事不果行，而君旋謝世。今隨息居主周君萊仙補築是廬，以慰張君生前之志，其用意可謂厚矣。命爲篆榜，以至好不敢辭。按《説文》無隮字，而有躋字。『躋，登也。』又《玉篇》：『隮，登也。』而《廣韻》、《集韻》皆云躋亦作隮。是隮即躋字。然石鼓文有隮字，今特從石鼓云。

悟隱尻跋

古之人有朝隱，見揚子《法言》。有官隱，見《水經注》。有吏隱，見白香山文。是皆非石隱遁世之流也。今悟隱居士以冠蓋中人而有山林之想，是殆所以爲悟歟？

清湘老人題記跋

石濤僧畫筆奇縱，興會淋漓，與石谿並稱，而蹊逕自異。其用筆，固不落畫師窠臼，然仍不越範圍之外。王麓臺司農稱爲江南第一，自謂與石谷皆所未逮，可謂推許之至矣。所謂《畫語録》已刊入《知不足齋叢書》，其餘零篇斷句，今得十二硯齋主人苦心蒐録，居然成此一種，良可喜也。嘗憶《廣陵詩事》有石濤和尚自畫墓門圖，並題句云：『誰將一石春前酒，漫灑孤山雪後墳。』可以想其風致矣。

冬心先生印欵跋

嘗見一青田舊印，鐫『我思古人』四字，爲江于九太守物。旁有冬心先生跋，刻劃甚深，惟冬心署名金由，不得其解。後詳考之，則《韓詩》『衡由其畝』傳：『南北耕曰由。』毛本作『從』。乃知叚從爲農。又按楊升庵《六書索隱》，由實即古農字。可知書本一物，不可不博覽耳。

黄小松篆聯跋

咸豐庚申冬季，烽煙正盛，自滬返湖，道出南林，於小禨肆中覩小松先生篆聯，筆法樸茂，句爲『煙雲供養静；花鳥友于多』。署名黄大易，乃二十餘歲之少作。見者以爲下聯費解，咸疑其贋，因以賤值得之。後檢唐人詩有『一重一掩吾肺腑，山鳥山花吾友于』之句，始知下聯來歷實出於此。開卷有益，其信然耶。

張子岡大令賢母事實跋

余未識張子岡大令而得讀其賢母陳孺人事實，乃不禁肅然起敬，曰嗟乎，孺人之賢乃至是乎，其堅苦卓絶之行爲士大夫所難，而出之弱女子，殆巾幗中之獨行君子乎。至其勇於爲義，忘己以濟人，則尤非恒情所能。昔有周理齋先生，武林之通儒也。嘗於歲除與夫人對理《漢書》。有貧嫠以小兒無帽告，夫人一時無措，即剪韝之上方縫紉與之。越日客來，先生即著以見客，豪不介意。視孺人之抽壁板爲里人之棺，其中心仁慈若出一轍，豈非度越尋常萬萬哉。盥讀之餘，爲之慨嘆不置焉。

顧若波畫春郊散牧圖跋

武林沈亦香丈以吴門顧若波所畫《春郊散牧圖》索題，披閱之餘，爲之欣賞。按國朝以來，畫史顧樵水以高簡勝，顧野漁以蒼老勝。此作以秀逸出之，居然於漁樵之外，别參一席矣。

楊藐翁臨禮器碑跋

藐翁先生於分隸一道用力至深，蒼古堅勁。其渴筆如萬歲枯藤，其波發則天骨開張，不可拘勒，所謂沈著痛快兼而有之。先生自云七十孱叟尚能作書，黄忠老寶刀不老，誠哉是言。國朝以來，善分隸者推老䓗爲第一手，方諸先生，其超妙似出老䓗之上。竊嘗論近時爲篆隸者應稱兩楊先生，篆則濠叟，隸乃藐翁也。今因仲禮仁兄索題先生所臨《禮器碑》，重違其意，用識數語，不識以爲然否？

包子莊隸書朱伯廬先生治家格言跋

故友包君子莊，曩年家富藏書，夙善分隸，少時同在里門，時相過從。兵燹後，天各一方，不恒聚首。憶曾訪余韓江寓廬，迨庚辰回里省墓，重得快敘，厥後不復相見。而君久歸道山，殊有舊雨凋霝之感。今文孫纘甫茂才以君手書楹帖寄眎，尚是同治己巳所作，事越二十七稔，覩此如見故人。又得君所書朱柏廬先生《治家格言》摹刻拓本，墨緣重締，懽喜無量。按蔡邕《九勢》云，凡落筆結字，上皆覆下，下以承上，使其形勢遞相映帶，無使勢背。又《石室神授筆勢》云：『書有二法，一曰疾，二曰澁。得疾澁二字，書妙盡矣。』所傳雖真僞不可知，然其言實有至理，非積學功深者不能也。君固寢饋於斯數十年矣，筆成冢，硯成臼，始克臻此境界。此作天機流行，尤有純任自然之趣。纘甫世講英年竺學，於篆籀分隸，無一不佳。詎僅繩其祖武，它日詣力精進，駸至與古名人相頡頏不難矣。

石印百漢碑硯拓本跋

江右萬廉山司馬官南河同知時，倩太倉王子若以端溪石百枚縮摹古刻，名曰《百漢碑硯》。其實非盡漢刻，如繹山琅琊臺泰山二十九字，秦刻也。延陵十字碑傳爲宣聖書，唐刻也。且亦不足百種，如漢石經分爲十四石，漢三闕分爲七石，並有以碑陽及碑陰分列爲二者，是殆限於篇幅也。惟其苦心孤詣，乃以尋丈豐碑縮至徑尺而又毫髮畢肖，可謂難矣。聞刻成糜白金至數萬。以獻京師，某鉅公不敢受，嗣以負公項石入於官。兵燹後，僅存二三十石，已殘闕不全，不知爲何人購去，欲求一完璧之墨本，已渺不可得。同里石丈亭菊曾贈余舊拓，尚少數種，嗣山左碑友蘇朗山茂才以殘拓見貽，始足成之。嘗擬付諸石印而未果。今唐焜華四兄居然以別本影照而成，誠爲先得我心。向之稀如星鳳者，欲覩廬山真面而未得，今則墨緣廣締，足以供同好之求，詎非大快事哉。

唐人寫攝大乘論釋卷第四跋海鹽金粟山廣惠禪院大藏當殘葉六紙

唐人寫經，大都用筆沉厚，點畫凝重。雖非出於名手，而墨光如漆，望而即知而非晚近所可額爲也。泉唐丁修甫孝廉博雅好古，偶來滬上，攜此見眎，審閱確爲寫本無疑。閲竟屬題餘紙。按董文敏《容臺别集》云：元李氏有古紙，請趙文敏書，文敏不敢落筆，但題其尾。至文徵仲止押字一行。惟此藏經箋紙已越千有餘年，重違其意，漫然塗此，得毋爲古人所竊哂耶。

陳忠裕公名印鈐本跋

陳忠裕公名印爲友人高味梅叔壽所貽。高君爲我鄉老畫師費曉樓丈之高弟子，善丹青及鼓琴。於鄉居構三十樹梅花艸堂，索余爲記，文成即以是印爲潤筆，臧諸行篋已十有餘年矣。金石交武林魏稼孫以鹺尹官閩中，客歲書來，欲以他物相易。然佳者苦難割愛，劣品恐余未喜，遲回者久之。余謂君既耆之，何妨持贈？而君則力辭，以爲不敢當。今炑正擬緘寄，不意稼孫已於仲炑三日以微疾謝世，聞之深爲抱痛，特即寄伊喆嗣性之以聯兩世交誼云。按此印見於汪訒庵《集古印存》，白文四字曰『陳子龍印』，磁質極舊，獸鈕，識者指爲宋磁。稚存四兄假觀數日，留鈐此紙，屬爲題記，遂識其顛末如此。

補録

有萬熹齋集印跋

嘗讀周氏櫟園《印人傳》及汪氏飛鴻堂《續印人傳》，又潘氏三松之《續印人傳》，而嘆作者之多也。然而造詣純古，超然絶塵，百十中僅一二焉。傅君子式英年媢學，癖耆金石，尤好集印，所拓邊欵絶精，可謂獨出冠時。其搜羅名家印文自前明何雪漁，迨近時趙次閒諸先生，綜計三十餘家，曰《有萬熹齋集印》，辱以目録見眎，屬記厓略。日者尊甫節子先生嘗以《華延年室集印》見貽，業已訝其精美，嘆賞不置。今子式篤志於此，孜孜不劵，藏弆更富，非家學淵源，曷克臻此耶。平生於金石篆刻之交頗不乏人，而子式以名父之子超然崛起，益喜同志之有人矣。

贊

覺道人揚州史公祠壁畫石贊

老筆作石，氣象巖巖。撑天拄地，嶷如斷山。粉壁一丈，墨汁五斗。留影人間，獨立不偶。

忠正大節，千載如生。惟公鐵漢，可配石兄。

蘳憂圖贊

處林壑甕，作林泉民。荒荒土室，裒景長詅。水田之衣，菱角之巾。獨來獨往，窈窕雲岑。秋鐙破壁，病葉寒門。一洞風雨，被髪鼓琴。我心天游，我身無塵。千峰萬峰，明月白雲。遐哉此境，摇摇𤻲魂。手闢楮國，娟然古萶。曰蘳憂地，樂我天真。安昮它年，逕豸隱淪。讀書抱瓮，如蠖斯伸。東皋之達，東老之貧。

爲人行看子贊

數點蒼苔，數點寒梅。有石磥砢，有亭崔嵬。胸無塊壘，地鮮塵埃。玉人進酒，老子銜盃。春風鬌影，夜月詩材。神仙清福，優哉游哉。

銘

茶壺銘 一字至九字體

茶，茶。碧乳，黄芽。春有韻，玉無瑕。紙窗月冷，石鼎泉嘉。半晌詩魂醒，三升酒力賒。

待到客來寒夜，煎從竹裏人家。酌瘿瓢松聲聽罷，倚繩床山字肩斜。水厄王濛未能免俗，茶神陸羽儘力堪誇。百歲輕身不須求藥裹，一年佳境留伴嚼梅花。

高味梅䂨琴銘

三尺梧桐，七條瘦玉。其聲泠泠，可以醫俗。夫君得此萬事足，誓將歸隱溪之曲，願君清名入仙籙。

江蓮峰作畫硯銘

先生畫筆生雲煙，先生家具惟硯田。締石交，留墨緣，伴爾長吟三百年。

蔣石鶴方端硯銘

詩百篇，酒五斗，狂吟奮筆蛟龍走。石鶴泠，抱石田，守厥田，惟上上。取給於此無不有，石耶鶴耶兩長壽。

又小端硯銘

惟石有骨，惟骨不可屈。是爲笏溪草堂之長物。

又蓮葉硯銘

蓮葉何田田，不承珠露承松煙，幽人夜拂青苔箋。飲水讀仙書，不爲塵俗憐，片石摩挲成古緣。

丁問松天册塼硯銘

天册元年殘甓古，先生得此書隸古。不慕時名但嗜古，石交與爾傳千古。

又甘露塼硯銘

甘露年，遺斷專，抱殘守闕爲硯田。揮毫大自在，滿紙生雲煙，淨几明窗留墨緣。

又太康塼硯銘

晉太康，文兩面。字跡異，殊罕見。契古懷，供清玩。排筆陣，助文讌，日摩挲，永相伴。

天隱堂文録跋

《天隱堂文録》二卷，淩霞子與撰。子與，歸安人。學問淹雅，工書畫，通小學、金石學，所藏兩家之書最富。有刻本者則購之，購未得者則鈔之，藁本亦鈔之。內有篆隸皆手自鈔録。先與魏稼孫鹺尹、傅子節[一]太守，後與繆筱珊參議、江建霞京卿，皆彼此開所藏小學、金石學書，各摘出欲鈔何種，自顧人寫完，細校之，寄書互换。書不出門而書庫日益，深有得倦圃流通古書之意。客申江、蕪湖最久。前在里門，負盛名，與陸存齋、施均甫、戴子高、姚抯民、俞劲叔、王竹里，時人目爲七子。諸君各有撰述，皆刊以行世。子與止留此二卷文五十三篇耳，而收藏亦星散。嗚呼，斯可哀已。歲在旃蒙單閼，吴興劉承幹跋。

校勘記

〔一〕凌霞文中『子節』作『節子』。

相牛相鶴之堂偶筆

曾文正公任兩江時，督房書吏所送稿尾銜有全銜一條，字甚冗長。公自删改，並題一詩於上云：『官兒雖大成何用，閒字空多看不清。删去數條重刻過，留爲日後寫銘旌。』亦可見公風趣矣。

曾文正與胡文忠同官翰林，昕夕過從。一日，文正至胡處，則書室虚掩，自窗隙窺之，則文忠之如君方濯足，而文忠坐觀於旁，遂退出。次日見之，文正謂胡云：我有一聯請對，乃『看如夫人洗足』六字，文忠應聲云『賜同進士出身』。緣文正係三甲進士，遂以此調之。

某年文正誕辰，海内所送壽屏、壽聯甚夥，門下士彙録一本。公見之，自題四字於端云『米湯大全』，蓋俗説諛人者謂之灌米湯也。

文正三任兩江，至邗上閲兵，何廉昉太守宴之於花園且演劇。太守書戲臺聯云：『當代一人出將入相；此邦三至後舞前歌。』公覩之甚喜。

文正有老友某爲作生輓聯云：『前不見古人，後不見來者；下則爲河嶽，上則爲日星。』文正頗許可，惟撰者何人則竟忘懷矣。

文正所作篆字雖不工整，而有天趣，蓋卷軸氣勝。與吴門陳碩甫先生所書相等也。嘗於邗上故家見公手書篆聯，文云：『知足不辱，知止不殆；慎言其餘，慎行其餘。』因假鉤録木拓以贈友云。

吾鄉蔣蓮洲州判世鏞善爲古文辭，書法褚河南。議論風生，不可一世。奚虛白處士疑善畫竹，工詩，居南郭外之知稼橋，以鬻酒爲生。小樓三楹正對方屏山，即厲樊榭徵君納姬人朱月上處也。樓前有白榆數株，故稱榆樓。凡騷人墨客至湖者靡不訪之。而性喜爲人作調人，時人爲之語云：『排難解紛奚虛白，高談雄辯蔣蓮洲。』頗肖二君爲人云。

夢中有人索題玉堂富貴圖，有二句云：漫道繁無春色富，高風翻羨富春翁。富春翁指羊裘老子。此光緒戊戌秋九月二十二夜也。

書畫老境筆墨起毛，似有蒼然之趣，然非乾枯之謂也。其中微妙，明眼者方能辨之。筆墨能有静氣最爲上乘，然不易到。

凡人作書畫，雖老年而仍秀潤似少作者，當是壽徵。或少年而筆墨過蒼，所謂已臻老境，卻未相宜。

作書者宜有虛和靈氣，若徒恃粗獷以爲勁，譬如農夫用鋤，但有蠻力，安得佳致乎？

《百漢碑硯》而人輒顛倒呼之爲『百漢硯碑』，不可解也。

忽來道人者，山陰俞仲華也。其人老於幕游，兼擅岐黄之術。嘗撰《蕩寇志》，以《水滸傳》謬以宋江爲忠義，因反其意而作是書。與汪謝城廣文爲舊交，某年寓居武林西湖，值除夕，謝翁往訪，則王人不見。覩壁上寫一詩，墨猶未乾，句云：『索逋人至亂如麻，惱我情懷度歲華。這也管他孃不得，後門逃出看梅花。』讀此詩，可以想見其爲人矣。

有人贈何猨叟一聯云：『天下無第二枝筆；適性自成一個人。』猨叟頗欣然，然撰者不知爲何人也。

金陵侯青甫學博雲松善書畫，求者踵相接，不勝其擾。乃作《金縷曲》二闋，榜於門曰：『對客頻揮手，願諸君、收回絹素，幸容分剖。書畫詞章三絶技，此語最難消受。況八十、龍鍾衰朽。終日塗鴉塗不了，慣直從辰巳交申酉。問所得，幾曾有。尤多親友之親友，貼簽條、某翁某老，不知誰某。積壓縱横旋散失，尋覓幾番搔首。媿爽約，又將誰咎？要不食言原有術，或先將潤筆從豐厚。問破鈔，可能否？』此詞頗有趣味，第二闋不甚佳，故不録。

天南遁叟王韜所用名刺甚大，如單帖式背印四言韻語八句，凡三十二字，實創格焉。句云：『望塵門外，滅字袖中。俛視千古，平揖三公。一刺輕投，半錢弗值。布衣獨尊，秀才早刷。』其女夫錢昕伯云，此數語不時更易，並非一定不移也。

吾鄉趙忠節公以粤逆之亂，困守湖城。至同治壬戌五月初三日，城遂破，其眷屬早已遠赴汴梁，惟愛妾某氏隨侍不肯去，先一月病歿。公爲輓聯云：『不忍效前人殺卿享士；已知無生理先我全屍。』其措語可謂沈痛。

明季太倉沈承，字君烈，著有《即山集》。少負異才，喜讀奇書，至性耿介，不與俗伍。好禮梵夾，夫婦不食腥血，單衣葛巾，若神仙中人。其詩藻思溢發，要爲才人之筆。惜年不永，殁後相傳爲婁之社神，即祠其故宅也。婁東詩派中有七古一章題爲《寒暮》，今録於此。云：『山面磽磽冷鐵色，凍威攖空日華匿。腫梅抽條怒而直，有隙欲芽芽未得。珊瑚果紅經雪惑，水仙枝綠微香勒。呼僮煖酒酒罍[一]仄，酒不活膚足血嗇。呵開冰硯敲詩力，筆尖生皮字無墨。板扉雙拒口叱賊，獰風鑽壁如鬼黑。』幽光英氣，即詩可見一斑矣。其妻薄少君，亦才女，痛其夫早逝，爲《悼亡》七絶句百首，遂於次年忌日殉節焉。余嘗於《買愁集》中見詩六十七首，今揮録十六首。詩云：『半世心精苦繡成，山河擬仗筆尖平。今朝束起懸高閣，落手猶聞嘆息聲。』『痛飲高談讀異文，回頭往事已如雲。他生總有浮萍遇，正恐相逢不識君。』『惜福持齋器不盈，清修何返促前程？冥途業鏡如相照，照出枯腸菜幾莖。』『一片冰心白日寒，由他獰鬼狀千般。相傳地府威儀肅，莫作新詩戲冥官。』『沈沈夜壑然幽炬，冢入松根逼寢處。風淒月苦知者誰，夜與山前石人語。』『知名未肯爲人忙，白水青鹽自侑觴。長日夢迴慵未起，失迎曾有鶴登堂。』『塲中無命莫論文，有鬼能遮秉鑑人。卻怪君文遮不住，故將奇疾殺君身。』『鐵骨支貧意獨深，有睛不屑顧黃金。時人漫賞雕蟲技，没卻英雄一片心。』『錢神墨吏鬼無訶，苦執貧儒欲奈何。一片紙錢都不帶，反將鐵面折閻羅。』『七戰金陵氣不降，可憐傑士殉寒窗。科名誤我今如此，踢倒金山瀉大江。』『濁世何爭頃刻光，人間真壽有文章。君文自可垂天壤，反笑彭翁是夭亡。』『碧落黃泉兩未知，他生寧有晤言期。情深欲化山頭石，劫盡還愁石爛時。』『英雄回首即長眠，手擲山河交與天。骨相不須麟閣畫，江聲嶽色托神傳。』『冥鞫惟愁慧業深，好除書癖與詩淫。幽王鹵簿旁操筆，瞥見還應起獵心。』『掃雪烹茶新水優，拜來雅貺不須酬。自嘲殺業難除盡，枯蚌爲刀切菜頭。』『家計如君未是貧，清泉滿釜不生塵。穿廚野雀分餘飲，箇是君家闒席賓。』以上諸詩，頗有别趣，迥非尋常閨閣口吻也。

左文襄公嘗有自撰一聯云：『文章西漢兩司馬；經濟南陽一臥龍。』此聯雖不免自負，然豪氣可想矣。

吾鄉俞曲園先生善爲聯語，嘗見輓蘇州桃花塢謝綏之一聯云：『一鄉之善士友天下之善士；國人皆曰賢諸大夫皆曰賢。』所謂文章本天成，妙手偶得之者也。

泰州吴讓之熙載，老貢生也，爲包慎伯弟子。善爲四體書，而篆尤勝，刻印最佳，年七十餘，以鬻字爲生。妻亡，而子孫皆不肖。常僑居邗上宛虹橋火星廟，嘗懸一聯云：『有子有孫鰥寡孤獨；無家無室柴米油鹽。』牢騷滿腹，即此見之。

江都梅延祖孝廉毓爲植之先生子，治《穀梁》，已成一卷。於光緒八年正月初五日謝世，年僅四十。無子，一妻一女一寡姊，平時以課徒爲生，身後蕭然。其自撰輓聯云：『天下窮民家徒四壁；古人知己胸有千秋。』可想見其爲人矣。

故友邱履平心坦，海州人。少孤，年十八尚不識字。其族中某孝廉教之讀，不二年，即喜博覽，尤長於詩。其人性情真摯，多力，習武事，嘗保千總，後改典史。曾投左文襄陝甘大營，與營中同寅不合，遂南歸。其詩名《歸來集》。自撰一聯屬余作篆，文云：『一生事業歸來集；半世功名未入流。』後隨吳筱軒軍門至高麗，有《九日登高詩》云：『三韓木落曉蒼蒼，客裏登臨望太行。家隔二千三百里，人經四十五重陽。』惜不記其全篇。厥後在天津帶勇，寓書於余，不數年遽下世，年衹五十餘。所謂《歸來集》者，亦不可問，可嘆也。

江右戴相國衢亨，新婚日自書喜聯云：『指日大魁天下士；今宵先見月中人。』後果如其願。才人吐屬，其氣概固自不凡。

張叔未解元室人沈淑卿嘗繡『戊午孝廉一名；金石文字千卷』二句，於《讀書鐙影集》中有詩紀之。閨房韻事，令人嘆羨不置。

金壇蔣和於純廟八旬萬壽時進呈一聯云：『祝億萬年聖天子壽；寫十三經拙老人孫。』以自己而對皇上，可謂獨出心裁，但不知如何寫法耳。

同邑趙吟蕉觀察署常鎮道篆時自撰楹帖云：『千里江山萬里明月；五日京兆十日平原。』此聯頗有倜儻之氣。

嘗見龔孝拱橙爲胡鼻山書聯云：『少師擊磬入於海；孔子乘桴居九夷。』龔常與西人游，讀此聯，如見其肺肝矣。

前人著録所述善寫細字之人不一而足。同治丙寅余寓滬上，乃親見之，始信記載之非謬矣。吳之洞庭東山有王雲香朝忠、雪香希廉兄弟也，皆老諸生。雲香年六十七，雪香六十五，皆學右軍書。雲香工楷法，雪香長於《十七帖》。家本素豐，遭粵匪之亂，其家移居常熟，有孫數人皆在庠。兄弟二人獨僑寓上海城内，賃屋以居，各買一妾，以硯田爲生，歲可獲千金。雲香短視，卻能於芝麻兩面寫數十字，酒量尤寬，痛飲不醉，每遇宴會拇戰，龐雜諸人莫不披靡，而雲香依然如故。雖飲酒無算，必啖飯數盌。爲人不事華飾，布衣履終其身。雪香有妾曰周緑君，知文墨，嘗批《石頭記》，世所傳王批《紅樓夢》者是也。一日其家人號克巽者以雲香所書細字見眎，則所謂芝蔴者以象牙爲之，下連以柄，便於手持，外加以套，免致字跡摩滅。余以顯微鏡觀之，一面書：『今夫水一勺之多，及其不測，黿鼉蛟龍魚鱉生焉，貨財殖焉。』後一面則書：『中人以上可以語上也，中人以下不可以語上也。』署欵爲某年某月某某書，時年六十有幾，數之計得六十三字。詢以何筆所書，據云作蠅頭書即用純羊毫，似此細書不過羊兼毫而已，並非別有何筆。是真可謂絶技矣。

錢爲日用所需，此物固不可少。然孳孳爲利，多多益善，殊可不必。每見世人富逾百萬，而仍用盡心機，貪多務得，豈知財則日增一日，年紀則日短一日，守錢奴迷而不悟，豈不大可哀哉。

人身一小天地，一年寒暑迭更，譬如發一大瘧疾。一年一度，凡秉氣充實、精神强固者，亦不過發至八九十次而止，若壽逾百齡者，究不可多得也。

阮文達公爲浙江巡撫時，其封翁迎養在署。一日游西湖，悦一女，欲娶之不能得，遂謂不得此女，我將爲僧。文達無可如何，遣人旋揚置一妾以奉之。時梁山舟學士爲詁經精舍掌教，欲預支束脩，告監院不允，竟致揮拳。偶文達到院，聞其事，戲謂有一聯請對。乃曰：『山長揮拳，老前輩斯文掃地。』學士矢口曰：『封翁削髮，大中丞不孝彌天。』可見名人吐屬雖諧謔，亦自可人。

光緒庚寅四月，鄭抉雲邀飲，偶與談及《花簾詞》，抉雲云擬輯《閨秀詞》，究以吴蘋香爲之冠。蘋香之夫有貲，與人合開典肆，而不知文墨，故蘋香頗不洽。俟其夫出房，即令婢滌其地板。蘋香中年後，凡人欲見者，須託人先容，見必以贄。如送洋錢一枚可面談，半元則隔簾相語。倘有欬唾者，立命小婢持帚掃之。

光緒丁亥莘塔宗人淩礪生部郎淦同寓滬上，相去密邇，昕夕過從，互論許氏之學。時石印書本盛行，礪生意欲彙印《説文》各種成一鉅觀。余因録《説文》名目百數十種置案上。内有安吉張子中巑尹行孚所著名曰《説文發疑》，適吴門謝綏之來寓，見而哂曰：『此非《説文》發疑，爾輩直是《説文》發癡矣。』其語甚妙，故記之。

江右萬劍盟釗謂吴蒼石非大家詩，是名家詩。余語蒼石寧爲名家，不作大家。蓋大家者，乃大家所有之詩也。相與大笑。

蒼石每書作倉碩，蓋碩與石本通也。倉碩素善篆籀之學，余嘗戲謂爾與倉頡同輩行，所以工夫如此其深也。

明季之兩黄先生大節凜然，無名士習氣。石齋先生遇顧眉生，真有柳下坐懷不亂之概。陶庵先生不肯和柳夫人詩，尤能以禮自持。皆天人也。

沈文肅公德配林夫人之喪，送輓聯者多至八九百副。慈溪張魯生司馬輓以聯云：『爲名臣女，爲名臣妻，江右佐元戎，錦繖夫人分偉績；於中秋生，於中秋逝，天邊圓皓魄，霓裳仙子證前身。』文肅極嘆賞，以爲諸聯之冠。

某年，龔定盦儀部作古，曹葛民爲輓聯云：『引季父嫌，告嚴親養，五千里歸夢老湖邊，蕭然車馬竟離了十丈紅塵；具大手筆，著等身書，百廿卷雄詞驚海内，如此文章空付與一抔黄土。』淋漓慨嘆，此老固自不凡。

光緒庚寅老友施均甫觀察殁於山左，曾記有葛君起鵬輓聯云：『東至於海，西至於流沙，萬里關山盡收拾錦囊詩料；上馬殺賊，下馬作露布，一生事業直堪付史館書勛。』惟葛爲何許人則不知也。張勤果公亦有輓聯云：『借箸才長，痛壯志未伸，空負胸襟高一世；騎箕人去，幸盛名尚在，即論文字已千秋。』此聯出於勤果之口，亦殊相稱。

婁東詩派中有淩昆詩，昆字文紹，世居直塘，著有《石林集》。以其同姓且詩亦有致，特録存之：《晚過任陽》云：『煙樹離離杳靄間，孤舟喜趁落潮還。半茅半瓦屋沿水，一櫓一篙船轉灣。夾岸荻花風淅瑟，乍寒楓葉雨斕斑。推蓬且得家園近，寂静柴門想未關。』

婁東明末諸生陶鴻祚，字愚古，又字裔昌。亂後好歌《黍離》之詩，聲淚俱下，因自稱痛哭道人。晚年誤信假義者反爲所持，抱憤而死。所著書俱以難作焚棄不傳。又明季番禺羅賓王築堂名哭斯堂，今湘中易實甫觀察順鼎號哭盦，所著書名《哭盦叢書》，是皆以哭傳者，可謂奇矣。

上元梅伯言曾亮《柏梘山房集》中有《買書四友歌》一篇，頗肖嗜書之癖，因録存之云：『晉魚見書口流涎，到手恐有他人先。索價不畏高如天，歸來障簏傾銅錢。明叔愛好不求全，索難得巧意氣鮮。細尋脱簡抽閒編，磨丹細字書盈顛。張子游肆如林泉，瓦南街東可忘年。客無床坐書相連，不破一錢聽管絃。自笑買書如買田，循其四角及中邊。重裝自訂端不偏，未得一讀手爲胼。』

偶與友人在蕪湖長街長樂源茶樓啜茗，見壁懸字幅，乃有一詩云：『愛書細字比簪花，親奉磁甌雀舌茶。小語題詩要斟酌，莫教人看一些差。』不知何人所作。喁喁兒女語，入之王次回《疑雲》《疑雨集》中，無分軒輊也。

同治甲戌秋，江蘇撫軍張公振軒樹聲丁太夫人憂，於十月十九日出殯。先一日，請前撫軍張子青先生之萬題木主，並延在籍紳士前科洪文卿殿撰鈞及新狀頭陸鳳石殿撰潤庠襄題，時有爲之聯云：『新舊三殿元，齊向節幃揮彩筆；前後兩撫部，各從靈座拜氈單。』送殯者凡一二品頂戴多至一百餘人，一時傳爲盛事云。

明季馮蹟仲作《讀書鐙》十三圖，紀以五七言。今録於此云：《飲食油》宋邵雍：『先生夜讀易，煎和失膏脂。此法須知加一倍，會取聲希味淡時。』《桐油子》宋朱昂：『侍郎住衡山，三年拾桐子。不用阿翁千文錢，買斷九經十三史。』《松明》一曰松節，齊顧歡、宋孔延之〔二〕：『斫松爇松明，晝耕夜自讀。與公執燭伴無眠，吞取煙煤定妙墨。』《薪》晉葛洪：『上山采薪艱，入市苦紙□。書中自有九還丹，常恐神仙不識字。』《麻炬》梁劉峻：『邱中種麻苧，縛桔以爲炬。火燒鬚眉知不知？何不悴掌困如許？』《蒿》漢任末：『任公隱蒿中，夜以蒿自照。茅菴荊筆供有餘，掉頭不膺天子詔。』《荻》梁劉綺、隋沈恒：『惜荻如惜陰，折荻寸寸燒。不見吴兒船載荻，沈塘南畔飯鐺焦。』《糠》齊顧歡：『食糠不解肥，然糠那有輝。男兒努力癡黠半，田中黄雀食稻飛。』《螢囊》晉車胤：『勤書有榜樣，練囊螢無恙。案頭乾死車公愁，何不食字爲脈望。』《月星》漢任末、齊江泌：『借月乞星光，任子與江郎。有時墮地還上屋，人言非癡如是狂。』《雪》宋齊孫康、梁范雲：『對雪持酒杯，詎如手簡策。何當負笈峨嵋顛，六月不消千巖白。』《隣壁》漢匡衡：『鄰火四壁餘，貧女夜見逐。匡生善偷鄰不妬，殿上説詩然官燭。』《藜杖》漢劉向：『天公甚好書，吹火驚天禄。安得青藜花燭龍，遍明寒士黯中屋。』

余友嘉興楊佩甫伯潤有《雪夜歸來戲作》詩云：『乘醉歸來欲二更，雪光照耀月華明。黔婁亦有窮奢處，白玉爲階簾水晶。』又黟胡鐵梅璋《題梅花贈内》云：『笑向春黄伴鶴來，珊珊玉步破蒼苔。清寒自合家如洗，皓月權當玉鏡臺。』二君皆善詩書畫三絶，宜其吐屬清妙也。

游一瓢詩云：『磨快鋤頭掘苦參，不知山下白雲深。多年寂寞無煙火，細嚼梅花當點心。』

又周鐵瓢《答友》詩云：『一枝畫筆是生涯，不仿王家仿趙家。多謝故人垂問訊，近來吃飯靠梅花。』畸人筆墨自與塵俗不同耳。

李小淮麓尹匡濟《萍海墨雨》有《詩扇》一則云：吴山尊詩，傳誦者殊少，嘉慶丙子於前輩扇上見之。山尊自書詩云：『屋山一角草青青，榆莢槐花落滿庭。婦理繡奩兒伏案，獨攜嬌女捉蜻蜓。西北一痕紅未成，積霖初歇有雷聲。小妻無事偏多事，剪個紅衣人掃晴。薄寒入坐客呼酒，小雨叩門僧送花。都道京朝官味好，那知夜夜夢還家。』書法亦秀勁可愛。

上元孫瀓之文川遺詩名《讀雪齋集》，於邗上文運堂書肆見之。因披閲一過，録其二絶云：『柳塘蝌斗濃如墨，莎岸蟚蜞小似錢。個字橋邊丁字水，釣槎人去一鷗拳。』『煙草深青水蔚藍，泥香風軟燕呢喃。中田鋤麥誰家婦，開盡桃花不上簪。』

潘二江妹倩以其親串《石雲館詩鈔》見眎，則爲上元李石泉景福所著。録存七言一絶云：『北風獵獵打篷窻，急渡廻波送小艭。楓葉染脂山削玉，一篙金碧過吴江。』

《拜石山房集》爲無錫顧蒹塘翰所作，從顧石仲玉書假觀，僅録一律一絶而還之。《蓉湖春泛》云：『貧交三兩是知音，只典春衣不典琴。穩坐畫船如屋裏，倒看黄埠出波心。梅花與酒量多少，山色和煙較淺深。到處飛來詩意思，但須拈得不須尋。』《閒步入東花寺》云：『絶少鐘魚出梵林，僧房當午静愔愔。莓苔色似瓷青紙，灑上松花作滲金。』

袁簡齋《小倉山房集》有論詩絶句，其論金冬心一首云：『一縷清絲裊碧空，半隨天外半隨風。盤飱别有江瑶柱，不在尋常食譜中。』

蔣茗生《忠雅堂集》有《題雜家書畫册子》，内題鄭板橋、李晴江二首云：『未識頑仙鄭板橋，非人非佛亦非妖。晚摹瘞鶴兼山谷，别闢臨池路一條。』『嶔崎歷落李晴江，努目撐眉氣力强。畫比詩書覺儒雅，不成菩薩是金剛。』

洪稚存《卷施閣集》有《論詩絶句》，内論漁洋、竹垞二家云：『蠶尾山人絶世姿，聆音先已辨妍媸。如何一代才名盛，只辦唐臨晉帖詩。』『晚宗北宋幼初唐，不及詞名獨擅場。辛苦謝家雙燕子，一生何事傍門牆。』其微詞尚覺平允。

王漁洋《居易録》戲論唐人詩：王維佛語，孟浩然菩薩語，劉眘虛、韋應物祖師語，柳宗元聲聞辟支語，李白、常建飛仙語，杜甫聖語，陳子昂真靈語，張九齡典午名士語，岑參劍仙語，韓愈英雄語，李賀才鬼語，盧仝巫覡語，李商隱、韓偓兒女語。蘇軾有菩薩語，有劍仙語，有英雄語，獨不能作佛語、聖語耳。

林文忠公讁成時曾延吾湖名畫師費曉樓丹旭績小影二幀，一與夫人，一則自隨。時值七夕，有朱某攜一妓至文公祠宴飲，時有爲之聯云：『朱公子入宗祠挾妓，會雙星風流道學；林制軍出窮塞别妻，留兩影兒女英雄。』

彭雲楣於某年除夕揭春聯於門云：『門心並水；物我同春。』忽有人於聯首加一字，上曰『陰』，下曰『陽』，見者大噱。

張穎仲言張叔未解元善書法，每赴浙秋試，以賣字爲旅費。有餘輒粘片紙於門曰：『考費已足，字不賣矣。』老輩風期瀟灑可想。

以老董二字爲號者，揚州則有張鏐，南通州則有羅昆，俱號老董，皆詩人也。

孫問清檢討廷翰云，姚梅伯孝廉燮與畫師任渭長熊角筆墨之遲速。一日間梅伯成制藝三十二篇，尚覺餘裕；渭長作工筆畫册十六葉，則竭蹶不堪矣。

繆筱珊太史云，繼幼雲振藏《婁壽》《夏承》兩碑，皆孤本，名其齋曰承壽雙碑之館。後《婁壽》歸翁叔平尚書，《夏承》歸潘文勤公矣。

錢笵仙儀部振常家住吴門，爲儀徵書院掌教。每年春間必至邗一次，蓋開課也。平時文字均由郵筒往來。光緒丙戌八月所寄課題内有詩題曰：『金玉滿堂得劉字。』邗上諸人皆不知劉字出處，但悉此四字出自《道德經》而已。凡劉氏著書如《淮南子》《新序》《説苑》《文心雕龍》《新論》及《隸釋》《隸續》劉姓諸漢碑，徧查不得，因是未能下筆。不得已由吴君次瀟丙湘函詢笵仙，始知在《世説新語》内，言劉真長如金玉滿堂云云。今偶閲《焦氏易林》亦有金玉滿堂、忠直乘危，又有左輔右弼、金玉滿堂，常盈不亡、富如廒倉之語，則此四字不止《老子》也。

揚州北柳巷有董子祠，其大門内扁額三字爲戴南枝先生分書。光緒辛丑四月自鳩江返邗上，一日偶過其處，見扁額重髹，而下欵已易兩淮運使江人鏡之名。想都轉公胸中初不知戴易爲何許人，蓋其姓名從未登諸搢紳録，無從查考。惟思昔日阮文達公宦轍所經，到處表章先喆，今則畸人逸士翻遭湮没，可笑亦可嘆也。

揚州蜀岡之上有平山堂，堂後爲洛春堂。曩時本有伊墨卿太守書聯，文曰：『隔江諸山到此堂下；太守之樂與衆賓歡。』寫作俱佳，傳誦已久。方子箴都轉濬頤爲兩淮運使，因修理平山堂，將此聯撤去，盡易新聯。此與董子祠榜削去南枝先生之名同一刹風景事也。

昔年偶於荻溪章柴伯丈綬銜處見錢唐沈元滄詩寫本一册，計四卷，乃憶録二首。《贈八大山人》云：『八大山人偶出山，終朝水墨不曾閒。許多丘壑生胸次，頃刻煙雲落世間。醉後離騷時一讀，老年心史手重删。笑他松雪風流甚，裘馬輕狂亦厚顔。』《題翁山詩集》云：『笑他餘子競風騷，未許梁陳聲價高。一代才名兼意氣，海南沛上兩詩豪。』沛上謂閻古古孝廉。

《江陰縣志·拾遺》：劉蓼雪字蔓坡，號石梛，爲江陰諸生。甲申之變，棄妻子，往來吴粤間，自號盲蟲，言其蠢動如蟲，又盲無所見也。後忽攜竹筐、衣敗絮如乞者狀，汲汲狂走，相識者呼之不應。金陵城内相傳有人哭於鍾山明太祖陵者七晝夜矣，尚不絶聲。流寓黄州杜于皇曰：『此必盲蟲也。』覘之果然，乃相持大慟而歸。常臥市上，仰天嗚嗚，或仆地轉輾如大疾苦狀，曰：『天喪予，天喪予。』至八十五歲卒死於道路。又《遺民詩小傳》：周蓼邺，字貞萋，號苦蟲，湖廣江夏人。少爲佳公子，後流寓金陵。性倔强，以氣淩人，草衣芒屩詠歌於市。居無門户，僅開一竇，容己身出入室中。以稿鋪地，書籍縱横，著述甚富，皆敗牘殘楮莫可收拾。按二人正可作偶。

周櫟園《書影》載一則云：天游子效負圖先生履跡遍名山。或問曰，山不同乎？子曰，然。春山淡冶而如笑，夏山蒼翠而如滴，秋山明淨而如妝，冬山慘澹而如睡。海山微茫而隱見，江山嚴厲而峭卓，溪山窈窕而幽深，塞山童頳而堆阜。桂林之山玲瓏剔透，巴蜀之山巉差窳窆，河北之山綿衍龐博，江南之山峻峭巧麗。山之形色不同如此。世人但傳春山四句，且以爲郭河陽語。余謂傳聞異辭往往如是，傳之既久，更不知天游子事矣。

《書影》又載，五代婦人童氏畫范蠡至張志和等乘舟而隱居者六人，山水、樹石、人物如豆許，亦甚可愛，見《畫鑑》。以婦人工畫隱士，想見其胸次全貯冰雪，了無脂粉，必是老萊子、北郭先生之配。余謂閨閣中有如許人，我願北面事之矣。

古人學書之勤。魏鍾繇字元常，精思學書三十年，卧畫被穿過表，見《金壺記》。齊武陵王曄[三]，初無紙學書，嘗以指畫掌，後遂工篆，見《書評》。宋夏竦多識古文奇字，至夜以指畫膚，見《古文四聲韻》附録、《宋史》列傳。王紹宗工草隸，嘗曰：聞虞世南被中畫腹，與余正同。見《合璧》。陶弘景幼有異操，年四五歲恒以荻爲筆，畫灰中學書，至十歲得葛洪《神仙傳》，晝夜研尋，便有羖生之志。齊江夏王鋒年四歲，性方整，好學書，無紙札，乃倚井闌爲書，滿則洗之更書。晨興不肯拂窻塵，而先畫塵上學書。五歲，高帝使學鳳尾諾，一學即工，帝大悦，以玉麒麟賜之。曰：『麒麟賞鳳尾矣。』

阮文達公書齋曰八塼吟館，謝蘇潭中丞曰八塼書舫，張叔未解元曰八塼精舍，三人正復相同。

光緒十八年二月，《申報》載有暹羅國僧姜葆光能以口銜筆作字，此亦可謂奇技矣。

偶見舊家有一湯敦甫協揆金釗所書堂匾，欵下二印，一係名印，一則用成語曰『此子亦糸政耶』，頗有趣味。

余嘗戲集語句似可爲偶者，曰：『守身如玉；惜墨如金。』曰：『天地間屋；神仙中人。』曰：『書畫跋跋；説文疑疑。』此則二書名而人不知也。曰：『澁體文章；渴筆書法。』曰：『老手斲輪；大雅扶輪。』曰：『蒸蒸日上；隆隆日上。』曰：『身有仙骨；詩雜仙心。』曰：『王家珠樹；謝家玉樹。』曰：『紙窗竹屋；紙屋蘆簾。』曰：『畫被帷鐙；畫粥斷齏。』曰：『米囊覆背；米桶藏身。』曰：『劉几地仙；陶峴水仙。』曰：『散髮斜簪；淡墨斜行。』曰：『放浪天涯；冷淡生涯。』曰：『金石之交；金玉之言。』曰：『瓊樓玉宇；瓊林玉樹。』曰：『嚴陵釣臺；蘇門嘯臺。』曰：『拜梅拜石；相鶴相牛。』曰：『軟紅香土；軟繡天街。』曰：『玉壺買春；金壺醉墨。』曰：『陸地行舟；陸地行仙。』曰：『大名鼎鼎；大才槃槃。』曰：『右軍十七帖；大令十三行。』曰：『山高月小；石破天驚。』曰：『閒摹餓隸字；長對醜奴碑。』曰：『寫竹枝以怒氣；譜梅花以喜神。』曰：『不問家人生産；居然名士風流。』曰：『十日大索舊書肆；五斗解醒邨酒樓。』以上等句，不過無聊之時聊以寓目而已。

古人作書不僅以筆，如安徽齊山有蕉筆山莊，世傳宋張讓以敗蕉書壁，故名。江西廬山紫霞真人編蒲書《白嚴洞歌》，字大五寸許，較筆而渾厚過之。山西通真觀有吕仙詩石刻，俗傳瓜皮書，言洞賓食瓜訖，即以其皮作書也。又吾湖東林山有純陽祖師榴皮書。山有隱君子曰沈東老，好客，善釀酒。祖師游其地，食榴訖，即以其皮題壁贈之云『白酒釀成緣好客，黄金散盡爲收書』等句，世傳榴皮書。又雲南崇聖寺有宋黄花老人草書，筆法飛舞，傳爲檳榔殼蘸墨所書。又杭州西湖金鼓洞壁間有石刻『野鶴飛來』四字，傳爲回道人用鶴翎所書。

上海四馬路聚豐園酒館有酒保寧波人周逸卿，年二十餘，耆爲詩人，亦不俗。一日有友招飲，余因問其近日作詩否，隨書一詩面呈云：『誰説風塵少謫仙，此間常結酒中緣。欣看鶴髪飄飄者，疑是香山九老賢。』蓋是日在座共九人，故云。此亦可云庸中矯矯者矣。

曾記有戴定邦輓左文襄公聯云：『千載證丹忱，前出師表，後出師表；中興論元輔，湘鄉一人，湘陰一人。』惟戴爲何人，則不得知也。

偶然爲楹帖云：『劉穆之五官並用；張方平一覽不忘。』又爲十字聯云：『門庭蕭寂，居然名士風流；筆硯精良，自有雅人深致。』然未嘗書而懸掛也。余友莫仲武觀察嘗言，世人每以出土唐宋墓志珍藏在家，其尊甫郘亭先生頗不喜之，曾憶前年在滬，同鄉孫鏡江大令以陶棺前和拓本索題，云在金陵考市所得，其原物已爲潘伯寅尚書購去。此真可謂好古成癖矣。

光緒十年五月，於揚州運司街成衣舖見壁粘方正學行書小聯拓本，其句云：『大道母群物，達人腹衆材。』欵爲建文二年某月方孝孺書於某處。旁有小字，則爲張盛藻摹刻。審其語氣、筆法，當是真蹟，正可與焦山所刻之楊忠愍『鐵肩擔道義，辣手著文章』十字並傳焉。

光緒十年八月山東水災，余在江陰，以行篋中金冬心分書、鄧完白篆書兩小聯助入振欵。金聯云：『名畫披文物；良書討滯疑。』欵爲『金司農』三字。小印三，其引首曰『冬心旁書畫印』，名印曰『金司農』，曰『壽田』，三印皆工緻，似牙章。其字之用筆與王復齋《鐘鼎欵識》内冬心跋語筆意正同，且『壽田』二字〔四〕從未經見，當是中年以前所作。鄧聯云：『鸞鳳清音諧乎律吕；鼎彝古色燦若雲霞。』欵爲『古浣子鄧琰』。小印五，引首二字失記。一曰『具體而微』，一曰『日日湖山日日春』，一曰『鄧琰之印』，一曰『石如』。其用筆似石鼓，亦係少作。其名因屬御諱，即印文亦洗去末筆。惜金聯則剜去上欵，鄧聯則浣去上欵耳。

七八年前余在蕪湖，雲間沈約齋明經寄贈黄左田尚書分書壽字硃拓本，署款爲『道光十有九年九十翁黄鉞書』。有跋云：『《史記》：老子百六十有餘歲，或曰二百餘歲，以其修道而養壽也。』有印曰『萬壽山玉瀾堂繪像，錫宴十五老臣之一』。越一年，吴倉石大令自吴門寄贈梁山舟學士楷書壽字硃拓本，乃昔日吴平齋觀察所刻。其款爲『壬申嘉平九十翁同書作並書』。徐幹《中論》云：有王渾之壽，有聲聞之壽，有行仁之壽。《書》曰五福，一曰壽。此王渾之壽也。《詩》曰其德不爽，壽考不忘。此聲聞之壽也。孔子曰仁者壽。此行仁之壽也。小印二，一曰『梁氏同書』，一曰『山舟』。今年四月，余在揚州校場骨董肆中，見潘榕皋中翰草書壽字硃拓本，款爲『道光九年歲在己丑元日春朝榕皋潘奕雋書於三松堂中，時年正九十』。有『重宴瓊林』、『粉垣逸客』、『潘氏奕雋』三印。覩之狂喜，亟以青泉二百購之，名吾齋曰三壽作朋居。三人皆九十，實可遇而不可求焉。

江湖醫者所摇之鐵圈曰虎撑，瞽者推命所擊之小鉦曰報君知，整容匠之鐵鉗曰唤形，修足者之摺疊凳曰對君坐，賣閨房雜物者所用曰唤嬌娘，賣耍貨之響器曰引孩兒，磨剪者之鐵片曰驚閨，賣油郎所敲之小鑼曰廚房曉，售熟食之小柝曰擊鑱，錫匠所持之響鐵曰鬧街。可見不拘微物，總有名目爾。

余嘗爲《隨安居銘》云：『守拙安分，委心任運。一飲一啄，莫非前定。』總之人生總有一定，毋庸碌碌妄求也。

歸震川嘗云：『書之所聚，當有如金寶之氣，卿雲輪囷，覆護其上。』其言頗有至理也。

《九歌圖》刻本有陳老蓮所繪本，有蕭尺木所繪本。閱寶山蔣劍人《嘯古堂文集·書姚梅伯九歌圖後》云：『明人所作有二本，其一張叔厚作，凡二十有一人，貝瓊記之。其一丁南羽作，人數較多於張本。』按張、丁兩本皆未寓目，或係畫稿而非刻本也。

《歲時雜記》載有六一泥云：於五月五日在韭畦面東不語，取蚯蚓陰乾收之，謂之六一泥。有魚鯁者，以少許擦咽外即消。

姚梅伯《復莊詩問》，余不甚喜，故不録，但録其詩題。其一云《錢唐辨利院所藏宋元以來名人畫大士應真象二百餘軸》。其一云《合丈八箋四紙畫一巨梅七日而成》。其一云《金八姑鶴骨簫爲沈琛其賦》，注云：姑適某氏，搆於讒，爲夫所棄，訟之。久而官卒離之，遂投海死。簫其遺物也。

鄧石如與上元梅石居集於寄圃而爲圖，曾文正取兩先生字名之曰《石交圖》。

邗上馬氏小玲瓏山館藏有鍾馗像甚多，名人所繪無一不備。余同鄉姚彦侍方伯所藏名人鍾進士像無奇不有。每至五月，屋内遍懸，可見嗜好之同也。

錢唐江名之江，因三折如之字。常熟名琴川，因有七湖如琴之七弦，皆象形也。

費錫璜著有《唐詩統》，即成都跛道士之子。書係草稿，而非刻本。上有小印云『不隨王李袁鍾錢陳步趨』，此可謂自命不凡矣。

《白香亭詩》三卷，爲武岡鄧輔綸彌之著，内有《九華山》一首，不録其詩。注云：《九華志》一名九子山。唐李白始易今名。即新羅國王子金地藏成道處。

《唐潁川陳夫人墓志銘》並序：文林郎、前守蘇州海鹽縣主簿王頊撰。其銘曰：『於戲良人，道光母儀。』此良人稱妻。按葉調生丈《吹網録》亦有一條『良人稱妻』，暇時當檢查也。

光緒十七年十一月二十六日，《申報》載日本近事云：長崎《鎮西日報》言縣屬北高來郡諫早士族高橋鼎三家藏《金經》八卷，縮寫在一紙。按《金經》即《法華經》。計八卷，共十二萬六千二十八字。其紙縱八寸，横七寸，用顯微鏡窺之，但見細若蠶絲，明於犀角，且筆勢雄健，字體秀潤，自首至尾一氣貫注，略無懈筆。今已進呈御覽。此紙裝潢精雅，首書『王體安全大君延命』八字，寓頌禱之意。據高橋自稱，此物爲上祖所珍藏，相傳爲弘法大師舊蹟。將來日皇發還，當攜往美國置諸博覽會中云。

《秋塍書屋詩鈔》有孫淵如等序，爲海寧王海村斯年著。內有《詠柳如是伽楠木筆筒歌》，詩不録。內有『牧翁』、『我聞室』等字，大抵刻在其上耳。又詩注：王獻之有筆筒名裘鐘。又曾見吴門畫師顧若波藏有銅手鑪，底刻『我聞室』。

董枯瓠丈昔以明季遺民戴本孝所畫册子見示，不可多得。因録其詩云：『酒盡中流淚已乾，離騷半卷更難完。溪輪何事晚春急，欲向虞淵問逝湍。』『嶺臂折逾峭，沙唇隱漸長。何愁茅閣小，容不盡秋光。餘生。』『避俗巖扉不浪開，竹煙松露下蒼苔。所思更在千峰外，高結孤亭望遠來。鷹阿。』『巘麓雲欲起，林皋秋更飛。前谿迴櫂叟，吟盡夕陽歸。公望畫如少陵詩，每於不著處益覺老氣横九州，更皆以骨勝耳。迢迢谷樵長。』『我與青山古淡交，茅堂閒寄在林坳。相遇野鶴無塵跡，擬傍梅花共結巢。氣韻當在杳靄有無之間，此淡濘之法，自北宋始開，正以其筆墨無痕爲貴耳。本孝。』『舊游曾夢到，卓筆許霜侵。落木響幽樹，閒笻隨苦吟。可知違俗意，衹爲得秋心。近日滄波逝，誰能測淺深。無山不游，無游不夢，畫夢題畫，徒夢境耳。知者應嫌道破，奈何奈何。迢迢谷樵叟。』『山氣自絪緼，非煙亦非雨。爲問梅花龕，青山誰是主。本孝。』『香光居士有前因，卷盡山雲自寫真。學步硯田多鹵莽，淋漓殘瀋説知津。此法近尠能者，多由鹵莽太過，始知黄鶴樊籬未可浪窺也。西顧巖樵長。』『但逐奔流嫌逝水，衹貪高臥喜巖松。從來天地如蓬轉，不覺推琴聽晚風。

今古推移無非變調，齊物難齊，正宜以不齊齊之矣。彈到無絃何須下指，知此圖者應自頷首而已。破琴老生。』『枝峰延蔓壑，積翠與攢蒼。林氣寒猶黑，山光晚更黄。柴扉雲易入，松影寺難藏。矯首窺空際，高應接渾茫。高山恒不見，骨與神龍何異耶。冬氣蕭肅，此天地之所以善藏其用也，故畫理非觀道者不知。白石洞天老人。』『豈復猶人境，依然太古天。峰多穿乳窟，雲亂湧桑田。泉作青蓮色，石生丹鼎煙。衹因開闢晚，六法少人傳。大意爲黟海寫照，皆拈錐信手，不克拘拘逼肖。蓮花天表，萬繪化生，固不必以一形求之也。桃華巖猿侣。』『中流旗鼓幾銷沈，翠巘蒼葭秋且深。今古游亭如畫裏，何時擊檝好登臨。巨靈驅嶽，精衛填海，歷落片石，浮沈今古，吴楚風濤之間皆英雄涕淚所及，吮毫命酒壯懷。黄水湖漁人。』

定遠方子箴都轉《夢園書畫録》亦載戴鷹阿[五]山水册，特録其詩云：『列岫儼如門，遥帆端若笏。千頃一扁舟，荊扉傲華屋。黄水湖漁父。』『撥硯梅花風，攢穎翠微雨。洗耳向幽窻，谿聲在何許。迢迢谷口農。』『閒笻何處歸，寒扉但長閉。落葉若新詩，秋聲滿空際。碧落精廬主人。』『蒼幹傲時榮，群條媚流水。幽巖不厭高，今古但如此。西顧巖樵叟。』『葭荷近欲秋，林麓已若醉。虚舟有餘閒，釣客且深睡。横江槎客。』『雲意欲無山，山意與天合。何煩塊磊多，澮□更寥廓。白日洞天逋臣。』『琴怨亦屢修，月荒苦忘倦。皓魄若長完，古調爲誰變。無款。』『孤芳春早時，茅屋歲寒侣。披帷寂無人，幽泉長自語。守硯菴老生。』『翹車已濫竽，群喜在見獵。何來避召人，終古老巖脅。太華石屋叟。』『雪殘黟海天，香滿蓮華界。石丈群來游，高踞飲沆瀣。石天蹈海人。』

吴門黄蕘圃主政藏書甚富。宋元版及影鈔舊本無不精善。嘗栞士禮居叢書，流傳甚尠。昔在滬上爲故友石子韓代購一部，共裝三十本，計價洋蚨五十枚，蓋上海宜稼堂郁氏物也。及子韓逝世，遺書爲邗上醉經堂書肆承賣，其士禮居叢書鬻諸真州張午橋觀察，得值青蚨百千，可謂昂矣。後閲吾鄉范白舫先生《華笑廎雜筆》所載此書之目，則當時定價只十三兩六錢八分，以七折計，祇錢九千五百七十六文，何前後相去懸殊，殆物以罕而見珍乎。

桂未谷所爲《國朝隸品》載方子箴都轉《夢園書畫録》，合明録之云：傅青主如蠶叢棧道，汲幽梯峻，康衢人裹足不進。王覺斯如壯夫挽彊，徒以力矜，不必中的。金孝章如玉水方折，自然中矩。王煙客如古松露根，野竹抽籜。鄭谷口如淳于髡、東方曼倩，滑稽諧謔，口無莊語。顧云美如深閨嬌女，搔頭弄姿，不願與大家周旋。程穆倩如薑老愈辣，本性不變。林吉人如茅山道士，辛苦求仙，恨無金丹换骨。朱竹垞如效折角巾，聊復爾爾。顧南康如骨董主人，遇物能名，未免英雄欺人。葛振千如江左諸賢，風流藴藉。陳子文如田舍翁，説古事往往附會。傅德髦如小歐陽作《集古目録》，不失家法。查德尹如楊玉環華清浴罷，嬌不勝體。鄭研農如附庸小國，與五霸争長。萬九沙如張平山畫，喜作漁樵閒話圖。周月如如馬駕鹽車，不堪一顧。朱遵江如齊人聞有薄管仲者，則掩耳走避。王虚舟如窻明几淨，爐煙縷縷。張卯君如曾子七十聞道，覺宰我、子貢之智，俱無用處。金壽門如孔雀見人著新衣，輒顧其尾。楊巳軍如左手持螯，睥睨食肉人。牛卓然如廉頗善飯，以示可用。陸虔實如韓康賣藥，守價不移。高西園如山陰訪戴，興盡而返。鄭板橋如灌夫使酒罵坐，目無卿相。吴養堂如王導諸郎，聞求婚則矜飾容貌。褚千峰如江西窯器，工於仿古。丁龍泓如和璞未刻，無以示信。周幔亭如靖節不求甚解。朱青雷如顧繡屏風，與畫梁輝映。謹按所見論之如右，若邵僧彌、徐昭法、劉太乙、宋比玉、譚天水、徐墻東、楊大瓢、謝林村、蔡廷彦、沈歸愚、蔡魏公諸家，未見善蹟，故爾闕如。未谷桂馥。

《萍海墨雨》乃謝城李匡濟所著，記其鍾馗一條云：徐績云終南山道士鍾馗貌獰惡，人家有邪祟，馗至則邪祟自去。後請者益衆，不能往，則畫一像使懸之，邪祟亦避。此徐績唐末賜姓李時所記，則鍾馗在隋時已有其人，終南道士非進士也。後唐明皇入夢，傳者遂誤以終南道士而書終南進士。且穿靴持笏，回紇入中國始有之，唐初尚無此服色。高鐵嶺畫鍾馗像所題，録之以備一攷。

《萍蹤絮語》二册乃旗人文禹門龍宰南陵、蕪湖、霍邱時之公牘判語以及雜説詩詞對聯是也。其詩中有《題鍾馗看戲圖》可發一笑，因録於此。云：『我勸鍾老一杯酒，我問鍾老亦知否？眼前多少小鬼頭，人前裝人忘其醜。竊君冠，蒙其首。搢君笏，學拜手。光天化日之中一任其鬼頭鬼腦鬼眉鬼眼，搗鬼掉鬼裝鬼弄鬼，於前後左右，而不覺其顔之厚。鍾老掀髯忽大笑，若輩情形焉能逃吾之洞照？既與鬼周旋兮鬼混，何妨且向鑼鼓聲中聽鬼調。鬼兮鬼兮伎倆本無多，不過喜則顛狂怒則叫，吾能使其推磨何難。君不見卓上青蚨有幾吊？於是大呼曰鈔鈔鈔，衆鬼歡然曰要要要，我亦撫掌曰妙妙妙。』

高且園畫鍾馗像並長題云：宋初高士李遠善畫。一日醉登鍾山，憩石上。恍惚見一叟呼至大樹下，出一囊曰：此中有巨筆丹砂，試爲我肖一象。遠曰：象安在？語未竟，有偉丈夫從空下，仗劍前語叟曰：奉命，幸不辱。叟喜曰：無以酧汝，肖汝象留人間，功德莫大矣。因命遠操筆，曰：毋畏，此鍾馗也。遠渲豪端視，頃焉立就。其狀劍眉龍睛，鬚髯戟立，可九尺許。裹青巾，兩帶風飄若舞，右手把劍，仰視雲漢，有軒舉意。馗指狀曰：是矣！吾當藉是以傳，但語世人勿再以大椎終葵疑某也，好記之。忽聲起雷動，一躍而去。遠驚仆而醒，其象懸樹上，丹筆具在。奉歸年餘，鄰村大疫獨不及潼。一日，遠臥敗寺中，聞數人問答云：潼不可往，有爺爺在也。遠覺，知象故，攜之他村，疫頓愈。時人傳爲神奇云。雍正六年九月鐵嶺且道人佩畫。

《靈璧縣志》云：鍾神曾館於耳毛山之卿士家，久而欲別，遂語之曰：此鄉有瘟疫，我鍾馗也。留象在此，有患者可懸壁上。乃取丹筆自繪小象。與之作別騰起，鄉人皆望拜，久之始隱。

昔禾中鮑銘青孝廉昌照嘗問陸存齋以余爲人，存齋答以行己在清濁之間。銘青謂爲貶詞，頗不滿意，寓書與余及之。殊不知此係論管幼安之成語，非貶詞也。

華亭沈約齋明經祥龍云：伊同里有姚恒堂太史光發以翰林改官部曹，在都時有術者推其官至尚書，年僅若干，蓋壽不甚高也。顧太史淡於荣利，請假回里，後爲書院主講，遂不復出，以部曹終其身，壽至九十有七。或者以彼而易此耶？聞六旬誕辰，時適當塗黄勤敏公之後人移家雲間，送以壽禮數事。内有勤敏九十歲時手書壽字硃拓本，太史獨留此幅曰：能得如左田先生之壽，斯念已足。緣勤敏壽至九十六歲故故也。詎知太史更多一齡，真可謂一時佳話矣。

回語謂白曰阿克，水曰蘇，河曰郭勒。阿克蘇城者，舉地之水以名之也。師曰阿渾，墓曰公碑，婦曰秧哥。

曩時集一聯曰：『貧賤易安，幽居靡悶；精誠所至，金石爲開。』按上聯乃劉勰語，下聯檢查不出。良久得之，乃《後漢書》光武十年傳，廣陵王劉荊詐爲郭況與東海王彊書，報死母之讐，精誠所加，金石爲開云。

十餘年前赴湖掃墓，老友包子莊邀飲，出觀先濛初公手書《金剛經》，類王《聖教》。後有跋，字如鍾元常。跋稱細君隴西氏，標俠骨於芳叢，蘊文心於綺閣。揚聲雲遏，争揮買笑之金；斂袂風迴，沓至纏頭之錦。夷然如不屑意，黯矣而欲消魂。蓋青樓女子歸公者焉。後云但願夙業消於慈水，空華化作優曇云云。蓋緣細君逝後寫經以資冥福者。此經舊藏眠佛寺西二房，寺僧不知寶重，遂尾頁後跋不全。高蘋洲取歸藏之。蘋洲作古，又在包子莊矣。

余少時有病鶴之號，以體癯而善病。嗣在上海，晤吴門金邠懷，亦號病鶴，蓋緣跛一足也。

郃懷能詩，善古隸，篆刻兼長，所畫文蘭殊多逸氣。以是氣味相投，時相過從，因戲爲《病鶴考》：按《金華詩録》内有《贈吴病鶴》五律，首句云：『孺子耽孤癖。』當即吴孺子也。又《三長物齋文略》内有《秀水文學沈君病鶴墓志銘》。又《復初齋詩集》注：吴山高梁著有《病鶴賦》。又《松江府志》：張德讓，華亭人，以跛足棄舉子業，作《病鶴賦》。又《漁磯漫鈔》：至正初，張仲舉爲集慶路學訓導，御史下學，以對聯相戲，御史大怒，遂逃至揚州。衆聞其名，皆延致之。仲舉肢體昂藏，行則偏竦一肩，衆謂此病鶴形也。時相士在座，乃曰非然，此雨淋鶴，雨霽沖霄矣。後果然。又《元詩選》内有侯祖望所爲《病鶴巢》七律一首。又羅兩峰《香葉草堂詩》内有《病鶴》七絶一首。又《變病堂集》附録有杜世捷《友人園病鶴》一首。又吴山高梁《香蘇山館集》有七律《病鶴》一首。又彭詠莪相國《松風閣詩鈔》内有《病鶴》五古一首。又東坡先生詩内有《送晁美叔》七古云：『頎然病鶴清而修。』又袁太常漸西邨人詩《病鶴五律一首爲淩高士》，蓋贈余者。又張老薑《求當集》内有《病鶴行》一首。又光緒四年蘇州桃花塢謝氏以晉豫賑募捐，内一户曰南翔病鶴，詢之不得主名。隨意搜羅所見，似亦不少矣。

隱仙菴在金陵清涼山虎踞關之側，相傳陶弘景隱居於此，故名。明初冷鐵脚、尹蓬頭諸人嘗游於是菴，有老梅一株，相傳爲六朝時樹；老桂二株，爲宋時樹。

麟鳳龜龍，本爲四靈之一。前朝無不以龜字起名，及國朝則絶無矣。或者謂誤以污閨二字相混之故，不知然否。今戲爲之考：朱龜、幽州刺史，見漢碑。王龜、《唐故王處士墓志銘》。孫龜、見《劉寬碑》陰。顔龜、見《張猛龍碑》陰。陳龜、漢京兆尹，《後漢書》有傳。劉龜、曹魏典農。王龜、唐大臣，見《陔餘叢考》。呂龜、《金石録》有開元二年《呂龜碑》。郭龜年、見《繆篆分韻》漢印。王龜年、見漢印。李龜年、僖宗時宗室。李龜年、唐伶人。白龜年、樂天孫。徐龜年、嘉定十一年題名，見《粵東金石略》。曹龜年、見《湖洲府志》，宋淳熙十四年進士。方龜年、見《粵東金石略》羅浮湯泉題名。黄龜年、見《延祐四明志》，進士。爲殿中侍御史。劉龜年、焦山熙寧元年題名。彭龜年、慶元黨人。見《攻媿集》。王元龜、見漢《曹真碑》陰。王龜年、北魏正始中羽林監。薛元龜、唐庶僚。方元龜、見《浙江通志・義行》。盧朋龜、見《寶刻類編・移毘盧佛記》。解元龜、唐道士。張龜齡、張志和原名。何龜齡、何承矩之子。樂朋龜、唐庶僚。王龜年、唐詞曹。崔龜從、唐大臣。王龜從、《畢士安傳》，郎中。范從龜、范雍之祖。張龜壽、《孟珙傳》有隨守。李龜壽、見《劍俠傳》。李龜禎、五代前蜀京兆。呂龜圖、呂蒙正之父。呂龜祥、呂蒙正之叔。苟靈龜、《水經注》第九卷主簿向斑虎。孔靈龜、《孔穎達碑》曾祖。陽曾龜、著《令圃芝蘭集》一卷，見《焦氏筆乘》。趙神龜、東魏凝禪寺三級浮圖碑題名。王貳龜、同上。崔潭龜、見《寶刻類編》。章廷龜、同上。叱列伏龜、北魏孝昌中大臣。李權龜、唐大臣。張仁龜、唐進士。李龜朋、長安人，與兄龜年齊名。中特科。李龜年、龜朋兄。趙占龜、宋黄巖人。志尚超卓，與石公弼、李光爲内外兄弟，二公貴，無一字通家。有軒面植雙桂，人稱桂隱士。宣和寇亂，動以火攻，獨於是軒相戒無犯。《兩浙名賢傳》。鄭祝龜、處士，字元靈。見汉《唐公房碑》陰。杜覰龜、先本秦，避安禄山亂居蜀，爲翰林待詔，賜紫金魚袋，博學，善寫真。見《畫史彙傳》。段龜龍、著《涼記》十卷。崔金龜、見《補寰宇訪碑録〔六〕》金高仲倫德行書。

崔從龜、見《寶刻類編》引《復齋碑録》。段龜蒙、著《梁典》，見《太平御覽》引書目。鬬韋龜、見《左傳》，楚人。公子圍龜、見《左傳》，宋人。王龜齡、宋王十朋字。劉崇龜、見《粤西金石略》。洪龜父、東坡之甥。楚王靈龜、唐宗室。白龜兒、白樂天侄，小名能通，會獸語。宇文夏龜、唐宇文籍字。王興龜、王偁字。夢龜、唐僧。董龜正、丁陟有員外郎。金龜子。陳堯封子漸之號。以上所録，不過俛拾即是，若刻意求之，則指不勝屈矣。

從前無錫惠山有女尼韻香，名嶽蓮，貌媚秀，善畫蘭及書《洛神賦》小楷，並工詩詞。自幼出家，號清微道人，又號玉井道人。居雙修菴，畫《空山聽雨圖》，海内名人求題殆遍。凡名人過惠山，無不特地訪之。後因《空山聽雨圖》爲人誆去，又不知因何事失志，遂致自裁，亦可惜矣。余嘗購得所書《金剛經》小條幅，今尚珍藏也。

昔許珊林有『金石富豪』印，吴康甫有『金石洞天』印，汪硯山有『金石布衣』印，僧六舟有『金石僧』印。

黄左田尚書九日登高合作卷内題有五律詩，内一聯云：『餘霞五雜組，新月兩頭纖。』特摘録之。

明季蕪湖有鍛工湯鵬，字天池。原籍溧水，僑居蕪湖。與畫師鄰，日往窺之，爲畫師所呵，因發憤，以爲爾用筆墨，我用鐵，遂創意煅爲花卉、山水、草書，無不神似。鵬逝後，此技失傳。他人貌爲者，不足觀矣。縣志入《藝術傳》。以前名人集中每有鐵畫歌，余家昔有梅蘭竹菊短屏四條，又山水横幅，一樵夫擔柴，從橋上經過，形神逼肖。咸豐時兵亂時失去，今則不可得矣。

梁山舟先生《頻羅菴集》云，蕭山陶篁村元藻自訂詩集，不入選者寘石函埋之，題其阡曰詩冢。作二律索和，因寄五首，内一句云：『豈便見嗤如苦海。小注云：鄭光業弟兄共有一巨皮箱，凡同人投獻之詞有可嗤者，即投其中，號苦海。見《唐摭言》。』

前明毘陵薛宷爲開封太守，亂後翦髮爲頭陀，居立墓真如塢僧舍。自謂吾名宷，今不冠，當去宀，又翦髮，當去丿，僅存米字。立墓有米堆山，因名米，號堆山。天真爛然，飲酒終日不醉。

董樵字樵，又字亦樵，亦字樵谷，更稱董董樵。

楊鋏崖有一小印曰『湖山風月福人之印』，唐六如有一印曰『江南第一風流才子』。

太倉王子若爲王麓臺曾孫，見彭詠莪相國《松風閣詩鈔・上巳後二日同里書畫諸友集蘆溪坊顧氏草堂》七律詩注，按王子若即刻《百漢碑硯》者。

黄魯直自號清風客，手定詩三百八篇。見《松風閣詩・和良甫見贈作奉酬》詩注。

舒元輿稱李監不聞外獎，躬入篆室，能隔一千年而與秦斯相見，此數語見袁子才《繆篆分韻序》。

江陰君山上有石坊，前一面四字曰『海天一柱』，爲吾鄉李令晳書，閻應元立。李字霜回，時爲江陰知縣，後以南潯朱莊史案株累被戮。閻即守城之閻典史也。後一面曰『龍飛駐蹕』，蓋謂明太祖曾登此山。

曩年雲間友人蔣石鶴手繪縐雲石圖寄贈，始知此石尚存石門某寺。按查東山孝廉遇吳順恪事見於《觚賸》《香祖筆記》《聊齋志異》《嘯旨》及蔣苕生《雪中人傳奇》，其事大同小異。至東山爲南潯朱莊牽連，得吳爲之救解，則費恭菴日記言之詳矣。唯吳兔床〔七〕《拜經樓詩話》據查自作《敬修堂同學出處偶記》有云：己亥，余客長樂潮鎮，吳葛如以厚幣至其軍所。謂葛如即六奇也。又云：世相傳余初有一飯之德，葛如方布衣野走，懷之而思厚報，其實無是事也。是或以其既貴而諱之。考《貳臣傳》：吳六奇，廣東豐人。明亡，附桂王朱由榔爲總兵，以舟師踞南澳。本朝順治七年，平南王尚可喜等自南雄下韶州，六奇與碣石總兵蘇利迎降。六奇故貧，時乞食他郡，習山川險夷，至是請爲大軍嚮導，招徠旁邑自効。積功至潮州總兵，超擢左都督。十七年，敘捐造戰船及禦賊功加官太子太保。康熙三年六月，考滿，晉少傅，加太子太傅。四年五月病卒，贈少師、兼太子太師，賜祭葬，謚順恪。二子啟豐、啟爵。六奇殁後，所屬官兵即令伊子啟豐管轄。啟豐、啟爵，後皆官至總兵。

《退菴隨筆》云：錢竹汀謂顧亭林以今日述先人行狀，使他人填諱爲非古。按徐季海墓碑，其子峴書，末題：『表姪前河南府叅軍張平叔題諱。』又周益公跋初寮王左丞贈曾祖詩，末題：『通直郎田橡填諱。』則唐宋時已有之。又元至正間，温州路總管陳所學壙志，其子姓所述，末題：『楊維楨填諱。』則令人仿而行之，未爲不合。亭林亦所見未廣矣。

《冷齋夜話》載鄒志完北還至永州澹山巖，有馴狐，凡貴客至則鳴。志完將至而狐輒鳴，寺僧出迎，志完怪之，僧以狐鳴爲言，志完作詩云云。按《湖南金石志》，宋尚用之《澹山巖》詩有句云：『我來訓狐無所聞。』瞿木夫《古泉山館金石文編》謂訓與馴古通用字。用之此詩，正用鄒道鄉澹巖故事也。

孫奕《示兒編》云：『湖南漕試盡字作尽，時謂之尺二秀才。』按世俗書劉字則作刘，時人謂之九二馬子。此正可以相類也。

五代侍江爲詩云：『竹影横斜水清淺，桂香浮動月黄昏。』宋林逋易二字，改作梅詩，此真點鐵成金手。曩在上海，於骨董肆購得山水册子，清微瘦削，自成一家。其款爲漏雲和尚。按漏雲名明照，吴江人，俗姓陳，翰林沂震子。初侍文覺禪師，晚主上海鐸菴。有高行，善畫及詩，著有《漏雲居詩草》二卷。《對山書屋墨餘録》以爲年大將軍之孫，誤也。

《花間笑語》云：揚州張鏐，字老薑，幼孤。年十二，母命習布米業，然好筆墨，十八歲棄去，專心學詩，竟成名家。通漢隸，善山水，工鐵筆，貌癯有風骨，無邗上習氣。昔余老友金丈雪舫嘗集邗上六布衣詩詞，詩則金冬心、羅兩峰、朱二亭、朱老匏、汪巢林，詞則□□□也。余乃削去詞家加張老薑，方可相稱。且六家皆摹得小象冠於卷端，名爲邗上六布衣詩，詎非較爲有趣乎？

《崧臺隨筆》，康熙時端州長景日昣冬陽著。乃録其一條云，鄉民在官長前自稱草蟲，可發一笑。

曾文正公兄弟父子得謚者四，公弟國華謚愍烈，貞幹謚靖毅，子紀澤謚惠敏，此真海内所稀有也。

《吉林外紀》爲薩英額著，其中『物産』一門今録二條：元狐出下江，大於火狐，色黑毛煖，最貴。又次黑毛。稍微黄，名倭刀。又沙狐生沙磧中，身小色白，腹下皮集爲裘，名天馬皮。頬皮名烏雲豹。

七八年前，余在蕪湖，偶爲游戲詩二首云：『寅年先吃卯年糧，挖肉何妨暫補瘡。若使欲炊無米飯，可憐巧婦實難當。』『倒篋傾筐總不留，未餘涓滴更何求。除非點石爲金法，要向仙人借指頭。』此乃有感而言，並不存稿，故録於此。

《粟香隨筆》乃江陰金武祥溎生著，内有一條云：『寒山問拾得曰：世人謗我、欺我、詬我、笑我、害我、輕我、騙我、辱我，如何處之？拾得曰：我只是忍他、讓他、耐他、由他、避他、敬他、不理他，再過幾年看他。金□李登齋以爲但惜其多末後一語，那得閒工夫看他。』余則謂頗有感慨，故特録之。

《伸蒙子》，唐林慎思虔中撰，今録六條云：『岦㟪。本注云：槐里有干禄先生，始隱高山，獨懷古節，不拘時態。嘗語人曰：吾逢有道則出，無道則隱。今遇昭代，吾不能違，遂出，以干祿爲字。然而棲遲法度，進退容儀，未嘗忘山，故字從山。』『洳道。本注云：槐里有知道先生，自謂進退有時，吾不妄動，是以自謂知道，蓋有樂水之癖，凡居處視聽，以泉源池沼爲樂，故字從水，表德也。』『硳砤。本注：槐里有求己先生，陋巷固窮，學道無倦。嘗曰：莫邪器成，不磨礪其刃，安能剸犀截鐵？君子晦節，不磨礪其道，安能顯揚？故號求己先生，字從石。』『弑戕。本注：澤國有弘文先生，當時兵寇入皆負戈甲，獨子嗜文，或曰：方事甲戈，安用弘文？對曰，吾以弘文爲甲戈，故字從戈甲。』『耞耦。本注：澤國有如愚子，生於田家，家本農業，獨子捨農而務學，慕顏淵德行，遂名如愚。親族譏其忘本，乃曰：吾張耒耜，於教學有無可待矣。故名字從耒文也。』『甗瓩。本注：澤國有盧乳子，家中山中，慕黄老方外之術，鍊形息氣，恬淡無爲，師仙人盧乳修真之法。而又自隱於陶，故字皆從瓦。』

覺阿上人《梵隱堂集》有《梅花盛開苦雨不止遣悶》詩云：『好事何人載酒過，一年香雪又蹉跎。冰霜歷盡經風雨，修到梅花劫尚多。』貝子木《半行庵集》有《永康道中寄懷覺阿上人》詩云：『連宵旅枕夢煙蘿，泛跡其如斷梗何。管領梅花閉關坐，出家人反在家多。』按二詩押多字，皆有逸趣也。

校勘記

〔一〕原書作『酒壘』，應是誤字，據文意徑改。

〔二〕原書作『一曰松節齊顧宋歡孔延之』，爲誤乙，據文意徑改。
〔三〕原書作『齊武陵王勝』，當爲南朝齊武陵王蕭曄，據《南史·齊武陵昭王曄傳》改。
〔四〕『二字』，原書作『三字』，據文意徑改。
〔五〕原書作『戴雁阿』，誤。戴本孝號鷹阿山樵，據文意徑改。
〔六〕原書作『詩碑録』，據文意改。
〔七〕原書無『兔』字，吴床間空一字，據文意補。

癖好堂收藏金石書目

西清古鑑四十卷

乾隆十四年梁詩正等奉敕撰。

薛氏鐘鼎款識二十卷

宋薛尚功。舊硃鈔本，從萬曆戊子硃印本出，總後附補遺一册，皆鏡文，萬嶽山人序。又程士莊鑑總説一篇。按薛氏書本名《歷代鐘鼎彝器法帖》，此則『法帖』上多『墨妙』二字。

薛氏鐘鼎款識二十卷

宋薛尚功。崇禎癸酉朱謀垔刊，極精。自序後有趙孟頫、楊伯喦、周密、柯九思、張天雨、斡玉倫徒克莊、泰不華、王行、周伯温、豐坊等題記觀欵。

薛氏鐘鼎款識二十卷

宋薛尚功。嘉慶二年阮元積古齋刊本。

王復齋鐘鼎款識一册

宋王厚之。阮元積古齋刊本。

王復齋鐘鼎款識一册

宋王厚之。葉志詵平安館翻刊本。

嘯堂集古録二卷，坿攷異二卷

宋王俅。張蓉鏡醉經堂刊本坿攷異。

宣和博古圖十六册

宋大觀中王黼等奉敕撰。泊如齋重修，程士莊序。按此書所見刻本不一，有小字本，又有至大重修放大本，惟此本整潔無一爛版，故收之。

考古圖十卷

宋吕大臨自序。黄晟重刊本。有陳翼、陳才序。吴萬化後跋。

續考古圖

陸心源。硒宋樓刊本並序。攷爲宋趙九成撰。

積古齋鐘鼎彝器款識十卷

阮元自序。嘉慶九年刊本。朱爲弼後序。此初印本，甚精湛。

十六長樂堂古器款識攷四卷

錢坫自序。此書流傳甚尠。有『揚州阮氏琅嬛仙館藏書』硃印。

浣花拜石軒鏡銘集録二卷

錢坫。有『揚州阮氏琅嬛仙館藏書』及『阮亨私印』兩硃印。又『文選樓』墨印。

懷米山房鐘鼎彝器圖二册

曹載奎、張廷濟序。此日本翻刻，改名《曹氏吉金圖》。今仍用原名。

求古精舍金石圖四卷

陳經説劍樓刊足本。有二卣主人廿一歲小象，梁同書署首。阮元、潘世恩、吴雲、黄丕烈、倪倬、施國祁、施嵩序。許宗彦、吴翌鳳題詞。又自序。兄掌綸後序。

筠清館金石文字五卷

吴榮光。原刊本。皆金文，石未刻。

筠清館金石文字五卷

吴榮光。湖北翻刻，較原刊爲佳。

長安獲古編二册

劉喜海。皆金文，無攷釋，刊本甚精。

二百蘭亭齋收藏金石記四册

吴雲。攷釋爲吴熙載手書付梓，極佳。葉志詵序。許槤書首。

兩罍軒彝器圖釋十二卷

吴雲。馮桂芬、俞樾序，並自序。前有兩罍軒主人六十三歲小象，沈秉成贊。

攀古樓彝器欵識二册

潘祖蔭自序。刻甚精。考釋出周孟陽、王正孺、張孝達。

恒軒所見所藏吉金録二册

吴大澂。有釋無考。

金石契二册

張燕昌。杭世駿序。初刊本。

金石契二册

張燕昌。此重定足本，分宫商角徵羽五卷，坿録續録一卷。王杰、朱琰、杭世駿序。錢大昕、魏成憲題詞，翁方綱書首。有『夢薌仙館珍藏』印。

金石索十二卷

馮雲鵬、馮雲鵷。雙桐書屋刊本。辛從益、趙懷玉、鮑勳茂、賀長齡、梁章鉅、景慶、徐宗幹序，並自序。平翰書後。

金石莂二册

馮承輝。皆影摹金石拓本上版。凡例後有一印曰『吴淞少麋居士馮承輝鑑藏金石文字于古鐵齋之鈐記』。

金石屑四册

鮑昌熙。皆小拓本。金多石少。每册倩楊鐸、張維嘉、莫繩孫、高行篤各署其端，創格也。

金石緣四册

丁彦臣藏器，丁則蘭手橅其文，夢蕉仙館槀本。皆金文，坿瓦當專文四十餘種，余從丁氏假摹。

商周彝器釋銘四卷

吕調陽。觀象廬叢書本。

吉金志存四卷

李光庭。所收古泉居多，餘彝器、古印、專瓦之類。吴存業、孔晉墀、張銘、郝植恭、張碩題詞，自爲後序。

鶴緣齋所收金石文字一册

嚴荄。内張廷濟墨本居多。内有贗物一二，余剔去之。

從古堂金石釋文一册

徐同柏手稿。所摹金文甚精。有『從古堂嘉興徐同柏』『籀莊徐同柏印』『籀莊文章』『大吉』『郢書燕説』『壽如金石』『鐘鼎山林』諸小印。按同柏爲張廷濟甥，又弟子也。

從古堂款識學一卷

徐同柏。趙之謙刻入《仰視千七百二十九鶴齋叢書》。

金天德鐘識一卷

丁晏。頤志齋叢書本。

齊侯罍通釋一册

陳慶鏞。分上下篇。何秋濤跋。一鐙精舍刊本。

焦山鼎銘考一册

翁方綱。葉志詵覆刻本。

周無專鼎銘考一卷

羅士琳。阮元序，寫本。

晉義熙銅鼓攷一卷

羅士琳。與《鼎銘考》合裝，寫本。

毛公鼎釋文一册

吴大澂。鼎爲濰縣陳壽卿介祺藏，不許人拓，墨本難得。有五百餘字，吉金文字斯爲最多。

金塗塔考一册

錢泳。翁方綱、謝啟昆序。從刻本鈔。

鐵券考一册

錢泳。從刻本鈔。

虢季子白盤銘考一册

吴雲。二百蘭亭齋刊本。吴大澂手書。

虢季子盤釋文一册

吴雲録各家考釋，而自加詮注，亦二百蘭亭齋刻。吴熙載手書。

盤亭小録一册

大潛山人刊並跋，縮摹其盤並銘文。録吴雲考釋，英翰序，薛時雨、徐子苓記。按山人即劉中丞銘傳。

古金録四卷

萬光煒。皆録古泉。團維墉題詞，吴紹濚、汪鳴珂跋。

古金待問録五卷坿補遺

朱楓。自序。皆録古泉。

吉金所見録十六卷

初尚齡。專考古泉。古香書屋刊本。前有小象，又浦曰楷、周春、翟云升、黄如瑀、牟房、兄彭齡序。王晉泰題詞。延君壽後跋。

欽定錢録十六卷

乾隆十六年奉敕撰。坿《西清古鑑》後。

泉志十五卷

宋洪遵。自序。照曠閣刊本，後有沈士龍跋。有『曾爲徐紫珊收藏』印。

錢志新編十六卷

張崇懿。湯輅序。尹湘跋。酌春堂刊本。梅益徵手批並題記。

泉志新編四卷

黄學圯。舊寫本，有説無圖。

泉志補編二册

丁許秦。自序。舊寫本。趙秉淳書後。

泉志校誤三卷

金家禾。自序並篆首。原稿本有『邠𡰥宩釋古金文字』『邠𡰥宩釋』二小印。

泉志校誤三卷

金家禾。石埭徐氏觀自得齋叢書本。別加吳大澂篆首。

虞夏贖金釋文一册

劉師陸。有『方翔收藏』『爲五斗米折腰』二小印。

貨布文字考四卷

馬昂。方廷瑚序。雲間錢氏蘭隱園刊本。刻甚精。

刀布釋文一册

金家禾。自序。稿本凡十五篇。

錢幣圖説六卷

吴文炳、吴文鸞。香雪山莊刊本。文炳自序。

泉史十六卷

盛大士。蕭令裕序。郝其燮、孔憲彝後序。

選青小箋十卷

許元愷蒻雨樓刊本。趙允懷、吴憲澂，季錫疇、季成銑、俞大文並自序。題詞者十人。吴慶集跋。

選錢齋筆記十五卷

吴鈞寫本。有『文川』『伯澂』『孫氏所藏』三小印。蓋曾爲上元孫澄之收藏，面有題字。

癖談六卷

蔡雲。有『徐紫珊藏』小印。龔橙批校。

癖談六卷

蔡雲。會稽章氏式訓堂叢書本。

觀古閣泉説三册

鮑康。潘祖蔭序。凡《泉説》一册，《續泉説》一册，《叢稿》上下卷，有説無圖。

古泉叢話四卷

戴熙。自序。潘祖蔭跋。滂喜齋刊本。

古泉匯六十卷

李佐賢。自序。石泉書屋刊本。鮑康序，又後序。題詞者四人。

古今錢略三十二卷

倪模。兩强勉齋刊本。孫衣言序。姚覲光後序。

嘉蔭簃論泉絶句上下卷

劉喜海。周其慤序。

凌寒竹軒錢布録二册

江恂。後埘童二樹所藏泉布。有『愓甫借觀』『芑孫審定』『喜孫審定』『孟慈』四小印。又『江』字及『臣恂』二小印。袁枚、阮元序。原本六册，汪硯山鋆删去厭勝等錢，鉤存二厚本。余從汪本重摹。

春草堂錢式四卷

謝堃。自序，阮亨序。春草堂叢書本。

顧氏藏弆古泉略釋十八卷

金家禾。自序。稿本。按此爲元和顧觀詧文彬之子駿赤藏錢，金館其家而爲是書。

泉布統志十六册

孟麟。首卷外分爲九卷，其一二三四五六每卷又析爲上中下三卷，都爲二十卷，卷首有小象。史致光、馮清聘序。各卷又有陳卜年、陳階、張繼輝、邱輝亭、鍾沅、高榮、高枚、蔣潤、屠榮等序並自序。按此書引據頗陋，論説吟詠亦殊蕪雜。著録刀布圜錢凡一千四百餘枚。惟所收寶鈔自唐迄明，共得二百六十餘紙，選刻七十餘紙，尚足以資考證。末附玉磁、銅器一卷，未免蛇足。

金石録三十卷

宋趙明誠。自序。劉跂、李易安後序。趙不譾、葉仲跋。何焯題記三。盧氏雅雨堂刊本。有『瓠室』小印。

金石録三十卷

宋趙明誠。明葉奕精鈔本。自記有成化九年葉仲、盛甫志、沈顥題記，馮彪、葉萬觀欵，『朱脩士家藏』小印。

金石録三十卷

宋趙明誠。黄氏三長物齋叢書本。

集古録十五卷

宋歐陽修。自序。跋尾十卷，目五卷。其子棐記。三長物齋叢書本，黄本驥後序。

金石文七卷

明徐獻忠。寫本。

金石古文十四卷

明楊慎。舊寫本。張紀序。有『胡遠印信』『公壽』『長壽』『横雲山民』『蔣節印信』『蔣介印』等小印。

金石古文十四卷

明楊慎。孫昭序。李氏函海本，甚劣。

石刻鋪敘上下卷

宋曾宏父。知不足齋叢書本。

石刻鋪敘上下卷

宋曾宏父。貸園叢書本，錢大昕跋。

寶刻叢編二十卷

宋陳思。吴式芬刊本。

寶刻類編八卷

無撰人名。嘉蔭簃刊袖珍本。劉喜海後跋。暇假儀徵吴氏丙湘藏李南澗舊本校一過。

古刻叢鈔一册

明陶宗儀。知不足齋叢書本。

古刻叢鈔一册

明陶宗儀。平津館叢書本。

續古刻叢鈔二册

陸紹曾手録。梁同書題簽。

金薤琳琅二十卷並補遺

明都穆。盧文弨序，宋振譽後跋。有『古歙項芝房珍藏金石書畫印』『新安項源漢泉氏一字曰芝房印記』『保殘守闕之居』等小印。

石墨鐫華八卷

明趙崡。自序。知不足齋叢書本。康萬民序。何琪、趙衡陽、鮑廷博跋。

水經注所載碑目一册

明楊慎。自序。從明刊本鈔出。朱方跋。魏錫曾題記。

金石史二卷

明郭宗昌。分上下卷，知不足齋叢書本。王弘撰、劉澤溥序。

金石文字記六卷

顧炎武。亭林遺書十種本。

金石文字記六卷

顧炎武。張氏借月山房叢書本。

金石文字記六卷

顧炎武。舊寫本。魏錫曾過録。翁方綱校語。丁丙、魏錫曾跋。

金石録補跋尾二十七卷續七卷

葉奕苞。自序。從别下齋刊叢書本鈔。周錫瓚、蔣光煦跋。

金石續録四卷

劉青藜。自序，弟青震序。寫本。魏錫曾題記。有『錫曾校讀』『稼孫』二小印。

金石續録四卷

劉青藜。傳經堂刊本。

金石林時地考二卷
趙均。粤雅堂叢書本。伍崇曜跋。

金石備考一册
來濬。殘寫本。僅江南、浙江、湖廣、陝西、山西五省。

金石文鈔八卷續鈔二卷
趙紹祖。法式善序。後自序。附《金薤琳瑯》原碑目。

金石經眼録一册
褚峻。摹碑圖。牛運震説。均自序。首有飛白書封面，王澍、徐葆光、何堂序。

金石圖二册
褚峻。摹碑圖。牛運震説。下册每碑摘摹数字，上册釋文與《經眼録》不同。運震自序。峻前後序。刻甚精，印本亦佳。

金石癖十五卷
鈍根老人。李調元刻本。按此書即吴山夫玉搢《金石存》之初稿。

金石存目録原稿一册
式楹日。楊石卿鐸藏本。

金石存十五卷
吴玉搢。聞妙香室刊本。甚精。李宗昉序。
金石萃編一百六十卷
王昶。自序。朱文藻、錢侗跋。有『古歙曹堅子剛圖書』一印。
金石續編二十一卷
陸耀遹。陸增祥校並序，又兩跋。蔣因培、何紹基跋。
金石續一册
陸耀遹。舊寫本。漢至隋僅三十餘種，當是初稿。有『周詒樸印』『周子堅印』二小印。
金石萃編補正二卷
方履籛。寫本。
平津館金石萃編十七卷又二册
嚴可均。寫本。余從原稿鈔得。本二十卷，缺宋碑三卷。餘二册不分卷，有『嚴可均』『鐵橋』二小印。
平津讀碑記八卷續一卷
洪頤煊。自序。翁方綱、許宗彥序。

平津讀碑記再續一卷三續二卷

洪頤煊。寫本。魏錫曾校。有『魏錫曾印』『稼孫』二小印。

金石聚十六卷

張德容。二銘草堂刊本。自序，又後序。潘曾瑩、陸增祥、潘祖蔭序。

兩漢金石記二十二卷

翁方綱。自序。有『小學齋』『黄鈞』『次歐』『徐康』四小印。徐子晉題記。

兩漢金石記二十二卷

翁方綱。龔橙手校。

漢魏碑刻記存一卷

謝道承。寫本。

秦漢魏六朝碑刻輿地考一卷

黄易。仁和王氏刻於《漱六編》。

隋唐石刻拾遺二卷

黄本驥。寫本，分上下卷。唐仲冕序。嚴如熤、車持謙題。錫曾校，有『稼孫』小印。

南漢金石志二卷

吴蘭修。伍崇曜後跋。粤雅堂刻嶺南遺書本。

金碑録文一册

不署名。舊寫本。

隸釋二十七卷

宋洪适。自序。吾進跋。汪氏樓松書屋刊本。汪日秀跋。有『劉竟古書畫印』『劉肇鑑印』『鏡古』『鏡研齋藏』『長宜子孫』諸印。李東琪題簽。

隸釋二十七卷

宋洪适。萬曆十六年王雲鷺刊本。王序稱之曰隸識，不可解。有『馬氏叢書樓藏圖記』『戴氏芝農藏書畫印』『古潤戴植培之氏一字芝農鑑藏書畫記』『倍萬樓藏印』『鮑昌熙印』諸小印。

隸釋二十七卷

宋洪适。舊寫本。吴孝顯以項子京家鈔本及王雲鷺刻本校，並有以原碑校者。内《金石録》三卷，又以廬本校勘，頗精。前後加跋。有『延陵季子孝顯印』『榷堂勘書』『因學齋吴榷堂氏秘笈之印』『經經緯史』『雅好博古』『鶯花歲辦千篇課』『湄州孝顯』諸小印。

按孝顯字榷堂，進士。翁覃溪閣學方綱弟子。

隸續二十一卷

宋洪适。洪邁序，喻良能跋。汪氏樓松書屋刊本，汪日秀跋。

隸續二十一卷

宋洪适。曹楝亭刊本。貝墉過録，錢大昕校本。有『貝墉私印』『臣墉之印』『見香居士』『千墨庵』『東吴貝墉見香居印信』『既勤父』『定父貝居士』『平江貝氏』『文苑』。又有『馬氏叢書樓珍藏圖記』『新安汪氏啟淑印信』『倍萬樓藏本』『戴芝農藏印』『古潤戴植培之一字芝農鑑藏書畫記』。

隸續二十一卷

宋洪适。日本文化紀元淺文貫刊本。粤田元繼序。竹窗森世黄識，森川世黄校正。荒井公廉句讀。

汪本隸釋刊誤一册

黄丕烈、顧廣圻。士禮居刊本。黄丕烈、段玉裁序。錢大昕題字。有『閬原所藏』『從吾所好』印。龔橙題字。

小蓬萊閣金石文字五册

黄易。翁方綱題記及詩。此極初印本。無《三公山》《譙敏》兩碑，《武梁祠》無考釋。有『兩峰子羅聘之印』『兩峰道人揚州羅聘』『羅五』小印。又有『小天籟閣』『項源字漢泉』『新安項芝房收藏書畫私印』『項氏金石』『項百子芝房章』『項源原名爲煌』等印。

小蓬萊閣金石文字三册

黄易。如錢大昕序，另陳鈞序則他本所無。亦初印本，前有鮑澄手寫編目。有『臣澄之印』『友竹居士』『清芬館』『鮑心吾一字至情』『鮑澄印章』『清芬館印』『臣澄私印』『虞山人』『海虞鮑澄藏本』諸小印。又有『古歡閣印』。

小蓬萊閣金石文字五册

黄易。高氏陵苕館重刻本，甚精。原爲練廷璜藏。徐拱辰有跋。

陵苕館續刻金石文字三册

高學治。自跋。篆書封面。

小蓬萊閣金石目一册

黄易。稿本。此小松司馬手録所藏拓本。有『勞格』『何元錫借觀』二印。

隨軒金石文字四册

徐渭仁。寒木春華館刊本。其子大有補跋後。

古均閣寶刻録一册

許槤。僅雙鉤《夏承》一碑。自序，並附攷證。

鐵硯齋雙鉤金石文字一册

張寶晉。昔假江都李氏半畝園藏刻本影鉤。僅摹《戚伯著》《婁壽》兩碑，餘習見不及盡鉤。越數年再求之，已莫可蹤跡矣。

望堂金石文字十六册

楊守敬。激素飛青閣刻本。雙鉤各碑，然有有目而尚未全刻者。

梅花草庵雙鉤碑刻五册

丁顔臣。自序，汪昉序。所刻碑額居多。

思古齋雙鉤漢碑額三册

何澂。自序。趙之謙署簽。

攀古樓漢石紀存一册

潘祖蔭並跋。滂喜齋刊本。僅雙鉤《沙南侯獲碑》一種，張之洞釋及跋。又吴大澂、王懿榮跋。

古歡閣雙鉤秦漢石刻一册

石宗建。刻僅四種而君遽下世。因輯而存之。

蒼潤軒碑跋一册

盛時泰。又名《玄牘記》。自序。寫本。魏錫曾校並跋，有『稼孫』小印。瑕以孫澄之舊藏鈔本校。

鐵函齋書跋六卷

楊賓。自序。周星詒。『魏錫曾印』『稼孫』『稼孫手鈔』三小印。

潛揅堂金石文跋尾二十五卷

錢大昕。王鳴盛序。分元亨利貞四集。

潛揅堂金石文字目録八卷

錢大昕、瞿中溶。從《潛揅堂叢書》録出。

來齋金石刻考略三卷

林侗。陶舫刊本。侗二序，弟佶一序。朱書、陳壽祺、馮縉序。

來齋金石刻考略三卷

林侗。徐渭仁跋。春暉堂叢書本。

觀妙齋藏金石文考略十六卷

李光暎。金介復序。有『臣瑩私印』『婁邨汪子』二小印。

寶鐵齋金石跋尾三卷

韓崇。滂喜齋叢書本。嚴保庸序。董國華、潘曾沂、潘曾綬題詞。

古墨齋金石跋六卷

趙紹祖。續涇川叢書本。存五卷，補鈔一卷。

古泉山館金石文跋一册

瞿中溶。寫本。

授堂金石三跋十卷

武億。小石山房刊本。一跋四卷、二跋四卷、三跋二卷。

授堂金石續跋十四卷

武億。小石山房刊本。

石經閣金石文字跋一卷

馮登府。行素堂刊本。

鐵橋金石跋四卷

嚴可均。鐵橋漫稿本。

宜禄堂收藏金石記六卷

朱士端自序。春雨樓叢書本。

退庵金石書畫跋二十卷

梁章鉅。自序。有『查氏子伊珍藏』印。

枕經堂金石題跋三卷

方朔。宋祖駿、潘祖蔭、宗稷辰、沈兆澐書後。

續語堂碑録四册

魏錫曾。刻未竟。

清儀閣金石題識四卷

張廷濟。陳其榮輯，吴受福跋。徐氏觀自得齋叢書本。

清儀閣題跋三册

張廷濟。魏錫曾輯刊，丁立誠補版並跋。此與觀自得齋本多寡不同。

芳堅館題跋三卷

郭尚先。分上中下三卷。

快雨堂題跋八卷

王文治。䊵蓀閣刊。李兆洛序。汪承誼後跋〔一〕。有『小天籟閣』『新安項源漢泉氏一曰芝房印記』『此中有真意』『項源原名爲煌』等小印。

瓶庵居士題跋一卷

孟超然。文集中本。

竹雲題跋四卷

王澍。墨妙樓刊本。吴舒惟、沈德潛序。

竹雲題跋四卷

王澍。海山仙館叢書本。

朗齋碑録二卷續録一卷雜録一卷

朱文藻。寫本。分上下卷。續録、雜録各一卷。

愛吾廬題跋一册

吕世宜。林維源刻本並跋。凡金石跋八十種。

古志石華三十卷

黄本驥自序。三長物齋叢書本。專收志墓之石刻。

石林一册

路庭銓鑒古慶刊本。李兆洛序。板口有『要无咎齋』四字，惟《國山碑》《漢司農劉夫人碑》二册。

禹碑五釋一册

黄樹穀。張鵬翀題詞。王澍篆『禹跡思存』四字於首。有『子貞隨月讀書樓』『廣陵江恂鑑藏印』『小天籟閣』『新安項源漢泉氏一曰芝房印記』『古歙項芝房珍藏金石書畫』諸小印。

國山碑考一册

吴騫。寫本，有圖。從吴氏原稿鈔。有翁方綱、宋葆惇校語。

國山碑考一册

吴騫。拜經樓刊本。盧文弨序。羅以智加考證於書眉，並補録《兩漢金石記》《金石萃編》跋語，復加按語。魏錫曾題記。

西嶽華山碑考四考

阮元。文選樓刊本。江藩序。

西嶽華山碑雙鉤本一册

吴雲。二百蘭亭齋刊本。

裴岑紀功碑雙鉤本一册

丁彦臣。自跋。萬卷書齋刊本。唐翊華原跋，又何紹基、方翔跋。

漢東海廟碑殘字一册

吴雲。自記。兩罍軒刊本。

紅崖刻石釋文一卷

鄒漢勳。斆藝齋遺書本。

天發神讖碑考一册

周在浚。朱彝尊序。後附王宓草著考。

嵩洛訪碑日記一卷
黄易。粤雅堂叢書本。伍崇曜跋。
嵩麓訪碑記一册
黄易。楊鐸函青閣刊本。魯一同序。
宋徐鼎臣臨碣石頌雙鉤本一册
吴儁。孔昭孔雙鉤。
岣嶁碑雙鉤本一册
孫文川記。毘陵毛會建摹本鉤出。
瘞鶴銘考一册
陳鵬年。見山樓刊本，缺下卷。
瘞鶴銘考一册
陳鵬年。寫本。
瘞鶴銘考一册
汪士鋐。自序。原刻本。
瘞鶴銘考一册
汪士鋐。江都陸鍾輝翻刻並跋。有『商城楊氏藏書』『石卿心賞』二小印。

瘞鶴銘考一册

汪士鋐。漢陽葉志詵翻刻，並補翁方綱考。

瘞鶴銘圖考一册

汪士鋐。姚氏咫進齋叢書本。

補瘞鶴銘考一册

汪鋆。自序。十二硯齋刊本。

唐昭陵石蹟考略五卷

林侗。自序。黎士弘、蕭正模、潘耒、周在浚、陳汝器序。劉健及其弟佶後序〔二〕。

唐昭陵石蹟考略五卷

林侗。徐氏觀自得齋叢書本。有伊秉綬、葉夢龍跋。云是翁覃谿手鈔定本。

唐昭陵石蹟考略五卷

林侗。寫本。自序。黎士弘、潘耒序。弟佶後跋。

昭陵碑考十二卷

孫三錫自序。沈壽嵩序。

至聖林廟碑目一册

七十一代孫孔昭薰、七十三代孫孔慶鎔序，七十四代孫繁灝跋。

墨妙亭碑目考四卷

張鑑。自序。寫本。從南潯蔣氏假鈔。

墨妙亭碑目考四卷

張鑑。江蘇書局刊本。

墨妙亭碑目考四卷

張鑑。仰視千七百二十九鶴齋叢書本。

蒼玉洞題名一册

劉喜海。自序。味經書屋刊本。有『劉喜海印』『燕庭』『文正曾孫』『東武劉燕庭氏審定金石文字』『花墩舊史』『三家詩室』『求古居』『海昌僧』『六舟心賞物』『登府』『鮑昌熙印』『小瓣香閣』諸小印。

郎官石柱題名御史臺精舍題名一册

趙魏手録。吴騫序。從《讀畫齋叢書》鈔出。魏錫曾校並跋。

郎官石柱題名考二十四卷

趙鉞、勞格同撰。月河精舍刊本。

御史臺精舍題名考三卷又附録

趙鉞、勞格同撰。月河精舍刊本。

石塔碑刻記一卷

林喬蔭。龔景瀚附考，黄世發跋。鄭杰刻六種本。

九曜石刻録一卷

周中孚。自序。張登瀛並弟聯奎跋。有『弁陽周氏』『艸庭曾在行間』二小印。

虎阜石刻僅存録一册

潘鍾瑞。自序。

石柱記箋釋五卷

鄭元慶。

惠山聽松石床題字一册

吴雲。二百蘭亭齋刊本。

求古録一册

顧炎武。自序。各碑皆録，全文在《金石文字記》之外，然與《四庫提要》所載不符。

陳巖墓志考一卷

鄭杰。六種本。

涪州石魚文字所見録一卷

姚覲元、錢保塘同撰。寫本。

石鼓讀七卷

吳東發。自序。阮元序。

石鼓文集釋一卷〔三〕

任兆麟。自序。馬天民、從子璋跋。從心齋十種本鈔出。

石鼓文鈔二卷

許容。自跋。金德嘉、周金然、孫岳頒、兄嗣隆序。胡介祉後跋。韞光堂刊本。有『胡芸門珍藏書畫印』『胡之袏字曰京文一字芸門江南如皋人』『賜書堂印』諸小印。

石鼓然疑一卷

莊述祖。珍蓺宧遺書本。

石鼓文定本二卷

劉凝。自序。定爲周宣王時。李長祚序。寫本。

石鼓文定本五册

沈梧自署古華山農而不名。分十類，僅刻五類而人已殁。定爲周成王時。

石經考一卷

顧炎武。《亭林遺書》十種本。

石經考一卷

萬斯同。省吾堂刊本。前有『網羅放失舊聞』印。

石經考一卷〔四〕

翟灝。從《四書考異》鈔出。

石經考異一卷

杭世駿。厲鶚、全祖望、符元嘉序。趙昱、許煓跋。自記謂補顧氏之考也。

石經考異六卷

馮登府。漢石經至國朝石經，分七種，每種後有自序。從《皇清經解鈔》出。

歷代石經略二卷

桂馥。

漢魏石經攷一册

劉傳瑩。

魏三體石經遺字考一卷

孫星衍自序。顧廣圻後跋。五松書屋刊本。

唐石經校文十卷

嚴可均。自序，姚文田後序，丁溶序。四録堂類集本，二百蘭亭齋藏板。

唐石經考正一册

王朝榘。自序。

北宋汴學二體石經記一卷

丁晏。何紹基詩。頤志齋叢書本。

石經考文提要十三卷

彭元瑞。許宗彦跋寫本。

石經殘字一册

張燕昌刻。

刻石經殘字一册

陳宗彝刻。

蘇齋唐碑選一卷

翁方綱。咫進齋叢書本。

天下金石志三册

于奕正。舊寫本。自序。金鉉序。劉侗略述，楊補題記。有『曾在姚古香處』『曾歸錫曾』『鄒方鍔印』諸印。

輿地碑記目四卷

宋王象之。陶澍、梁章鉅序。顧廣圻、車持謙後序。獨抱廬本。

輿地碑記目四卷

王象之。潘祖蔭序。滂喜齋刊本。

寰宇訪碑録十二卷

孫星衍、邢澍。江蘇書局刻。

寰宇訪碑録十二卷

孫星衍、邢澍。平津館原本。魏錫曾以硃筆渡録。劉喜海補校。劉喜海、吕世宜、周其愨、鮑康題記。各條另以墨筆附案語並題記。有『稼孫手鈔』小印，又『梅庵珍藏』小印、『江西長壽庵詩僧』。

寰宇訪碑録十二卷

孫星衍、邢澍。平津館原本。馬竹漁以墨筆過録，顧沅校補。各條另以緑筆添注。各碑有『仲虎』『獨抱廬』二小印，蓋曾爲陳宗彝所藏者。

寰宇訪碑録十二卷

孫星衍、邢澍。平津館原本。龔橙以墨筆批校。

補寰宇訪碑録五卷附失編一卷

趙之謙。自序，又記。沈澍鏞後跋。二金蜨堂所著書之九。

補寰宇訪碑録五卷附失編一卷

趙之謙。沈澍鏞手録，劉喜海新增各碑於書眉。瑕從魏稼孫處假來，以硃筆渡於此寫本之上。

寰宇訪碑録刊謬一卷

羅振玉。

京畿金石考二卷

孫星衍。自序。問經堂叢書本。

京畿金石考二卷

孫星衍。惜陰軒叢書本。

京畿金石考二卷

孫星衍。滂喜齋叢書本。

中州金石目四卷

姚晏。後附姚覲元補遺。咫進齋叢書本。

中州金石目録八卷

楊鐸。自序。未刻稿，分存佚。

中州金石記五卷
畢沅。洪亮吉後序。
中州金石考八卷
黄叔璥。自序。陳祖范序。寫本。
關中金石記八卷
畢沅。經訓堂本。盧文弨、錢大昕、錢坫、洪亮吉、孫星衍跋。有『范湖草堂』『萬歲不敗』『趙氏鑑藏』印。
關中金石附記一卷
蔡汝霖。自序。蔡錫棟後跋。寫本。
山左碑目四卷
段松苓。自序。寫本。孫文川卷端題記。有『孫氏所藏』『文川』『伯澂』三小印。
山左金石志二十四卷
畢沅、阮元同撰。阮元序。小琅嬛仙館刊本。有『淮海世家』『高郵王氏藏書』印。
兩浙金石志十八卷
阮元。自序。連補遺。

滇南古金石録一卷

阮福。小琅嬛叢記本。

蜀碑記目一卷考異一卷，蜀碑記十卷考異一卷

王象之。胡鳳丹序。退補齋刻本。

湖南金石志二十卷

瞿中溶。省志本。自序。假獨山莫氏藏本鈔。

湖南金石志三十卷

李瀚章。光緒修省志本。内附陸增祥《金石補正》各條。

湖北金石詩一册

嚴觀。從連筠簃叢書本鈔。孫星衍序。

湖北金石存佚考二十二卷

不署名。考爲陳詩所著。

湖北金石志十四卷

繆荃孫。新修省志紅様本。

山右金石記一册

夏寶晉。自序。胡兆松題詞。

山右金石記一册
夏寶晉。石宗建古歡閣校刊。凌瑕覆校加按語。
粵東金石略十二卷
翁方綱。自序。從石洲草堂本鈔。
粵西金石略十五卷
謝啟昆。胡虔序。銅鼓亭刊本。
粵西得碑記一册
楊瀚。浯上息園刊本。
安徽金石略十卷
趙紹祖。從古墨齋刊本鈔。
江左石刻文編四册
韓崇。稿本。朱琦序。又名《江左金石志》。
江甯金石志八卷待訪目二卷
嚴觀。賜書堂刊本。錢大昕、章學誠序。汪陽、弟晉跋。翁方綱、錢坫、孫星衍記。張敦仁識。錢大昕書。

越中金石記十卷又輯存闕訪二本
杜春生。〔清〕。澹波館刻本。吳榮光序。王紹蘭書後。
台州金石志十五卷闕二卷
王瑞。〔清〕。寫本。王蜺序。
武林金石記二册
倪濤。〔清〕。殘寫本。前有丁傳記，趙一清敘遺事。魏錫曾跋。
武林訪碑録一册
黄易。〔清〕。寫本。
東甌金石志十卷附補遺
戴咸弼。〔清〕。郭鍾岳、王棻序。
栝蒼金石志十二卷
李遇孫。〔清〕。潘紹詒、胡元熙、吳方文、張祖基序。王尚忠、譚學鎔跋。
續栝蒼金石志四卷
李遇孫。〔清〕。寫本。長白恒奎後序。
湖州金石略十卷
丁寶書。〔清〕。府志本。

吴興金石記十六卷
陸心源。楊峴序。
徐州金石考一卷
方駿謨。府志本。
雍州金石記十卷餘一卷
朱楓。自序。
雍州金石記十一卷
朱楓。惜陰軒叢書本。
常山貞石志二十四卷
沈濤自序。邊浴禮跋。
魯山金石志四卷
武億、董作棟。从縣志本鈔。
偃師金石記四卷
武億。有『揚州阮氏琅嬛仙館藏書印』。
偃師金石遺文記二卷
武億。縣志本。

偃師金石遺文補録十六卷

王復。武億原序。錢坫序。

郟縣金石志一册

武億、毛師沆。舊寫本。有『何元錫印』『壽華樓』『勞格』『季言』四小印。

濬縣金石録二卷

熊象階。

登封金石録一卷

洪亮吉。縣志本。

安陽金石録十二卷

武億。安陽知縣貴泰校梓。

洛陽金石録一卷

陸繼輅、魏襄。縣志本。

河陽金石記三卷

馮敏昌、仇汝瑚。仇汝瑚、湯令名跋。從孟縣志本鈔。

武功金石志一册

段嘉謨。亦名《金石一隅録》，如見齋刊本。自序。唐仲冕、鄧廷楨、吴榮光序。

涇川金石記一卷
趙紹祖。寫本。魏錫曾題記。
金陵古金石目一卷
顧起元寫本。魏錫曾題記。此陳奕禧《金石遺文録》附録之一種。
三巴孴古志六册
劉喜海。周其愨序。板口刻『金石苑』。封面有『三巴漢石記存』六字。有『曾爲徐紫珊所藏』小印。
濟南金石志四卷
馮雲鵷。王鎮、汪喜孫序。府志中别刻單行本。
濟寧州金石志八卷
徐宗幹、馮雲鵷。沈岐、徐宗幹序。金光耀後序。吴國俊、陸以鈞、查鼎題詞。
歷城金石考二卷
李文藻、周永年。寫本。
諸城金石考二卷
李文藻。寫本。

益都金石記四卷

段松齡。益都丁氏刻本。

寶豐金石志一卷

武億、陸蓉。寫本。

河内金石記三卷

方履籛。縣志本。

興平金石志一卷

張塤。寫本。

扶風金石志二卷

張塤。寫本。

郿縣金石志二卷

張塤。寫本。以上三種統名《張氏吉金貞石録》。

吴郡金石目一册

程祖慶。見古閣仿宋竹册。

吴郡金石目一册

程祖慶。滂喜齋叢書本。潘祖蔭跋。

海東金石存考一册

劉喜海。寫本。陳宗彝序，程慶餘題記。有『六九主人』『丹鉛精舍』『季言汲古』三小印。

海東金石苑一册

劉喜海。自序。鮑康序。觀古閣刊本。潘祖蔭跋。朝鮮李惠吉題詞。

海東擷古志一卷

胡琨編。劉喜海所藏墨本。寫本。

昭陵復古録一卷

胡琨編。劉喜海所藏墨本。寫本。

貞珉闡古録一卷

胡琨編。劉喜海所藏墨本。寫本。

佛幢證古録一卷

胡琨編。劉喜海所藏墨本。寫本。

題名集古録一卷

胡琨編。劉喜海所藏墨本。寫本。以上五種胡琨皆有序。

三韓金石録一册

吴慶錫。殘寫本。

羅麗琳琅考一册

李祖默。

日本金石年表一卷

西田直養。滂喜齋叢書本。潘祖蔭、楊守敬、森可弼序。

日本金石志五卷

傅雲龍。日本圖經本。

嵩陽石刻集記二卷

葉封。寫本。

泰山石刻記一册

孫星衍。寫本。

石門碑醳一册

王森文。別下齋叢書本。陸紹文、許湝序。有『鮑昌熙印』小印。

通志金石略三卷

鄭樵。學古齋刻巾箱本。

浙江塼録四卷

馮登府。

嚴氏古塼存二册

嚴福基。自記。阮元書首。六舟僧、張廷濟序。文鼎、湯貽汾、李兆洛題詞。翁大年、吕佺孫、張開福跋。

慕陶軒古塼圖録四册

吴廷康。瞿中溶、李兆洛序，洪頤煊書後。

寶鼎精舍古塼録一册

王勮。寫本。魏錫曾跋。

百陶樓甓文集録一册

鈕重熙。從《清儀閣筆記》鈔出。

百甎考一卷

吕佺孫。自記。滂喜齋叢書本。

千甓亭塼録六卷

陸心源。自序。十萬卷樓刊本。

千甓亭古塼圖釋二十卷

陸心源。石印本。凌瑕校訂。

秦漢瓦圖記四卷並補遺
朱楓。自序。
秦漢瓦當文字二卷續一卷
程敦。自序。瑕以鮑昌熙藏寫本校之。
竹里秦漢瓦當文存一册
王福田。自序。七橋艸堂刊本。周杖、李枝青序。朱壬林、張金鏞題詞，張廷濟跋。
十二硯齋金石過眼録十八卷
汪鋆。自序。方濬頤、李祖望、陸增祥序，有『硯山持贈』印。
十二硯齋金石過眼續録六卷
汪鋆。
天一閣碑目一册
范懋敏。錢大昕序。
話雨樓碑帖目録四卷
王楠。許槤、錢詠、張廷濟序。徐楙後跋。其子鯤跋。
菉竹堂碑目六卷
葉盛。粤雅堂叢書本。伍崇曜跋。瑕以汪訒庵舊藏寫本校一過。

石鼓亭張氏藏碑目録一册

不署名。寫本，據字跡似張文魚徵君燕昌手書，有『當思來處不易』小印。

竹崦盦金石目録一册

趙魏。寫本。瑕以路里門鈔本校一過。

南邨帖考一册

程文榮。寫本。前有張廷濟書一通。

閒者軒帖考一册

孫承澤。新儒齋刊本。

閒者軒帖考一册

孫承澤。知不足齋叢書本。

鳳墅殘帖釋文二册

錢大昕。

絳帖考一卷

韓霖。自序。從陳奕禧《金石遺文録》鈔出。

蘭亭考十二卷

宋桑世昌。知不足齋叢書本。高文虎、高似孫序。後附群公帖跋。齊碩、鮑廷博跋。

蘭亭續考二卷
宋俞松。知不足齋叢書本。李心傳序，姚咨跋。
蘇米齋蘭亭考八卷
翁方綱。自序。粤雅堂叢書本。
欽定重刻淳化閣帖二册
吴省蘭。
淳化閣帖考正十卷附二卷釋文二卷
王澍。沈宗騫臨帖，蘭言齋刊本。
淳化秘閣法帖考證十卷附二卷
王澍。自序。秋水藕花居刊本。
淳化閣帖釋文十卷
朱家標。自序。何亮功序。
淳化閣釋文九卷殘本
徐朝弼。自序。刻甚次。
淳化帖釋文十卷
羅森。自序。孫際昌序。刻甚次。

漢石例六卷

劉寶楠。自序。連筠簃叢書本。張穆序。

漢石例六卷

劉寶楠。丁彥臣從稿本刻。匡源序。

金石二例五卷

王行《墓銘舉例》四卷，黄宗羲《金石要例》一卷。王穎鋭校。養和堂刊本。王穎鋭、鄒鍔、諸洛序。

金石三例十五卷

潘昂霄《金石例》十卷及王氏《墓銘舉例》、黄氏《金石要例》。雅雨堂刊本。盧見曾序。

金石三例十五卷

潘氏《金石例》、王氏《墓銘舉例》、黄氏《金石要例》。王芑孫批校。馮焌光、瑞光跋。讀有用書齋刊本，套印。

金石三例十五卷

潘氏《金石例》、王氏《墓銘舉例》、黄氏《金石要例》。日本寬政十一年刊，即照盧本。

金石四例十七卷

潘氏、王氏、黄氏三例外加郭麐《金石例補》二卷。李瑶序。七寶轉輪藏仿宋膠泥版印本。

金石例補二卷

郭麐。汪家禧序，原刻本。

金石例補二卷

郭麐。別刻本。

金石綜例四卷

馮登府。自序。從刊本鈔。

金石訂例四卷

鮑振方。王振聲序。後知不足齋叢書本。

碑版廣例十卷

王芑孫。自序。有『江都薛氏收藏』印。

志銘廣例二卷

梁玉繩。清白士集本。

漢魏六朝墓銘纂例四卷

李富孫。自序。寫本。

漢魏六朝志墓金石例三卷，附唐人志墓例一卷

吴鎬。自序。後知不足齋叢書本。

金石學録四卷

李富孫。自序。寫本。

金石學録補三卷

陸心源。自序。存齋雜纂之五。

金石文字辨異十二卷

邢澍。自序。何元錫後序。

碑别字五卷

羅振鋆。弟振玉序，路伭、劉鶚序。

漢隸字原五卷

宋婁機。洪景盧序。汲古閣刊本。瑕過録翁方綱兩校本。

漢隸分韻七卷

宋馬居易。據《宋史·藝文志》。辨志堂刊本。萬承天臨寫本。胡德琳、施養浩、張漣序。瑕以元刊本校之。

漢隸分韻增八卷

鍾浩手摹。原七卷，後增一卷。衍慶堂刊本。

隸韻十卷目録考證二卷

宋劉球。秦恩復據石刻刊本。附碑目、考證各一卷，初印本。

隸韻十二卷別加考證二卷

宋劉球。碑目、考證外，翁方綱加考證二卷，並序。有董其昌跋，秦恩復後序。

隸篇十五卷續十五卷再續十五卷

翟云升。自序。陳官俊、楊以增序。碑字大小悉照墨本鉤摹，刊本甚精。

漢隸拾遺一卷

王念孫。自序。

隸辨八卷

顧藹吉。自序。項氏玉淵堂原刻初印本，項絪識。内分韻五卷，偏旁一卷，碑攷二卷。有『蛾術齋藏』『籍圃主人』『麥溪張氏』『倪耘之印』『鉏香館珍藏印』『懷寧陳氏』『龍巖草堂金石圖書』『擁有萬卷亦足以豪』諸小印。卷首有大印二方，『趙文敏曰聚書藏書』云云，凡一百二十餘字。

隸辨八卷

顧藹吉。黄氏翻刻初印本。黄晟序。有『黄晟東曙之章』『一字曉峰』『曉峰珍藏印』『雪姓曾觀』諸小印。

隸法彙纂十卷
項懷述自序。
分隸偶存二卷
萬經。胡德琳、施養浩、陸燿序。梁文泓跋，子福跋。有『項漢泉氏』『小天籟閣』『與爾同消萬古愁』等小印。
隸書正譌二卷
吴元滿。鄭杰刻六種本並序。
廣川書跋十卷
宋董逌。津逮秘書本。毛晉跋。
法書要録十卷
唐彦遠。自序。津逮秘書本，毛晉跋。
宣和書譜二十卷
無撰人名。毛晉訂。津逮秘書本。
東觀餘論二卷
宋黄伯思。自序。樓鑰序。津逮秘書本。毛晉跋。

金石偁例四卷續一卷
梁廷枏。藤花亭十種本。
隸釋二十七卷
宋洪适。晦木齋洪氏覆刻樓松書屋汪氏本。
汪本隸釋刊誤一册
黄丕烈、顧廣圻。晦木齋洪氏覆刻黄氏士禮居本。
隸續二十一卷
宋洪适。晦木齋洪氏覆刻樓松書屋汪氏本。
泉志十五卷
宋洪遵。自序。隸釋齋洪氏覆刻本。附録徐象梅、毛晉二序。
補寰宇訪碑録六卷
趙之謙。宜都楊氏翻刻本。
石門碑醳補一卷
蔣光煦。涉聞梓舊本。
滄州金石志二卷
于光褒。稿本。

海東金石存攷一册
劉喜海。李氏木犀軒叢書本。
海東金石苑四卷
劉喜海。張氏二銘草堂刊本，刻至唐宋而止。
山右金石記九卷
楊篤。從《通志》單行本鈔，尚有一卷未刻。
金石萃編補目三卷附元碑存目一卷
黄本驥。寫本。
廣東金石略十六卷
阮元。通志本。
越中金石録一册
沈復粲。姪孫王書序，味經書屋寫本。
高要金石略四卷
彭泰來。昨夢庵文集本。
肥城金石志一卷
淩紱曾。從新修縣志本鈔。

陜西得碑記二册

劉喜海。寫本。

崇川金石志一册

馮雲鵬。稿本。

和林金石録一册

李文田。稿本。

金石圖説四册

劉世珩。即翻刻《金石經眼録》《金石圖略》加考證而易此名，前有楊峴書封面。

望堂金石二集二册

楊守敬。無序目。

國山碑考一册

吴騫。會稽章氏翻刻拜經樓本。

瘞鶴銘考一卷

吴東發。涉聞梓舊本。

石鼓文纂釋一卷

趙烈文。静圃槧版。

續泉匯十四卷補遺二卷

鮑康、李佐賢同輯。

周秦石刻釋音一卷

元吾邱衍。陸氏十萬卷樓叢書本。

抱經堂石刻題跋一卷

盧文弨。從文集鈔。

金石文字辨異十二卷

邢澍。劉世珩聚學軒叢書本。

平津讀碑記續再續三續共十二卷

洪頤煊。李盛鐸木犀軒叢書本。

寒山金石林時地考三卷

明趙均。寫本。

金石韻府五卷

朱雲。豐坊序。明嘉靖刊本。硃印有『書帶艸堂』『祝君藏書章』『洪氏藏書』『萬卷書』『直白金三百兩』，又『清俸寫來手自校，子孫讀之知聖道，鬻及借人爲不孝。唐杜暹句』等印。

廣金石韻府五卷

林尚葵。大業堂藏版。硃墨套印。周亮工序。賴古堂重訂。有『宜章姚棠鐵笙之印信』『姚棠印信』『鐵笙』『虞興郡圖書印』『書山珍賞』等印。

續纂江寧府志藝文一册

劉壽曾、甘元焕同輯。卷九下皆録金石文，抽印本。

張亟齋遺集一册

張弨。許楗序，丁晏序。望三益齋刊本。内有《濟州覺碑釋文》《瘞鶴銘辨》《唐昭陵六駿贊辨》《漢隸字源校本》。

漢碑録文四卷

馬邦玉。自序。子星翼跋。連筠簃刊本。

金石卮言、石墨鐫英、二王楷跡、蘭亭輯略四種

潘寧。陋夫子寫本。有『文登于氏小謨觴館藏本』『文登于氏珍藏』『漢卿珍藏』『石研齋秦氏印』等印。

寶雞金石志一卷

鄧夢琴。寫本。

硃印金石契五卷附一卷

張燕昌。序及題詞同此，乃足本重定之初印樣本。

絳帖平六卷

宋姜夔。自序。武英殿聚珍本。

畿輔碑目上下二卷附待訪目

樊彬。自序。莫友芝序。

肙齋金石跋一卷

張穆。從《肙齋文集》録出。

笥河金石跋一卷

朱筠。從《笥河文集》録出。

天台山碑碣志一卷

從《天台山方外志要》録出。書爲齋召南原纂，阮元重訂。

龍門造象釋文一卷

陸繼輝。自北魏至唐凡四百二十九段。又散題名一百八十三人。

東萊北魏石刻攷略一卷

汪彦份。記雲峰山、天柱山、大基山諸石刻。

常山貞石志二十四卷
沈濤。武昌柯逢時覆栞本。
朝鮮碑全文五册
葉志詵稿本。繆筱珊太史鈔贈。
趙州石刻全録三卷
陳鍾祥。寫本。有圖。
懷岷精舍金石跋一册
李宗蓮。稿本。
讀碑小箋一卷
羅振玉。
登州金石志二卷
周悦讓、慕榮幹。光緒七年重修州志本。督修者：登萊青道方汝翼、登州府知府賈瑚。
上卷録全文，下卷存目。
淮陰金石僅存録一卷補遺一卷
羅振玉。清河王氏以活字排印本。

金華金石志一册

王家齊。全文本有二卷，今只餘目録而已。

有萬喜齋石刻跋一卷

傅以禮。從文集稿本録出。

蔚州金石志二卷

慶之金、楊篤。州志本第九、十兩卷。

廬州金石略一卷

黄雲。府志本第九十七卷。

隸通二卷

錢慶曾。南陵徐氏鄦齋叢書本。

山右石刻叢編四十卷

胡聘之。自序，又後序。繆荃孫後序。

校勘記

〔一〕『汪承誼後跋』，原刻本作『汪承誼□後』，缺一字，據南京圖書館藏手寫本改。

〔二〕『其弟佶後序』，原刻本作『其弟佶自序』，據南京圖書館藏手寫本改。

〔三〕『一卷』，原刻本作『一序』，據南京圖書館藏手寫本改。
〔四〕『石經考一卷』，此書名與前同，刻本省略，據南京圖書館藏手寫本補。

癖好堂收藏小學書目

説文解字三十卷

漢許慎。宋徐鉉校定。補注補音。汲古閣毛氏依宋大字本翻刊，已剜初印。阮恩海手校，有『汪飲泉讀過』小印。

説文解字十二卷

許慎。明萬曆戊午陳大科刻於白狼書社並序。十二卷。分韻已非原書面目。其封面作北宋本校刊，汲古閣藏板。攷《汲古閣校刊書目》無之。

説文解字三十卷

許慎。朱筠刻本並序。椒華吟舫藏版。封面有『安徽提督學院頒行』印記。

説文解字三十卷

許慎。藤花榭鮑氏嘉慶丁卯刊本。額勒布序。其封面書仿北宋小字本《説文解字》，然照小字本已放大矣。

説文解字三十卷

許慎。孫星衍平津館嘉慶十四年刊本並序。依宋小字本。顧廣圻摹篆。

説文解字三十卷

許愼。鍾謙鈞刊本。菊坡精舍藏版，此《小學彙函》依孫本。

説文解字三十卷

許愼。同治甲戌東吴浦氏依孫本重刊。俞樾署封面。

説文解字三十卷

許愼。光緒二年姚覲元重修。合州書賈景刻朱本並後跋。因坊刻誤繆甚多，故購其版而校正之。

説文解字三十卷

許愼。日照丁艮善刊本。潘祖蔭序。校刊記未刻。

説文解字三十卷

許愼。陳昌治依孫本改刻爲一字一行，取便檢閲。後坿《説文通檢》，陳澧序。

説文解字三十卷

許愼。汲古閣第四次樣本。光緒七年兩淮運使洪汝奎淮南書局翻刻硃印本。有段玉裁、顧廣圻跋。張行孚爲校記。

説文解字注三十卷

段玉裁。經韵樓藏版。坿《六書音韵表》。

説文解字三十卷

許慎。巾箱本。依孫刻蕉心館刊本。

説文繫傳四十卷

南唐徐鍇撰。朱翺作音切。汪啟淑刊本並跋。有『嘉禾金氏岱峰家藏』小印。

説文繫傳四十卷並附録

徐鍇。馬俊良刻。龍威秘書袖珍本。

説文繫傳四十卷附校勘記三卷

徐鍇。祁寯藻依景宋鈔刻本。

説文繫傳四十卷附校勘記三卷

徐鍇。鍾謙鈞《小學彙函》依祁刻本。菊坡精舍藏版。

説文繫傳四十卷附校勘記三卷

徐鍇。姚覲元依祁刻本。光緒元年刊於川東。

説文繫傳四十卷附校勘記三卷

徐鍇。平江吴韶生光緒二年依祁本翻刻。吴寶恕序。

説文繫傳考異一册

朱文藻。寫本。凡二十八篇，坿録一篇。

說文繫傳考異四卷坿録一卷

汪憲。徐氏八杉齋刊本。朱文藻跋三則。

說文繫傳校録三十卷

王筠。自序。其子彦周後跋。

汲古閣說文訂一册

段玉裁。自序。蓋訂毛斧季剜改之字也。

說文段注撰要九卷

馬壽齡。

說文段注訂補十四卷

王紹蘭。潘祖蔭、李鴻章序。胡燏棻刻並後序。

說文段注匡謬八卷

徐承慶。姚氏咫進齋刻本。

段氏說文注訂八卷坿札記

鈕樹玉。自序。阮元序。有『阮亨梅叔』印、『陳輅讀過』印、『陳守吾文房』印、『庸父讀本』印。

說文新附考六卷續考一卷坿札記

鈕樹玉。錢大昕序。有『戈襄臣』『戈載印』『順卿』三小印。

說文新坿攷六卷

鄭珍。自序。咫進齋姚氏刊本。姚覲元序。

說文字源一册

元周伯琦。自序。宇文公諒序。此元版原刻，後有愚谷金聲墨筆題記，有『家本雲龍山下』『玉壺徐倬』『徐元□氏』『元明孺孫』『知止知足』『平江金子』『金聲苹鹿』諸小印。

說文字源一册

周伯琦。鄭杰刻。

說文字原考略六卷

吴照。自序。

說文字原集注十六卷

蔣和。自序。序後署云：『乾隆五十二年二月二十五日，欽賜舉人充三分四庫書篆隸校對臣蔣和恭擬進呈本。』

說文字原均表二卷

胡重。自爲引。菊圃十種之第七。金孝柏跋。

說文偏旁考二卷

吴照。自序。楊鍈序。

說文古本攷十四卷

沈濤。潘氏滂喜齋刊本。潘祖蔭序。潘鍾瑞跋。其十四卷分上下卷。

說文古語攷補正□卷

程炎攷，傅雲龍補正。雲龍自跋，其妻李端臨跋，李慈銘、張度跋。

說文建首字讀一册

苗夔。自序。祁寯藻序。理董居藏版。

說文部首韵語一册

黄壽鳳。顧恩來小序。

說文拈字七卷又補遺

王玉樹。段長基跋。

說文逸字二卷並坿録

鄭珍。自序。其子知同識。劉書年、莫友芝後序。望山堂藏版。

說文佚字攷四卷

張鳴珂。自跋。李慈銘、王棻弁言。謝章鋌題辭。

說文長箋一百十一卷

趙宧光。萬曆丙午自序。崇禎四年錢謙益序，六年曹學佺序。崇禎辛□其子均後序，書爲均所刻。長箋解題一卷，凡例一卷，六書長箋七卷，説文長箋首上下卷，歸韵一百卷。
説文補義十二卷
包希魯。舊寫本。此張金吾從元本鈔以贈何元錫者。有『愛日精廬藏書』『張月霄印』『田耕堂藏秘册』『泰峰』等小印。
説文義證五十卷
桂馥。張之洞序。湖北崇文書局同治九年刻。
説文假借義證二十八卷
朱珔。嘉樹山房刊本，其孫之塝補。
説文解字斠詮十四卷
錢坫。吉金樂石齋藏版。
説文解字校録三十卷
鈕樹玉。自序。孫惟識、潘祖蔭跋。江蘇書局刻本。
説文字母集解六卷
日本井上叏菴。自序。林信充、村井周齋基祐等序。東洋刻本。
説文分韻易知録五卷坿重文五卷
許巽行。蔡賡沅作篆。葆素堂刻本。

説文淺説一卷

鄭知同。

説文楬原一卷

張行孚。

説文徐氏未詳説一卷

許溎祥。

説文徐氏新補新坿考證一卷

錢大昭。南陵徐氏積學齋叢書本。

説文提要一册

陳建侯。胡鳳丹序。湖北崇文書局刊本。

説文舉隅一卷

丁晏。寫本。有『有福方讀書』小印。

説文校議三十卷

姚文田、嚴可均。嚴可均前後序。嘉慶戊寅刊於冶城山館，四録堂類集本。

説文校議三十卷

姚文田、嚴可均。同治十三年咫進齋姚氏翻刻本。

說文校議三十卷

嚴可均。李氏半畝園小學類編本，書尾加姚文田、孫星衍姓名。

說文校議議三十卷

嚴章福。自爲後序。許槤、蔣維培商訂。寫本。

說文訂訂一卷

嚴可均。許氏古均閣許學叢刻本。

說文新坿攷校正一卷

王筠。許氏古均閣許學叢刻本。

說文新坿攷六卷續考一卷並札記

鈕樹玉。長洲張炳翔許學叢書本。

段氏說文注訂八卷並札記

鈕樹玉。長洲張炳翔許學叢書本。

說文段注撰要九卷

馬壽齡。長洲張炳翔許學叢書本。

說文字原韵表二卷

胡重。長洲張炳翔許學叢書本。

說文部首歌一卷

馮桂芬。長洲張炳翔許學叢書本。

說文重文本部攷一册

曾紀澤。自手篆，吴坤修篆封面。張文虎敘。

說文解字理董殘本十八卷後編六卷

吴穎芳。寫本。前三十卷缺一上至六下十二卷，後編六卷全。序目均缺，從武林丁氏假鈔。

說文聲類二卷

嚴可均。自序。四録堂類集本。

說文聲系一册

姚文田。自序。有焦循題記。

說文聲系一册

姚文田。粤雅堂叢書本。伍崇曜跋。

說文聲訂二册

苗夔。祁寯藻序。有『江都薛氏藏書』並『魏孺者字剛己』兩小印。漢專亭刻本。

說文聲讀表七卷

苗夔。自序。理董居刻本。有『江都薛氏藏書』並『魏孺耆字剛己』兩小印。

説文聲讀表七卷

苗夔。自序。天壤閣刻本。

説文諧聲部分篇通合篇坿餘論一册

丁履恒。寫本。有王念孫、劉逢禄、許瀚案語。

説文通訓定聲十八卷坿柬韻一卷，古今韻準一卷，説雅十九篇

朱駿聲。自序。羅惇衍序，朱鏡蓉、謝增跋。其子孔彰識。臨嘯閣藏版。

説文通訓定聲補遺一卷

朱駿聲自補。其子孔彰刊。

説文五翼八卷

王煦。自序。觀海樓刻本。

説文外編十五卷補遺一卷

雷浚。俞樾序。

説文外編補遺一册

張行孚。稿本。

説文考異一册

張行孚。稿本。

汲古閣説文解字校勘記二册

張行孚。稿本。

説文審音十二卷

張行孚。自序。俞樾序。劉富曾跋。内有原缺不能補。澉西村舍袁氏刻本。

説文聲訂二卷坿札記

苗夔。張炳翔許學叢書本。

説文答問一卷

錢大昕。錢氏半畝園小學類編本，即從《潛揅堂集》録出。

説文答問疏證六卷

薛傳均。自序。李璋煜、陳用光、阮元序。

説文答問疏證六卷

薛傳均。姚氏咫進齋叢書本。

説文答問疏證六卷

薛傳均。紫薇花館巾箱本。

説文答問疏證六卷

薛傳均。張炳翔許學叢書本。

説文解字通正十四卷

潘奕雋。自序。有『海昌許心某八求書舍記』及『書帶艸堂祝君藏書章』兩小印。

説文蠡箋十四卷

潘奕雋。自序。三松堂刻本，即《通正》之易名。

説文蠡箋十四卷

潘奕雋。許氏古均閣許學叢刻本。

説文管見一册

胡秉虔。世澤堂刻本。

説文管見一册

胡秉虔。潘氏滂喜齋叢書本。

説文舊音一卷

畢沅。自序。李氏半畝園小學類編本。

説文廣義三卷

王夫之。湘鄉曾氏刊船山遺書本，吴讓之書封面。

説文廣義十二卷

程德洽。康熙五十一年自序。汪份、馮暠序。

說文釋例二卷

江沅。書尾自記。羅士琳序。李氏半畝園小學類編本。

說文釋例二十卷

王筠。自序。

說文句讀三十卷坿補正

王筠。自序。潘祖蔭序。

說文疑疑二冊

孔廣居。自序。詩禮堂藏版。有『李氏江都舊選樓』印。

說文辨疑一卷

顧廣圻。湖北崇文書局刻本。

說文發疑六卷補一卷

張行孚。俞樾序。

說文辨疑一卷

顧廣圻。許氏古均閣許學叢刻本。

讀說文證疑一卷

陳詩庭。許氏古均閣許學叢刻本。

説文辨疑一卷

顧廣圻。張炳翔許學叢書本。

説文疑疑二卷坿録一卷

孔廣居。張炳翔許學叢書本。

唐寫本説文解字木部箋異一册

莫友芝。曾文正篆封面，劉毓崧、張文虎、方宗誠跋，其子彝孫跋。

唐寫本説文解字木部箋異一册

莫友芝。張炳翔許學叢書本。

説文解字五音韻譜十二卷

天啟七年世裕堂重梓。有『吴俊之印』『古後良史』『董俊之印』『司升蘧庵』『西吴梅樹人家』『天壽堂圖書印』『日本京國天壽逸民隍驥之印』。

宋本説文解字韵譜十卷

徐鍇。同治甲子馮桂芬摹篆校刊。徐鉉序。馮世芬序。

説文解字篆韵譜五卷

徐鍇。徐鉉序。後有李調元附録。

說文解字篆韵譜五卷

徐鍇。鍾謙鈞小學彙函本，從李調元函海本，以馮氏本校。

說文校定本十五卷

朱士端。自序。春雨樓叢書本。

說文古今異義通俗編一册

無名氏。稿本。有『延陵』及『保殘守闕』二小印。書中夾有一箋，上款『小巖大兄』，當是吴小巖，見許印林孝廉與高伯平先生書所言《說文釋例》，或即此也。

許氏說文解字雙聲疊韵譜一册

鄧廷楨。自序。陳伯桐、方東澍序，鮑氏知不足齋叢書本[一]。

說文述誼二卷

毛際盛。自爲後序。李兆洛序。

說文新坿通誼二卷

毛際盛。自爲後序。王宗涑跋尾。

說文字通十四卷坿說文經典異字釋

高翔麟。自序。查元偁序。有『上元黄氏藏書』印。

說文舉例一卷

陳瑑。許氏古均閣許學叢刻本。

說文凝錦録一册

萬光泰。汪鵬飛、江衡、陸堯春序，澤經堂藏版。

說文辨字正俗八卷

李富孫。自序。校經廎藏版。

說文經字考一卷

陳壽祺。李氏半畝園小學類編本。

說文解字群經正字二十八卷

邵瑛。自序。桂隱書屋藏版。

說文引經考異十六卷

柳榮宗。自序。李玉貴序。

說文引經考証八卷

陳瑑。湖北崇文書局刻本。

說文引經考一册

程琰。寫本。書口有『半研齋襍簒』五字。

說文引經考二卷

吴玉搢。自序。有『江都薛氏藏書』『介伯學詁齋』諸小印。

說文引經考二卷

吴玉搢。姚氏咫進齋叢書本。

說文引經考二卷

吴玉搢。王闓運重校。種玉山房刊巾箱本。

說文引經字異一卷

吴照。坿于《說文字原考略》後。

說文引經異字一册

吴克元。舊寫本。

說文引經例辨三卷

雷浚。前有俞樾書一通。

說文韵譜校一册

王筠。自序。寫本。

說文經斠十三卷補遺一卷正俗一卷

楊廷瑞。澂園叢書本。

説文經字正誼四卷

郭慶藩。

説文引詩辨證一卷

王育。寫本。從《棣香齋叢書》鈔出。

説文統釋自序一册

錢大昭。得自怡齋刊本。

説文統釋自序一册

錢大昭。金峨山館刊本。郭傳璞序。

説文統釋自敘注一册

錢大昭。藝海堂藏版。王宗涑音釋並爲之注。

惠氏讀説文記十五卷

惠棟。李氏半畝園小學類編本。

惠氏讀説文記十五卷

惠棟。借月山房叢書本。江聲參補。

席氏讀説文記十五卷

席世昌。黄廷鑑序。借月山房叢書本。

王氏讀説文記一卷

王念孫。許氏古均閣許學叢刻本。

許氏讀説文記一卷

許槤。

讀説文雜識一卷

許棫。惲祖翼跋。

讀説文雜識一卷

許棫。張炳翔許學叢書本。

説文便檢一册坿重文

丁源。分地支十二集。張師誠序，其子巨川後跋。阮恩海墨筆校，有『阮恩海』『南江過目』二印，『李祖望印』。

説文檢字二卷坿補遺一卷

毛謨。自序。姚覲元爲補遺並序。咫進齋叢書本。

説文通檢十五卷

黎永椿。湖北崇文書局刻本。

說文古籀疏證目一卷
莊述祖。珍藝宧遺書本。
說文古籀疏證六卷
莊述祖。潘氏功順堂叢書本，江標作篆。
說文古籀補十四卷並補遺坿録
吴大澂。自序。潘祖蔭、陳介祺序。
漢學諧聲二十四卷坿說文補考說文又考
戚學標。自序。黄河清序，宋世犖跋。後又自跋。
古籀拾遺三卷
孫詒讓。自序。劉恭冕後跋。
檀園字說一册坿外篇
徐養源。自注云：讀《說文》有所疑，隨筆記之。
字說一册
吴大澂。皆論鐘鼎文字。
諧聲補逸十四卷
宋保。自序。有王念孫、孫星衍、阮元、王引之、姚文田等書。

諧聲補逸十四卷坿札記

宋保。張炳翔許學叢書本。

轉注古義攷一卷

曹仁虎。藝海珠塵本。

轉注古義考一卷

曹仁虎。宏達堂叢書本。

轉注古義考一卷

曹仁虎。張炳翔許學叢書本。

轉注古義考一卷

曹仁虎。許氏古均閣許學叢刻本。

古文原始一卷

曹金籀。靈蘭室藏版。石屋書第二種。

重文二卷

丁午。自識。田園雜著之一。俞樾、黄以周序。馮一梅跋。

六書故三十三卷

宋戴侗。趙鳳儀序。乾隆四十九年李調元刻本。

六書正譌五卷
元周伯琦。十竹齋本。古香閣藏版。
六書精藴六卷
明魏校。自序。門人徐官寫並音釋，嘉靖十九年刻。陸鰲後序，從子魏希明跋。有『仲魚過目』『兔牀過眼』『仲甫』等印。
六書索隱五卷
明楊慎。自序。嘉靖庚戌原刻。
六書本義十二卷
明趙古則。自序。林右、鮑恂、徐一夔序。前有圖及綱領。正德十二年邵蕡重刊。
六書準二册
馮鼎調。自序。其子昶世刻，傳忠堂藏板。
六書辨通五卷
楊錫觀。自序。黄之雋序。
六書例解一卷
楊錫觀。焦袁熹序。

六書例解一卷

楊錫觀。楊氏大庭山館叢書本。錢坫、顧廣圻識。

六書說一卷

江聲。李氏半畝園小學類編本。據手篆拓本。李祖望跋。

六書韵徵十六卷

安吉。自序。阮元書封面並序，祁嶲藻、李兆洛、王家相序。門人華湛華、其子安念祖跋。門人華湛恩校刊。有『略識字齋』『海陵陳寶晉庸甫氏鑒藏』『經籍金石文字書畫之印章』。

六書分類十二卷

傅世垚。聽松閣本，維隅堂藏板。王杰、畢沅、紀昀、王昶、蔣和序，曾孫應奎序。

六書辨異二卷

湯容煟。坿於《字林異同通考》後。

六書糠粃三卷

沈道寬。話山草堂雜著之一。

六書十二聲十二卷

呂吴調陽。觀象廬叢書本。

六書原始十五卷

賀崧齡。祁寯藻、沈兆霖、倭仁、王發桂書。王榮第、李鴻藻、傅壽彤、王佩鈺、吕鐫、孫崇實、薛焕序。沈壽嵩、蔡壽祺、張守岱跋。

六書叚借經徵四卷

朱駿聲。其子孔彰刻本。

六書叚借經徵四卷

朱駿聲。楊氏大庭山館叢書本。

六書通五册

閔齊伋。順治辛丑自序。康熙五十九年畢弘述篆訂並序，程煒序。

六書通摭遺十卷

畢弘述、孫星海續輯。石印本。

復古編二卷

宋張有。舊鈔本。板口有『奇字閣寫』四字。有『虞山陳鴻泉氏所習字學之書』『家在虞山里之古嘯臺』『寄情六書』『陳寶晉守吾甫記』等印。

復古編二卷并校正一卷坿録一卷

張有。乾隆時葛鳴陽刻本並序。有陳瓘、程俱、王佐才、樓鑰、丁杰序。通之題字。

復古編三冊

張有。淮南書局刻硃印本。

續復古編四卷

元曹本。自序。舊鈔本。危素、楊翮、宇文公諒、蔣景武、仲銘等序。有『潘耒之印』『稼堂家承賜書』『阮元之印』『文選樓』『揚州阮氏文選樓所藏』『阮氏琅嬛仙館收藏印』『家住揚州文選樓隋曹憲故里』『汪文柏柯庭』『汪季青珍藏書畫之印』『古香樓』『摛藻堂校本』諸印。

續復古編四卷

曹本。姚氏咫進齋刊本。姚覲元摹篆並序。依陸氏皕宋樓影元鈔本。

汗簡七卷

宋郭忠恕。舊鈔本。有『榮祿丝函』『硯齋』『晉康父』『葉舒芬香令』『碧筠艸堂荼僊』『顧楗印』『養拙善耕顧氏』『李氏收藏』『明古父印』『李鑑之印』『心水』『李鑑私印』『明古木彊人』『啙窳中子青山里臣鑑』『明古』等印。

汗簡七卷

宋郭忠恕。康熙時汪立名一隅草堂刊本。

汗簡箋正七卷

鄭珍。其子知同摹篆，廣雅書局刻洋紅印本。

佩觿二卷

宋郭忠恕。張氏澤存堂刊本。

字通一卷

宋李從周。魏了翁序。知不足齋本。

字鑑五卷

元李文仲。顧堯焕、干文傳、張模、唐詠涯原序。朱彝尊序。張氏澤存堂刊本。張士俊跋。

摭古遺文二卷

明李登。自序。日本刻本。

摭古遺文二卷

明李登。萬曆癸卯姚履旋序。文茂堂刊本。有『熙載審定』『讓之』『方氏伯子』『方金鏊印』『方氏鐵生』『鑑湖世家』等印。此本增補四百九十二字。

文字蒙求四卷

王筠。自序。陳山嵋跋。

字林考逸八卷

任大椿。燕禧堂刻本。有『曾在魏笛生處』『後世誰相知收吾書者邪』『茂林手校』『有不爲齋主人手校』『師竹齋圖書』等印。

字林考逸八卷

任大椿。有『淩寒竹軒江氏藏書』『江德量』『江氏小子』『秋史印信』『書帶艸堂祝君藏書章』等印。

篆隸考異八卷

周靖。舊鈔本。汪琬序。有『拜經樓吴氏藏書印』『張仲秉全』『春雷穿硯』等印。

篆楷考異一册

徐朝俊。前有小像。有『九峰三泖一經生』印。

繆篆分韵五卷又補一卷

桂馥。洪亮吉書封面。袁枚、盛百二、陳鱣序。《繆篆補》，馥自序。伊秉綬書封面。

繆篆分韵五卷又補一卷

桂馥。姚氏咫進齋重刊本。

楷法溯源十五卷

潘存原輯。楊守敬編。畢保釐序。

鐘鼎字源五卷

汪立名。自序。一隅草堂刊本。

諸書字考二卷

林茂槐。萬曆三十二年嵇汝沐序。

俗字犀鐙六卷

羅志開。乾隆二十五年郭嶼、郭衛城序。

助字辨略五卷

劉淇。

古今文字通釋十四卷

吕世誼。自序。陳棨仁、林維源序。

字林異同通考三卷

湯容煟。邵晉涵、吴琦、張姚成、邵洪序。

佩文韵篆六卷

張嘉慶。吴穎芳序。澤經堂藏版。

群經字考十卷

吴東發。前有小像，其子本履記。有『拜經樓吴氏藏書』印。

群經音辨七卷

宋賈昌朝。自序。張氏澤存堂本。張士俊跋。

群經音辨七卷

宋賈昌朝。粵雅堂本。伍崇曜跋。

韻府古篆彙選五卷

陳策嘉。日本刻本。

文字偏旁舉略一卷

姚文田。鮑枚刻。

字詁一卷

黄生。劉文淇跋。

義府二卷

黄生。劉文淇跋。

玉篇三十卷

顧野王。張氏澤存堂本。張士俊跋。朱彝尊序。封面有『澤存堂印』『吴淒張氏』二印，上有『進呈御覽』印。

玉篇三十卷

顧野王。鍾謙鈞小學彙函本，依澤存堂張刻本。

玉篇三十卷

顧野王。桂馥校，薛壽以墨筆過録並題記。有『江都薛氏學詁齋收藏書籍之印』『江都薛氏收藏』『薛壽』三印。

廣韵五卷

無撰人名。張氏澤存堂本。張士俊跋。朱彝尊、潘耒序。

廣韵五卷

鍾謙鈞《小學彙函》依張氏本。

廣韵五卷

鍾謙鈞《小學彙函》依内府本。

廣韵五卷

張氏澤存堂本。孫尔準批校。有『金匱孫尔準平叔氏鑒定之章』『海棠巢珍藏』『孫尔準藏書』等印。

廣韵五卷

張弨刻，陳上年序。

玉篇廣韵校刊札記□卷

鄧顯鶴照張本翻刻，並坿校刊札記。

廣雅十卷

魏張揖。鍾謙鈞《小學彙函》依胡氏格致叢書本，以王氏疏證補正。

廣雅疏證二十卷

王念孫。坿《博雅音》。有『吴熙載藏書』印。

續廣雅三卷

劉燦。自序。盛植萱、戚學標序。王塈、黄式三跋。

支雅二卷

劉燦。

爾雅義疏二十卷

郝懿行。宋翔鳳序。胡珽跋。同治五年曾孫聯薇重刻本。

爾雅匡名二十卷

嚴元照。自序。段玉裁、徐養源序。勞經跋。陸氏守先閣刊本。

小爾雅疏八卷

王煦。自序。鑿翠山莊藏板。有『有不爲齋收存書畫』『笛生所見』二印。

小爾雅約注一卷

朱駿聲。臨嘯閣刻本。

駢雅七卷

朱謀瑋。借月山房本。

駢雅訓纂十六卷

朱氏原本七卷，其子統鍡跋。魏茂林訓纂爲十六卷，有不爲齋藏板。程福生、佘長祚、靈承、孫開、祝慶蕃、潘錫恩、路慎莊序。

拾雅六卷

夏味堂。

拾雅注二十卷

夏味堂。自序。其弟紀堂爲之注。

別雅五卷

吳玉搢。王家賁、程嗣立序。程氏督經堂刊本。有『陳守吾經眼記』印。

別雅訂五卷

吳玉搢。許瀚校勘並記。丁艮善識。滂喜齋刊本。

通雅五十二卷

方以智。琴書閣藏版。

方言注十三卷

漢揚雄撰。晉郭璞注。鍾謙鈞《小學彙函》依盧氏抱經堂本。

方言注十三卷

揚雄撰。郭璞注。武英殿聚珍板本。李孟傳後序，朱質跋。

方言注十三卷

揚雄撰。郭璞注。盧氏抱經堂刻本。有墨筆加校書眉，不知何人。

方言疏證十三卷

戴震疏證。光緒壬午汗青簃重刻微波榭本。

方言箋疏十三卷

錢繹。前有小像。紅蝠山房刻本。

方言補校一卷

劉臺拱。劉端臨先生遺書之一。

續方言二卷

杭世駿。杭大宗七種本。

續方言補證一卷

程際盛。藝海珠塵本。按際盛即琰，因御諱改名。

釋名八卷

漢劉熙。鍾謙鈞《小學彙函》依吴氏璜川書屋本。王引之序。

篆釋名疏證八卷

畢沅疏證並補遺。自序。江聲書篆。靈巖山館刻本。

古文四聲韵五卷

宋夏竦。汪啟淑刻本並記，據汲古閣影宋本。

龍龕手鑑八卷

遼釋行均。沙門智光序。虛竹齋刻本。

補行記一卷

唐沙門湛然。胡澍録。潘祖蔭題辭。滂喜齋刻本。

一切經音義二十五卷

唐釋元應。有『鷗天閣』『吴熙載藏書印』二小印。

華嚴音義二卷

唐沙門慧苑。陳潮訂正並跋。徐寶善校刊並跋。

華嚴音義二卷

唐沙門慧苑。粤雅堂本。伍崇曜跋。

匡謬正俗八卷

唐顏師古。雅雨堂刊本。盧見曾序。

匡謬正俗八卷

顏師古。鍾謙鈞《小學彙函》依盧本。

干祿字書二卷

唐顏光孫。鍾謙鈞《小學彙函》依石刻本。

急就篇四卷

史游。孫星衍考異並序。鍾謙鈞《小學彙函》依岱閣本。

班馬字類五卷

宋婁機。樓鑰序。婁機後序。大字本。

班馬字類五卷

婁機。馬氏叢書樓本。另有洪邁序。

通俗文一卷

服虔。林慰曾校刊並序。菽勤堂刻本。臧鏞堂記。

聲類四卷

錢大昕。陳士安序。汪恩跋。有『海陵陳寶晉康甫氏鑒藏經籍金石文字書畫之印章』

『陳寶晉經眼記』『陳寶晉讀』『略識字齋』『陳寶晉印』『康甫』等印。

聲類四卷

錢大昕。粵雅堂本。伍崇曜跋。

音同義異辨一卷

畢沅。金峨山館依經訓堂刊本。

古音諧八卷

姚文田。有『吴熙載藏書印』。

古音論三卷

胡秉虔。世澤堂刊本。

四聲切韵表一册

江永。汪龍跋。李明墀重刻並跋。

四聲切韵表一册

江永。粵雅堂本。伍崇曜跋。

蒼頡篇三蒼合一册

任大椿考逸。任兆麟補正並序。

五經文字三卷〔一〕

唐張參。

九經字樣一卷

唐唐元度。張、唐均有原序。孔繼涵紅櫚書屋刻本並跋。坿《五經文字疑》《九經字樣疑》。戴震、張塤序。有『曾藏徐曉芙家』小印。

五經文字三卷

張參。

九經字樣一卷

唐元度。項絪玉淵堂刻本。

五經文字三卷

張參。

九經字樣一卷

唐元度。馬氏叢書樓依石經原本。有『海陵陳爕澧塘藏書印』。

五經文字三卷

張參。

九經字樣一卷

唐元度。顧氏小石山房本。按此即馬本。

五經文字三卷

張參。

九經字樣一卷

唐元度。鍾謙鈞《小學彙函》依唐石經並以馬本補，惟已改小字。

五經文字三卷

張參。

九經字樣一卷

唐元度。孫佖編勘。天心閣藏板。

小學鉤沈十九卷

任大椿。李氏半畝園小學類編本。

小學鉤沈續編八卷

顧震福。

小學考五十卷

謝啟昆。自序。錢大昕、姚鼐序，浙江書局刊本。俞樾序。其孫質卿序。

古今韻會舉要三十卷
元黄公紹撰。熊忠舉要。劉辰翁、余謙序。光緒九年淮南書局重刻本。張行孚後跋。
古音類表九卷
傅壽彤。自序。何紹基序。其甥黄國瑾跋。又薛成榮後跋並作篆。版口有『澹勤室著述』五字。
續方言又補二卷
徐乃昌。陳慶年序。
集韻十卷
宋丁度等奉敕撰。姚覲元重刊曹楝亭本。
類篇四十五卷
宋司馬光等奉敕撰。姚覲元重刊曹楝亭本。
韻辨坿文五卷
沈兆霖撰。自序。夏子鍚重刊並序。東川書院藏版。徐昌緒後跋。
説文諧聲孳生述一册
陳立。南陵徐氏積學齋刻本。

巾箱本段注說文解字上下三十卷坿六書音均表

木漸乺蔣氏栞本。查燕緒後序。

爾雅小箋三卷

江藩。南陵徐氏鄦齋叢書本。

校勘記

〔一〕原書脱『不』字，據文意補。

〔二〕此下多處重複『五經文字三卷』，是《五經文字》《九經字樣》二書合爲一種，各本版本信息在『九經字樣』後注明。

附録一　佚詩佚文

佚　詩

題葉小鸞畫像

聰明夙世露靈光，一現優曇事渺茫。青幃才華林下氣，黄紽風韵道家裝。蓮花舌本霏瓊屑，詩草魂香賸錦囊。無葉堂中無垢佛，人間何處覓寒篁。

據凌霞贈劉壽曾手跡轉録

題長江歸艇圖三首

宦跡洪都首重回，江山如畫好懷開。鄱陽風浪潯陽月，曾遣先生領略來。

布帆無恙送征橈，來去長江趁落潮。檢點琴書餘長物，歸裝贏得有詩瓢。

解組歸來歲月餘，故山猿鶴鎮相于。料應已辨煙波宅，不用牽船岸上居。

據《寒松閣談藝瑣録》轉録

佚文

淩霞致佩山信函十二通

佩山賢倩文几：

到蕪後，即寄數行，諒已達覽。袁觀察廿三日接篆，即委霞管理官銀號。離道署三里之遥，且在對河，往來均須過渡。署中賬房現有二人，而霞於使中亦欲兼爲過問也。官銀號薪水卅兩，司事三人，另行開支。其事專收洋關之税，每日自十點起，四點止。禮拜日停一天。霞惟有按步就班，從公惟謹，如是而已。長壽尚未到，今已專信去矣。前月十六至金陵，據丁蘭丈説及詢之大通來人，知長壽别無過處，但好擺架子，不免虚費錢文耳。如出來巡卡，每坐四人轎，而令卡勇等沿途迎接之類是也。少不更事，可恨可咲。揆其逗留未來，諒必采聽袁觀察到任之信，且不知霞現在此地，今得去信，想必即來矣。至文安，諸希惠鑒不具。

愚舅淩霞頓首。

令尊大人前叱名請安。小女賢外孫多吉。四月廿八日。

佩山賢倩文几：

接到立秋日惠函，已悉一切。延壽處已由伯壽寄去八元。據伯壽前日來□云，延壽於本月初可到申云云。然愚先有信托沈橘舫兄轉寄至湖矣。蕪湖剪子今日愚親自訪購，寄奉四把，大者九十，小者六十三，不二價。既小女所需，毋庸還錢矣。此復即頌文祺。

愚舅淩霞頓首。

尊甫大人前叱名請安。小女賢郎多吉。七月初二日。

佩山賢倩文几：

初九、十三均有致函並扇面、對聯等件，諒均收到。今培卿兄屬書屏幅亦已塗就，特又寄呈台收轉交，然無閒情逸致，斷無好筆墨也。延壽到否？長壽瘧好否？家慈等安健如常否？祈惠示。廳房風窗等是否黄油屏門，恐假楠木。尊事尚未便面陳，因謀事者紛至沓來，袁觀察頗覺厭煩。只好從緩圖之。小女諒已回至公館，敝寓房屋想已豎架。家母諒亦如常。三小兒有信到否？院考定期否？女僕用定否？均在念中。幸乞示知。專泐□□即詢色不好看，究以何色爲妥乎，請酌之。今接三溪鎮緝私分局寄長壽函，内張、鄧兩觀察賀節回□，其餘士衡、劉建勳不知何人？望閲後轉交，如長壽有回信，仍寄蕪湖轉遞爲便。此托即頌夏祺。

愚舅淩霞頓首。

尊大人前叱名請安，小女賢郎多吉。六月十六日。前托厚生莊趙植三帶揚火腿、皮蛋、紗袍，未知舍下收到否？

佩山賢倩文几：

十六日寄奉一函命長壽轉交，諒已察覽。昨接十六日手書，領悉一切。合漏玻璃均由教場一家承辦矣，斷不可油漆。既田姓價廉，準令他做大門等，用黑油，屏門窗格皆用油金漆色，一定如此，不必改易矣。恩復即頌文祺。

愚舅凌霞頓首。

尊大人前叱名請安。小女賢郎多吉。七月二十日。

佩山賢倩文几：

昨日恩復一函，並愚皮衣帳，又給二小兒函，諒先投覽。因在鐙下，不免漏略。聞尊大人暨賢倩均有里門之行，何不過節動身，初旬即欲起程耶？玻璃每丈六角，價尚便宜。二小兒赴差係總巡來催，愚處亦有信到，是以不能不去，俟伊借用英洋若干元，容當奉繳可也。至愚之皮衣帳恐二小兒不細心，故寄交尊处，轉告内人，因帶在此間者只有棉夾等衣，而拙性每每未雨綢繆，約計冬月方可於邗一轉，誠恐轉盼秋涼，漸有風霜之警。客中無衣，殊爲未便，賬上所開之浅茶青幕緞紫毛开胯袍即係以前給二小兒穿者，今將愚之二藍寧綢倭刀腿開胯袍與彼換轉故也。家母年高，精神日遜，未免可慮，今舍弟處及三小兒處均有信致，即男僕亦斷不可少矣，特再具函奉托，即頌文安。

愚舅淩霞頓首。

尊大人前祈叱名請安。小女賢郎多吉。七月廿八日。

尚有皮緊身皮套褲，絨短衫褲，日後再計，即用包袱寄輪船亦尚容易也，又及。

佩山賢倩文几：

頃奉手函，具悉一切。知承托陳柏森揀日俟單來示知爲盼。皮貨價更較蕪湖爲貴，灰鼠披風統詢之，此地十三兩，洋灰鼠鋒每隻一兩八錢，此則可以從緩，毋庸費神議價。日前命伯壽在申問價，俟伊來函，究知何處爲廉也。此復，祇頌近祉。

愚舅淩霞頓首。十二月二十日。

尊大人前叱名請安。小女賢郎多吉。

佩山賢倩文几：

頃奉到初八日手翰，可謂神速。時本筆據底稿照此，甚妥。然許君回來必須補押爲是。

惟思承塾十六元稍緩奉繳。賢喬梓屢次費神，深抱不安耳。柴房太小，擬在房後另蓋一披，固無不可。但今年東西向不能造，未知可做朝南者否？但亦須詢明劉健翁方可。且不知所費幾何？亦不妨詢之木作，若錢多，只好再緩計也。二媳爲人柔順，而長壽之皮氣真不可解，但所患僅是瘧疾，亦毋庸天天延醫，所謂濕熱究係何等樣者，尚希明示爲幸。今寄呈□蘇兄扇面兩葉，斗方四塊，挽聯稿一紙。趙漸雲扇面一張不能作雙行，改兩格三行。姚君墨梅一方，傅祥索寫單款篆聯，統祈分別轉致是禱。惟培卿兄屬書屏四幅，下函再寄。長壽到蕪時伊自購熟羅做接衫，當時面帶揚。套褲今成衣交來，時已多日，今亦附去，望便中交至舍下可也。其工錢共九十文，我已付過矣，手此鳴謝。即頌暑安。

愚舅凌霞頓首。六月初九日。

尊大人台前叱名請安。小女賢郎多吉。

佩山賢倩文几：

日昨一別，今日黎明抵金陵，楊、丁兩觀察均晤見，準於十八日晚趁江□動身，祈關照舍下爲感。此布即詢日好。

愚舅凌霞頓首。

尊大人前祈請安。四月十六日。

佩山賢倩文几：

數日前又致一函，諒經投覽，今晨接初八日手示，誦悉壹是。耀庭昔日當面而云不在場，實屬可笑。然原契結實，伊亦何能爲力，此時不過想錢幾文。但請尊大人與賢倩安酌可也。惟囑寫一筆據，必得萬分切實，不致節外生枝爲要。去年九月愚由揚回大通時，賢喬梓還在湖城，恐鄭四或來無理取鬧，曾面托孫文之丈，據云如果好説，給與三四元，若使瞎鬧，當送保中局等語。今得尊大人在揚，斷無不妥矣。延壽應試本難，希冀□府試名次尚可，院試諒難入彀耳。至提□一節，斷無三次之理，近日想有消息，不識如何爲念。伊所需續寄之款，恐十元不敷，即多寄五六元亦可，長壽到蕪已三日看渠面色尚静，準十三日黎明趁江孚船回揚一轉，大約仍須赴差，但令節用而已。至蕪關各差皆係安徽候補人員，别省者不用。非若鹽務可以不拘資格也。且係六個月滿期，亦無趣味。若何右萱亦江蘇候補，在魯港當司事，並非委員，況此等地方習氣甚不好，愚亦不甚喜之。袁觀察昨經謁見，並不向他求差耳。一切情形由長壽面述。兹不覼縷。昨得大通利和莊來函，又滙至松甫處湘平銀八十九兩有奇。除付楊公館五、六兩月貼款，或十八兩外，尚有六十兩□□，今已函致松甫囑伊至敝寓向内人一問，應留家用若干，其餘合錢開票，交與内人，轉付孫木作可也。並告知孫木作此後陸續付他不誤。祈轉告内人爲幸。現造之屋約計何時告成，念念。

再孫木作所開之賬，除木料關文銀四五十兩外，餘俱錢款在四百千以内，愚曾約略核算，總在□□兩款，共錢四百六十千之譜，惟忘記細數，望囑内人取出觀之。□録銀款錢款總數示知，以便胸有把握也。餘俟續陳。即頌文安。

愚舅淩霞頓首。

尊大人前叱名請安。二小兒隨叩。五月十一日。

佩山賢倩文几：

十一日寄一函並符三道必已達到，昨又接手書，亦悉壹是。籍賢可以不用故少□。兄前日並未問及，據言此符頗有靈驗，故求者甚多，每日所畫不少也。令姊試服，諒可奏效。前月初有幕緞馬掛料一件，寄交長壽轉呈。又外國環荷花瓣等由延壽帶奉。又《北史》兩部，諒均台收矣。此復即頌侍安不盡。

愚舅淩霞頓首。三月十四日。

佩山賢倩文几：

前致一函，知經青覽，接到初四日手書，已領悉，惟帽籠一个，昨日方始送到，謝謝。委購洋布印花帳沿及絨印洋布容當帶揚可也。此復即問近好，並叩上侍安吉。

愚舅淩霞頓首。四月初九日。

佩山賢倩文几：

昨得晦日手書及見還買物洋蚨七元，已收明。書之缺葉醉六堂葉已允補，其線訂在内，兩種。據云誠恐换來仍然一樣，亦覺無益。或則拆過重訂，未知如何？至《易知録》前呈一部是點石印，有布套，目下已無存矣。二次所寄是同文印，價較昂，並無布套云云。所承關照長壽慎與交友一節當寄信戒之。奉復即頌侍安不具。

愚舅淩霞頓首。十一月初三日。

淩霞致秋翁信

秋翁親家大人閣下：

初五日曾致一函，必已投覽，陳蓮舫先生到申，求診者多，忙不可言。今承將方擬得，特即緘呈，祈察收試服。至送彼醫金數元，伊客氣，竟不肯受。近日令郎能得稍健否？念念。嘉六家叔伊從未遠出，故難應命。專肅即請台安！弟今日動身往蕪湖，又及。

姻愚小弟制淩霞叩白　五月初七日。

附録二　淩霞友人詩文録

俞樾二通

麈遺先生侍史：

承手書，謹悉。自愧拙筆不稱佳圖，聯以報命，勿嫌污如寒具油也。率復，敬請道安。愚弟俞樾頓首，十一月十六日。

承惠汪謝城遺詩，謝謝。

子與先生大人閣下：

接手書，並賜佳聯，冰、斯之後，筆法在公矣，佩甚。然詞意頗似祝壽，則非知我者也。弟生平不作生日，並諱言壽字。今年八十矣，有請豫告親朋。先生殆未之見也，謹以一帋寄覽。大集何時刊成？先覩爲快。肅謝，即敬請頤安。愚弟俞樾頓首，廿一日。

《俞樾書信集》第二八六頁，上海人民出版社二〇二〇年一月第一版

趙之謙四通

塵遺尊兄有道：

頃楚賓兄將歸揚州，匆匆書數行奉詢起居，並呈子高墓表一紙，係弟改定本，先刻其遺集上，將來即據此書石矣。遺集已刻成文集一卷。莊文非不工妙，惟弟意道高公學術須説其一生遭際，則此作或得其似，兄意以爲何如？墨梅小幅本當此次寄上，今年江右夏初霪雨，夏末酷暑而旱，近始得雨，可親筆研矣。俗吏事緐，竟不如願，九月間當再封寄，先告。即承萬福。弟之謙再拜。

沈亦香兄近況如何？不及致書，晤時代道念。敝同鄉尚有一萬君名同倫字仲瓛者，頗知古今，兄識其人否？如相見時，亦望致聲也。八月四日。

塵遺尊兄有道：

兩奉手翰並賜寄漢魏墨拓，領謝。王氏志到日，適編江西封爵，即爲填入一人。彼雖遥領，我則見之不當略也。漢碑不知已有人考得否，陽嘉是其卒年，似非立碑歲月也。弟入夏屢病，近又病右耳腫痛，見烈日輒悶甚，煩躁不可耐，想不能久矣。

自歷患難窮困皆不覺勞苦，近則久思慮則必二三日病，病則一事不可爲。今年委頓還過去年，作事因循遷延，身懶而心急，愈急則愈苦。兹楚賓行速，先附數行，俟稍涼當再寄書件。

湖南鐵幢拓本附上，祈督收。此承曼福。弟之謙頓首。

昨接書，在竹榻上一閱即置之，今日復書未檢閱也。頃接示乃覆檢，《初學集》誤記爲《初學記》，是弟大誤。至『何鼓』校勘記一條，終未敢執爲必然，請檢邵氏《正義》閱之。聲同假借，古爲通例。緯書亦古義，非不可信。然要知劉成國《釋名》亦以同聲爲訓。河曰下也，即不便叚下爲河説，題辭特以荷訓河，爲近類耳，弟究不敢斷。且此荷字以何鼓之何爲通則可，河本通何，以河鼓爲何鼓之通亦可，不必謂河定通荷。此弟前書之意也，然大費紙墨矣。重奔走而爲牧齋詩作辯論，則甚無趣耳。弟之謙頓首。

手示具悉。明日早上須催壽屏綢料，下午必須進署，蒙招飲卻是早到不致遲也。復請升安。弟謙頓首。臨齋兄已移署中否？並道念。貴大老爺。

以上四通見西泠印社出版社《日本藏趙之謙金石書畫精選》，轉引自《趙之謙集》第二册第四八九頁，浙江古籍出版社二〇一五年六月第一版

陸心源一通

送淩子與之上海序

詩必得江山之助而愈工，故士之無志於世者，天往往迫之使不得不出，俾得極天下之大觀，以開拓其心胸，而詩之境乃臻於極。人但知天之窮其身，不知將昌其詩也。淩子子與博學能文章，尤長於詩。所居秋風破屋藏書數千卷，古畫百籤，琴一張，劍一具，法帖鼎彝數十種。子與日哦詩其中，暇則潑墨作畫，若將終身焉者。嗟乎，子與苟足自給，雖有萬乘之樂，亦不以此而易彼也。

丁巳秋，爲饑所驅，將有上海之行。夫海，天下之大觀也，自古騷人文士往往欲一至其地不可得，而得至其地者或嗇於文辭。上海地瀕海，皆商賈之所輳聚，惜無文章奇偉之士以發其奇，天其或者有意於子與邪？子與行矣，端居多暇，買舟絶黄浦，亂清水洋，望蓬萊方壺，魚龍之出没，雲煙之變幻，潮汐波浪之洶湧，蜃樓海市之離奇俶詭，莫不目擊而身親之。吾見其詩之日工也。他日朔風獵獵，一棹歸來，吾將倒行篋而索詩矣。

《儀顧堂集》第一一七頁，浙江古籍出版社二〇一五年十一月第一版

施補華九通

復凌子與書

手書敬悉。坿致復公一件，亦即日送去，云待張運使抵任，方爲作書。先是，子中有求於朗公，致書張運使，亦至今未作。以此嘆淵明所謂『力耕不吾欺』，真有味乎言之也。天下唯力耕之事，求之土，不求人。求之而得，顆粒皆我應有，而土不居功。吾輩未習其事，曾悔之矣。而數年以外，又不知節衣縮食，爲鄙夫纖悉之計，至於垂暮，不免有求於人。雖所求無幾，所求之人亦當世之賢者，猶若不得已而應之，則夫士之食貧而居下者，屈心抑志，俯仰於今之世也，亦可悲矣。士於當世之賢者，猶且屈心抑志，俯仰以求之，則使奔走於小官，而遇不知誰何之人居其上，欲有求焉，又可知矣。補華重於仕進之心，又因兩君而見也。嗟乎！孰不使人求我而我求人也耶？先此奉答，不能覼縷。見子中，請轉告之。

《施補華集》上册第三一頁，浙江古籍出版社二〇一八年七月第一版

答凌子與書

子與足下：兄來七書，弟去四書，凡所欲言者，一一具復矣。承論漢宋儒者之言，並詢弟

讀書所得。竊謂讀書所得，不可以口言也，獨可徵之行事。凡行事，公私之心，抑抗之氣，高下之識，寬隘之衷，絜其人之前後而有異焉。且所謂公心、抑氣、高識、寬衷，有之於己而不襮之於人焉，則讀書之所得可知矣。聖人没而大道湮，七十子之徒止各得其性之所近。至於漢宋儒者，時與道合，時與道離。是非恃有勝心，欲於考據、訓詁、義理之三者杓其一焉，著書傳世，則誦其所言，爲我行事之證，舍其不安於心者，可矣。無暇爲兩家別異同，定是非也。是故讀書所得，爲己而已。以爲己之疏密，驗所得之存亡，以是終吾身焉。豈能外行事而空言之哉？謝城先生詩，弟曾見其手寫本。學人之言，與嘲風弄月者，根柢不同。藐翁序文，質實稱是。姚春木所輯《國朝文録》有大字本，乞購一部寄來。

《施補華集》上册第三二一頁，浙江古籍出版社二〇一八年七月第一版

喜子與還郡即送之揚州

知爾歸來歲月更，殘旗廢壘不勝情。空城欲入迷途路，舊友相逢憶姓名。廬舍焚餘成旅客，干戈定後算今生。浮霞墩畔泠泠水，還與當年一樣清。

還山未辦買山錢，廿四橋頭又放船。仍是別離今更遠，不同懷抱自相憐。羈禽終傍誰家樹，濁酒獨留我輩天。商略宦成偕隱去，不辭鬢鬢各蒼然。

《施補華集》上册第二二九頁，浙江古籍出版社二〇一八年九月第一版

連日住廣陵與鶴秋子與輩宴飲

遠游歲將暮，恣看廣陵潮。復此芳尊合，多勞野客招。銜杯問明月，卷幔盪寒飆。淒斷簫聲咽，煙沈廿四橋。琵琶無限悲，倡婦弄新姿。冉冉花當齒，彎彎月映眉。酒闌人語狎，坐久燭花垂。獨憶乾嘉代，平山絶勝時。

《施補華集》上册第二四五頁，浙江古籍出版社二〇一八年七月第一版

舟過揚州思訪子與不果至京口卻寄

凋年急景送登舟，今日南歸憶舊游。仙佛難成仍倦客，江山如此又新秋。晚攜明月浮京口，疑趁長風下石頭。如馬帆檣最超忽，無由情話爲君留。

《施補華集》上册第二五八頁，浙江古籍出版社二〇一八年七月第一版

冬夜有懷子與揚州子高金陵

孤情百不愜，傷別居其半。況茲童稚交，夙昔共宵旦。群居豈不樂，奔走緣時亂。東西信飄泊，忽若浮雲散。淩生賈廣陵，游興未汗漫。戴子治城棲，與俗殊冰炭。伊余久蹭蹬，素髮

已垂蒜。傷禽斂羽翼，意不忘霄漢。蕭蕭雨雪至，懷舊動吁嘆。豈惟歡悦情，齟齬亦可念。詩人歌伐木，三復有餘惋。何時下澤車，出入同鄉閈。

《施補華集》上册第二六六頁，浙江古籍出版社二〇一八年七月第一版

喜得子與揚州書

昨夜揚州月，清光立馬看。如聞孤鶴語，爲念九邊寒。衰鬢陰山雪，愁心弱水瀾。朝來書乍到，委曲問平安。

《施補華集》下册第三八四頁，浙江古籍出版社二〇一八年七月第一版

塞外懷浙中故人选一首

淩君少年時，即願買山隱。白髮向江湖，羈貧亦堪憫。跡下道自高，言放心彌謹。晚節讀書鄰，歸期吾已近。淩子與處士霞，客揚州十餘年未歸也。

《施補華集》下册第四三五頁，浙江古籍出版社二〇一八年七月第一版

寄淩子與揚州

一別十三年，此別最長久。別時壯士顔，忽忽今老醜。牙齒漸動摇，蒼髭承皓首。萬里崑侖墟，高揖西王母。孤心雄千夫，身在千夫後。咄哉縶驥足，而縱駑駘走。窮達我有天，讒忌

復何咎。晚逢上將賢，略分稱僚友。奇節動相憐，狂言頗能受。咨嗟放筆文，慰藉開缸酒。病鶴風翱翔，墮龍雲憀憀。風雲一彈指，變化無不有。死灰生活火，期望真難負。此唯冰雪都，實亦牛羊藪。身熱地氣偏，頭痛山形陡。民生父子恩，德色到箕帚。何論昆弟閒，伯叔及甥舅。窬穿牆可踰，男女面不忸。百年隸王人，政治亦云苟。舊風相與革，輕典安可狃。還防强敵瞯，益勵武夫赳。籌邊向日心，作奏如風手。卻憶平生交，於子倍親厚。小時城東西，十日覩面九。愛子道氣深，一編常在手。性畏見要人，寧與野夫偶。子亦愛我豪，熱血胸數斗。謂當奮功名，金印縛其肘。蹉跎三十春，幾日咲開口。子仍失隊魚，我尚喪家狗。吁我五石瓠，難作大樽剖。怪子一叢桂，未覓小山守。揚州充市隱，歲若受辛臼。王霸徒有兒，列子難爲婦。公事苦拘束，一了脱械杻。挑鐙念遠人，淅淅風吹牖。我股禹不毛，子心佛無垢。會合知有時，但恐增衰朽。寫圖贈古琴，得句題新柳。余與子與往事。借問東飛鴻，好事今能否。

《施補華集》下册第四七八頁，浙江古籍出版社二〇一八年七月第一版

戴望五通

記明地山人琴

明地山人遺琴，烏程施枌得諸吴胥門市肆，歸贈其友淩瑕者也。瑕以書語望曰：『子習知

前代遺民，知地山人乎？』望悚然，謝不知。請出琴而觀之，琴長二尺有八寸，廣四寸，厚半寸，其弦奇，其光黝如漆。琴腹内諦眎有文十一，名曰：『崇禎戊午漢僊爲地山人製。』考崇禎有庚午無戊午，戊午爲國朝康熙十七年，時永曆殉緬甸，明統久絶，而臺灣鄭氏獨奉正朔，至克塽之亡，猶稱永曆二十八年，見於黄都御史《賜姓始末》。與是琴之題戊午，雖紀年異號，其不忘舊君，若合符節。而超然遠逸，自晦其聲名，寧與草木同腐而不卹。於明餘紀載求所謂漢僊、地山人者，無聞焉。而後之君子得其遺物，輒悠然有故國之思。於乎！琴之感人深邪，抑人自感也。望聞瑕之遠祖明侍御君，當康熙時以莊氏史案被逮下獄論死，其子孫至今八世無仕者。然則瑕之寶是琴也，亦以其先人同類而有所隱痛故邪？抑姑以寫其汪洋寥廓之思，自適其適焉邪。己未長至日戴望記。

《謫麐堂遺集·文一》清刻本

揚州逢淩瑕

幽憂不可釋，獨向維揚遊。與子忽相值，遠攜上酒樓。尊前京口樹，煙外秣陵秋。明夕戴星發，含悽一葉舟。

《謫麐堂遺集·詩一》清刻本

一鶴寄淩瑕

一鶴孤飛去，哀鳴聲向空。蒼蒼淩大漠，獵獵動悲風。毛羽摧頹久，方員想像中。莫吟遼海怨，戎馬正彎弓。

《謫麐堂遺集·詩二》清刻本

重遊閩中留别勞權淩瑕諸子二首

臨歧堪一慟，衰絰尚隨身。莽莽無家别，悠悠行路人。飄零厭塵土，去住戀交親。失憶高堂在，依閭正苦辛。

今日登樓望，堪憐異昔時。平蕪一以緑，獨客淚連絲。氣誼窮交在，酸辛别酒持。當杯吾未忍，今夕是孤兒。

《謫麐堂遺集·詩二》清刻本

吴昌碩三通

淩病鶴霞

板屋偪仄天井圓，病鶴常在蠣殼眠。揚州夢醒住且續，金石癖固醫難痊。慣滌愁腸酤美酒，好買花乳輸青錢。昨日一卷寄江左，使我礲刀思踏天。

《吴昌碩詩集》第五六頁，華東師範大學出版社二〇〇二年第一版

海上九日偕病鶴石墨登萃秀堂假山

膩屐苔痕軟，鉤衣石塊牢。眼邊誰送酒，客裏共登高。暝色隨歸雁，閒情謝剥螯。吟詩對滄海，愁絶水滔滔。

《吴昌碩詩集》第八八頁，華東師範大學出版社二〇〇二年第一版

淩病鶴瑕

芥航籠璧見真跡，戴子贈書知隱流。攜手未嫌相識晚，一蓬秋雨話揚州。覓食莫城歲月深，寥天一鶴恐難尋。肯辭海外波濤險，遊學從之負疣琴。編者案：莫城似應爲蕪城，指揚州。

吴昌碩《削觚廬印存》初印本，轉引自《海派書畫領袖吴昌碩評傳》文匯出版社二〇一四年十月第一版

繆荃孫二十三通

塵遺先生著席：

昨由申甫交寄到惠書，快同晤語。承示金石各書，内有急欲觀者數種，即懇廣覓鈔胥付鈔爲禱。紙工照開，互抵不敷，再寄興平一卷，扶風二卷，眉縣二卷，均張瘦銅塤所撰，統名爲《張

氏吉金貞石録》，即丁同所載之書。黄松石先生曾宰兩邑，屬筆則瘦銅先生。此書校畢交敝同鄉帶至滬，交醉六轉寄。現先將《石魚文字所見録》、《古墨齋跋》第六卷先鈔。河内、高要、趙州、益都、山右均可購求。高麗，劉燕庭《海東金石苑》有全文，稿本在王蓮生處，弟全從録副，非鮑刻之僅有跋尾者。弟鄂館亦辭，起復在明正，不出京矣，寓所仍在繩匠胡同，通信亦便。此請著安不一。弟制繆荃孫頓首。九月四日。

再者，此次代鈔《吉金貞石》，采用弟格紙，以後當用重毛太紙照行款鈔。姚文僖《説文考異》，不識底本在何處。伯賡自著書亦不知何名。姚彦公喬梓繼逝，伯賡之子不肖，所著無從問訊。静山已赴湖北矣。

塵遺先生大人新禧：

客歲寄呈金石兩種，均已詧入，辰維著述日富，精力日强爲頌。弟於歲杪服闋，就近起復。年將半百，重又作剪紅刻翠句，當尚能與三五少年争一日之短長哉！擬恭覯慶典後，乞祠禄以歸，逢春秋佳日，遊佳山水，與良朋相晤對，其樂亦何減於金印紫綬、奔走風塵者？先生應亦以爲然也。存齋以振捐萬金交軍機處記名，聞春間來候簡，此老興復不淺。武虚谷《寶豐金石志》、李南澗《歷城金石志》兩種寄呈，祈詧收。申甫今年生意何如？先生亦作滬遊否？手箋布臆，敬請著安，諸希朗照百益。弟繆荃孫頓首，元夕。

《古墨齋金石跋》一卷，鈔校畢亦附呈。

塵遺先生大人閣下：

客冬奉到手書並《溪南詞》一疊，未能即覆，歉仄之至，辰維履蹈百福，著述千秋爲頌。弟京師伏處，珞珞如恒。爲鈔得《金石補正》二册、《括蒼續志》四卷，購得《益都金石記》一部，乞督收。《天下金石志》乞代録爲感。舍親仰承嘘植，得一吉差，感謝無既。碩卿仍在上洋。申甫訟事尚未斷結，受累無窮。聞近時亦罕見秘笈。太平府學金石，春間能拓致否？公暇尚望時通消息爲幸。此上，敬請著安不一。愚弟繆荃孫頓首。

塵遺先生大人閣下：

奉到兩函並《天下金石志》鈔本，藉諗起居順適，著述宏富爲頌。弟跧伏鄂垣，如恒珞珞。廿日不雨，盾威可畏，久未作答，職是之故。此間初來，人情不熟，三月付鈔《古泉山館金石跋》，久而不來，詢之經手者，則云赴黄州小試，直至月底始將底本索回，並未録副，其可惡如此。現只得招兩人在寓鈔書，不日付彼，便易完矣。《海東金石苑》，弟所藏者爲張松坪所刻之前四卷，後六卷底本爲王廉生所得，本擬借鈔補足，廉生前借刻本去，兩年不還，均是全文影摹，與《三巴漢石志》相類。張刻係光緒三年，貴省尚可尋覓否？現只有葉東鄉《高麗碑録》，亦是全文無考據，無行款，與《江左石刻文編》仿佛，兄欲鈔否？前與劉書相校，互有出入。鈔資兄處有賬否？弟已不甚記憶，統俟面談。弟在此間日有排纂之事，寫官又不得力，故爾遲遲。長江帶水，寄銀、寄書均便，不似北方費事，決不爲此。重黎公事棘手，刻書之興何如？秋涼即下駛，把晤匪遥，諸可領教。由蕪到寧坐江船須幾日，順道一游采石何如？尚希告我，回江約兩月住，先蕪湖則游采石，後蕪湖則游九華，先後不能預定，看眷屬同行不同行，必先到家矣。手箋奉復，敬請著安，諸希朗鑒不一。小弟繆荃孫頓首，十九日。

麈遺先生大人閣下：

道出鳩江，幸聆雅教，又承招飲，感謝奚如。辰維道履綏和，撰著宏富爲頌。弟在里門，勾留月餘，金陵亦廿日以外，至前月杪始回鄂省。課卷、校件堆積如山，未知何時方能清理。香帥命明歲主講鍾山，約正月底東下，相距較近，得暇同作采石游也。新得彭子大文集並《高要金石略》，乞哂存。懇代鈔泰岱金石、台州金石，均望鈔成。弟又得馮晏海《崇川金石》，亦稿本也。沈約齋先生想已歸里。弟一函並一帙乞代寄。爽秋觀督一緘亦懇轉交，瑣瀆不安之至。此上，即請道安百益。弟繆荃孫頓首。十一月二日。

塵遺先生大人閣下：

昨奉環雲並寄東碑一包，謝謝。内有鴛鴦碑一套，孝堂山漢畫、肥城數石亦可收。弟與友人搜拓金陵舊刻，爲嚴子進所未收者，約有六七十通。臨桂況夔生爲《金陵石刻補記》，甚有致也。自到館後，閲卷一次，公事甚簡，私事甚忙，終日伏案，不甚見功。晚間睡魔纏繞，甫及三更，萬不能做事，甚矣衰也！内子回蘇州，弟亦不能脱身，惟盼閣下來寧，庶慰飢渴。約翁允拓松府金石，已得幾許，所藏北碑較多。此次一包，只肥城兩碑，不記有無，須查新目，餘則均有。南碑則少極，江蘇碑尤少，可見蘇人無好此事者，故拓本罕見如此。弟正月間腦後忽起一塊，色微紅，肉堅硬，不知痛癢，服小金丹、陽和湯均無效，漢口王濟人照濕痰凝治法治之，乞轉詢蓮翁治法是否。後遂稍松，漸小漸軟，皮亦起皺，然尚未消盡，忌發物，甚苦，亦須消盡開忌，方能出門。鈔件容覓寫官，又揆一處生地方，諸事不便，此則悶氣。肅泐，敬請升安。弟繆荃孫頓首。

塵遺先生著席：

兩奉手書並《山右金石記》，又領唐志四種，謝謝。敬維福躬康健，履祉咸宜爲頌。弟書院索居，應酬絶少，出游之説，已成虚願，大爲顧石公所笑。季直已旋通州，天熱水大，秋以爲期而已。劉氏《陝西得碑記》二册，《崇川金石記》一册，均托程舍親帶呈，詧入是幸。再者，程君仁安寶炎，婺源人，寄籍蘇州，家道殷實，其爲人也慷慨仗義，幹練有爲，現來蕪湖創辦打米機器局，在觀察處具稟，自集資本造廠開設，不須請領公款，如本地有願入股者，亦不阻止，惟求立案轉詳給示札，委允其專利若干年，以爲鼓舞商務地步。並求兼派一差，不拘薪水，只要稍有局面，庶於地方辦事可以順手。觀察處及顧石翁，弟均專函重托一切，敬求吹噓推愛照拂，感同身受。至請設埠團局以清匪類，原爲地方有益起見。好在毋容上籌經費，第求賜一公事，飭縣出示，想可允行。惟應否在道署或縣署進稟，程君面商。尚希代爲酌奪，鼎力成全，不勝盼禱。專此布達，餘容續述。祇請籌安百益。小弟繆荃孫頓首。

塵遺先生大人閣下：

昨得兄書，並重黎書洋五十翼，藉諗氣體大愈，慰甚。《泰山石刻記》遲遲不妨，《台州金石記》尚懇續付寫官爲禱。弟所得江寧石刻，府志所存已拓，不全。攝山題名近卅種，新在句容塔上得《金剛經》《千佛》《名經》三種。另有造經記兩石，紹聖三年寫，極精，共六十一張，前人並未見，並目亦不存。即日親往茅峰一行，打碑人聶姓，甚可愛，南中之李雲從也。茅峰回，擬由銅井到太平府游采石，不知禮房先生准他人拓否？聞方堃吾太守連軫已到任，此京中舊游，或借官勢以行之。游山訪碑，均極雅事，然不借官勢，往往有不能暢者，殊屬可哂。如游采石，當函告兄，能扁舟東下一敘否？總在十日後矣。手箋布臆，敬候起居不戩。弟繆荃孫頓首，初六日。

廛遺仁兄大人閣下：

昨奉手書，藉悉重到鳩江，蟬聯舊館，駕輕就熟，舉措自如，甚慰遠念。弟七月廿八日到滬，兄已回揚。夔生京華舊雨，深於詞學，近有志金石，其進甚鋭，惟連棄兩妻，惑於嬖妾，同人均不願與之往來。自到揚州未通書札，職是之故。陸蔚庭《龍門造象》只卅餘葉，補其尊人《萃編補正》者所無者，不甚全，當即爲兄録副。仲飴糧儲之《攟古録》俟晤面即索之，《石刻目録》弟早補完，尚未授梓。糧儲因米價日昂，今年賠墊過多，不甚高興，諸事濡滯。手箋布臆，敬請著安百益。弟繆荃孫頓首。

鍾山題名尚有存者，尋出即寄。

廛遺先生大人著席：

昨奉手書，敬悉近況。比維佳想安善，至爲頌祝。《台州金石志》鈔成[一]，心感之至。《陝西得碑記》、《崇川金石志》去歲收到，愧未奉復，疏忽之至。今夏始覓得鈔胥三人，字跡既佳，脾氣亦合，現在入場應試，場後即交《寶雞金石記》與之，餘陸續付與。拙著《常州金石記》實係亂稿排理，俟鄂志告成，擬以一月成之，當攜原稿呈政。弟俟同人場後赴浙一行，隨即到鄂。

道出鳩江，再圖晤教。觀音畫象，即交殷亦平帶呈。手箋布覆，敬請台安百益。八月初十日，弟繆荃孫頓首。

塵遺先生大人閣下：

別來匝月，彌切懷思，辰維順時納祜，消夏延釐爲頌。弟前月初九自浙省歸，課卷堆積，廿餘日方始清理。節闗已屆，俗務又多矣。重黎升授陜臬，何日起程？先生想未必同去。世兄奮發有爲，可以頤養，無雜事分心，讀書更多所獲也。鈔成《畿輔碑目》四卷，乞查收爲禱。如重黎交卸，寄函何處，尚希示悉。《台州金石》如已校好，即望寄弟。鈔資太巨，可繳價也。此上，敬請著安。弟繆荃孫頓首。

塵遺先生著席：

昨奉環雲，並承賜《台州金石志》一部，感謝感謝。篆隸精緻，尤爲可寶。百朋之賜，無以加兹。《龍門造象》釋文六十餘葉，約廿外可得。《高麗金石》全文字數較多，須明春再寄。此種爲葉東鄉稿本，有兩稿者，訂入數頁以志舊跡。弟亦跋尾。吴督糧因今冬米貴，例假止準每石壹兩玖錢，虧短甚鉅，無以理料金石，金文板片據云尚在河南，然其夫人因風攤在河南，住公館，留一子在彼侍奉，非蹙言也。分省金石亦未刻，昨忽交刻《王西樵詞》，即李儒茂領刻也。

手箋布臆，敬請朗鑒不一。弟繆荃孫頓首。

麈遺先生大人文几：

前奉手書，未即奉復爲歉。辰維興居納祐，讐校益精是頌。弟初八赴滬，與蒯禮卿觀詧延訂中西教習，至廿三始回。申甫常見，意興頗覺頹唐，生意亦無振興氣象，時爲之也。新刻《常山貞石志》極佳，敬承一部，兄必有原書，儲作副本亦可。《續志》亦刊，未印行。朝鮮碑全文鈔成，内夾入原稿重份者，黄蕘圃景寫舊刻書中有重葉，必撤制鈔本，亦此意也。鍾山放翁題名亦尋出，統祈哂存。手箋復賀新禧，敬請台安，諸希朗鑒百益。愚弟繆荃孫頓首。二月三日。

李富孫《金石學》，兄有此書否？

麈遺先生大人閣下：

前月奉書及承賜《金石學》一册，感謝感謝。比維旅祺萬福，珍衛咸宜爲頌。弟自入伏受涼，寒熱往來，飲食減少，已將廿日。每一搦管，心煩意懣，别字聯篇，答書稽遲，執此之故。精神頹敝如八十九十者，其能久乎！仲翔之殁，真出意外。純伯尚在滬否？玉雨堂、平安館均係稿本，又多須覓稍通鈔手。嚴鐵橋《訪碑録》亦係稿本，然止廿一葉，弟當作日課，自鈔出呈覽，大約日寫一葉，加之作輟，月餘可畢也。手箋布臆，敬請升安，諸希朗鑒不一。愚弟繆荃孫頓首。

麈遺先生著席：

《趙州石刻録》三册，乞哂存。吴㮚儲金文云尚有秦漢三卷未摹刻。石目分省，缺江西，湖南、北，粤東、西，雲，貴九省，用弟之本補入待訪，亦與之輯好。惟湖南尚未就緒，分代止見唐以後，唐以前未見。不知有稿與否。現其眷屬均送回海豐，尚未必刻也。弟爲刻辛稼軒、周草窗、李姑溪、李清照、王西樵、王漁洋、宋荔裳、曹珂雪八家詞，皆東人，約七八月完工。剛相來查辦事件，闔省凜凜，豈人不靖，天亦不雨，均可憂也。手箋，敬請台安，諸希朗鑒百益。弟繆荃孫頓首。

石目一縱一横，而非一時所纂，分代博於分省，考訂亦精。

麈遺先生大人閣下：

連奉手書，敬悉壹是。吴㮚儲所刻金文，係招京中刻手赴汴梁刻成。校者日照丁艮善，因其夫人久病回東，既不能到寧，又不便留一子在汴伺候，書板亦留，今其夫人已殁，聞明年全眷到寧，想可同來，再慫恿印行可也。分省石目仍未付刻，陸心農太夫子《金石補正》一百卅卷，蔚庭前輩將調開封，或可刊行。《泉寶所見録》刻於南邊，京中罕見。廠肆易得，祇《古泉匯》

耳。夔生詞學甚深，金石學亦爲之甚鋭，可惜内行不飭，令人望而生畏。弟今年爲晉撫校勘《山右石刻叢編》叁拾貳卷，搜羅淹富。刻成時必可奉貽，小序先行呈政。《盋山文集》此書已交殷委員萃峰，信先寄。四册，紙樣一葉，希詧入。此及，敬請著安百益，愚弟繆荃孫頓首。

塵遺先生大人閣下：

弟八月入都，十月返書院，兩次手書均已拜讀。仲飴甫歸，俟晤面當索之，聞尚有秦漢三卷未刊，亦擬付削氏，然仲飴作事遲鈍，不知何時方成。弟現爲胡岐生中丞刻《山右石刻叢編》四十卷，明年有科場，亦未必出書。自撰《江蘇金石記》擬成一卷即就正，須並力爲之也。此上，敬請升安。弟荃孫頓首。

爽秋談兩次所住即常熟故居。

塵遺先生大人著席：

頃奉手書，藉悉履祺葉吉，新祉迎喜爲頌。弟入新年，忙碌異常，幾無伏案之暇。《山右石刻叢編》在金陵付雕[二]，已及十四卷，不及三分之一。《常山續志》稿本未成，尚在柯邵忞處，今年方能脱稿。弟之《江蘇志》連碑目未寫，再等一親戚來作鈔胥，方能動手。吳仲飴所在一部，並非誑言。去歲因糧受累，不想回任，去冬只帶一世兄來，現亦隨侍蘇州，此間無人在此，書板亦未聞來。山東詞已刻成，三月將板寄往也。滋帥蒞任，查局甚認真。而峴帥聖眷尚好，恐須回任。手箋，敬請著安，諸希朗照百益。弟繆荃孫頓首，廿六日。

去年謝城先生詩收到，謝謝。

塵遺先生大人閣下：

四月間弟旋里爲亡婦卜葬地，盤旋鄉間兩月有餘，六月始返書院。閱手書，聆悉壹是。遜安適有信來，遵囑將令郎名條交去，未知有用否也。隨接申甫歸道山，又聞重黎受害之信，悲憤交迫，激而成病，神采已陷。大局不可問，又不即亂。天氣轉涼，今日稍能握管矣。先答吾兄，覺有多少事要説，申紙又無一語，頭目涔涔然，俟事稍定神稍安再布。蕪湖局面何如？官紳壓得住土匪否？此上，敬請文安。弟繆荃孫頓首。

塵遺先生著席：

頃奉手書，維興居安吉，著述宏富爲頌。仲飴署任蘇藩，倉猝成行，未曾把晤。函詢其四世兄，據云《攈古録》板仍未到南京，此間僅存一部，無以報命云云，弟亦不意新刻書如此之難也。今年爲其刻山左十二家詞已成，亦不印，宦事太忙，又不交與世兄經理。四世兄能寫篆書鐘鼎，《攈古録》即其所摹，甚可談也。大雪嚴寒，諸祈珍攝。手箋，敬請台安，並叩年禧百益。

弟繆荃孫頓首，廿五日。

麈遺先生大人閣下：

兩奉手書，並承賜唐志五種，感謝感謝。比維道履安善爲祝。弟自三月間與蒯觀詧開辦學堂，甚爲勞碌，本月朔已開學，諸事就緒，稍可蕭閒甄别。弟一歙縣汪生，學貫中西，可見中江講舍之受益，聞今年減脩改章，未免可惜。趙州石刻端節可奉上。《常山續志》未定稿，遜庵攜歸，尚須交弟斟訂，方能付梓。《山右石刻叢編》須胡中丞回任再刻。《攈古録》無消息，糧儲因公事難辦，寢食俱廢，啟行在即，其世兄回里葬其夫人，此事尚爾倚閣。李氏《金石學録》承代鈔，甚感。此上，敬請著安百益。弟繆荃孫頓首，初五日。

麈遺先生大人閣下：

日昨奉到正月十七日手書，藉諗福躬康復，諸事勝常，慰如所頌。去年爲紳富捐、沙田捐等事回歙縣兩月，臘底始還書院，入春即病。寓中人亦無不病者，而且反反復復，纏綿異常，雖是小病，亦覺討厭，現已逐漸清楚，如出門應酬，不知還要復感否。純伯救濟會真是好事，即募收字畫，亦是我輩所應爲者，而眾疑群議，殊不可解。弟爲經募千金，金陵止三千餘金，甚矣，好事者之不數見也。《山右石刻叢編》刻成廿三卷，待款。《常山貞石續志》稿本在京師柯鳳蓀處，不知帶出否？《江蘇志》亦閣下打碑人遠颺。弟又爲南皮編輯《國朝紀事本末》，刻無書。《攟古録》之板載入都門，庋置金井胡同宅内，聞房屋爲德兵所踞，門窗間壁都供爨下材，此板大約付劫灰矣。廉訪止印出五十部，分貽同人，聞之頗爲難受，弟勸其覆刻，廉訪尚冀或有孑遺，俟回鑾後再查，方定主意。爽公昭雪，將來建祠賜謚，必在意中。其世兄已刻行述，乞代索一帙，並懇開示其三位世兄之號，擬通一信。爽公詩集已刻，尚有一二年近作文集未刊，聞未散佚，弟願爲之編次，並可經理刊板，以報故友。俄約未定，人心皇皇，中江何如？手箋，敬請著安，諸希朗鑒百益。小弟繆荃孫頓首，二月十二日。

去冬到申江一行，少一申甫，滬市爲之減色。偕葛振卿搜訪一回，一書未得，可嘆。

《繆荃孫全集·詩文》第二册第三三四—三四四頁，鳳凰出版社二〇一四年三月第一版

挽淩塵遺

鳩江談宴後，回首九年餘。慘慘三秋節，淒淒一紙書。梅花香未減，君善畫梅。薤露痛何如。咫尺揚州路，離懷未盡攄。不到揚州十五年矣。金石稱三友，今存我一人。陸存齋久歸道山。家貧文字富，身賤性情真。攟古編難乞，貽書墨尚新。隻雞同斗酒，深愧未躬親。

《繆荃孫全集·詩文》第二册第六四頁，鳳凰出版社二〇一四年三月第一版

校勘記

〔一〕『石』，原書作『山』，下封書信有『台州金石』，據改。

〔二〕『叢』，原書作『文』，上封書信提及『山右石刻叢編』，且確有此書，據改。

附録三　凌霞相關資料和評論

傳記資料

凌霞，字子與，晚號病鶴，浙江歸安人。布衣。寓揚州。性孤介，不妄與人交，長於《説文》及金石之學。善畫梅，工詩，著有《天隱堂詩集》。

《江都縣續志》卷二十七，見《中國地方志集成·江蘇府縣志輯》第六十九册，江蘇古籍出版社一九九一年六月第一版

凌霞字子與，一字麈遺，號病鶴，浙江湖州人。忠介公裔孫。工畫梅。著《天隱堂稿》。張子和比部藏有墨梅直幀，無煙火氣，行書七絶一首。

《甌鉢羅室書畫過目考》，見《中國書畫全書》第十八册第四九九頁，上海書畫出版社二〇〇九年十二月第二版

凌子與霞，一號麈遺，湖州人。布衣。少時工吟詠，與楊見山太守、陸存齋觀察、施均甫觀

察諸君稱茗上七子。熟於明季社事始末。喜作墨梅，疏枝冷蕊絶無煙火氣。晚歲袁爽秋太常巡榷蕪湖，聘司筆札。丙申，予溯江東下，重握手於識舟亭畔，與沈約齋同年招飲酒樓。盤桓兩日，賦詩題予長江歸艇圖云：

宦跡洪都首重回，江山如畫好懷開。鄱陽風浪潯陽月，曾遣先生領略來。

布帆無恙送征橈，來去長江趁落潮。檢點琴書餘長物，歸裝贏得有詩瓢。

解組歸來歲月餘，故山猿鶴鎮相于。料應已辨烟波宅，不用牽船岸上居。

《寒松閣談藝瑣録》，見《中國書畫全書》第二〇册第一八頁，上海書畫出版社二〇〇九年十二月第二版

《揚州八怪歌》的文化解讀

卞孝萱

一九六二年，俞劍華教授在《光明日報》發表文章，提出名列『揚州八怪』者有十三人。一九六四年，我在《文物》發表文章，綜合汪鋆、淩霞、李玉棻、葛嗣浵、黄質（賓虹）、陳衡恪等所記載的『揚州八怪』姓名，求同存異，提出『揚州八怪』共有十五人（此後，又在《揚州八怪畫集序》等文中申説）。我比俞説多了二人，因爲我採用了淩霞《揚州八怪歌》和葛嗣浵《愛日吟廬書畫補録》等書的資料，而俞氏未見此二書。經過多年的宣傳，今人已多襲用我的觀點，但對《揚州八怪歌》的價值尚認識不夠，故特撰此文，重點考論淩氏之《歌》，並比較汪、淩二氏之

説，以加深理解。

『揚州八怪』這個名稱始於何時？ 雍、乾時人蔣士銓，在《題鄭板橋畫蘭送陳望亭太守》詩中，雖有『常人盡笑板橋怪』之句，尚不能理解爲當時已有『八怪』之名稱。 道光時，謝堃在《書畫所見録》中，只記載李鱓、鄭燮、高鳳翰、高翔、黄慎等結『江湖二十三友』，『酬倡無虚日』，無『八怪』之説。 光緒時，汪鋆《揚州畫苑録》中才有『怪以八名』的話，凌霞才寫了《揚州八怪歌》，載在《天隱堂集》。

是不是汪鋆始倡『揚州八怪』之稱呢？ 不是，黄賓虹説：『揚州稱有八怪未詳倡於何人。』《黄賓虹文集》。 黄先生年長我五十九歲，他在寫給我的信中説：『儀真與歙邑，夙猶故鄉。 鄙人年二十餘，僑居邗上近十載。 讀鄉先哲汪硯山所著，心喜之。』他是光緒十四年（一八八八年）到揚州的。 他在揚州讀過《揚州畫苑録》而不認爲汪鋆是始倡『八怪』之稱者。

爲了比較研究汪、凌二説之異同，先録原文如下：

怪以八名（如李复堂、嘯村之類），畫非一體。 似蘇張之捭闔，徐黄之遺規。 率汰三筆五筆，覆醬嫌粗；胡謅五言七言，打油自喜。 非無異趣，適赴歧途。 示嶄新於一時，只盛行乎百里。 ——《揚州畫苑録》

板橋落拓詩中豪，辭官賣畫謀泉刀。 畫竹揮盡秋兔毫，對人雅謔常呼貓。 鄭燮

冬心品詣殊孤高，薦舉鴻博輕鴻毛。 漆書有如金錯刀，詩格畫旨皆清超，六十不出仍游

遨。嘗有『六十不出翁』小印。　金農

西園硯癖誇石交，左手握管疑持螯，涉筆詭異別趣饒。　高鳳翰

復堂作畫真粗豪，大膽落墨氣不撓。東塗西抹皆堅牢，硯池滚滚驚飛濤。　李鱓

晴江五斗曾折腰，拜梅與梅爲朋曹。畫梅倔强猶騰蛟，腕底颯颯風雨號。金剛努目來獻嘲。蔣苕生論晴江畫詩有云：『努目撑眉氣力强，不成菩薩是金剛。』李方膺

閩中畫師有瘦瓢，曹衣吴帶皆鎔陶。點睛活潑同秋猱。　黄慎

葦間居士寄興遥，老筆氣扶霜天高。平沙落雁秋蕭騷。　邊壽民

巳軍篆法能兼包，詩情古淡惟白描。太羹元酒非官庖。　楊法

對照之下，明顯看出：

一、『八怪』指哪八怪畫家？　汪、淩二人意見不同。汪鋆只點了李鱓、李葂二人之名，其中一人就不見於淩之《歌》。汪是安徽歙縣人，入揚州府儀徵縣籍。淩是浙江歸安人，寓居過揚州。汪、淩都熟悉揚州畫壇的情況，如果『八怪』有約定俗成的説法，二人所記姓名應該相同。淩霞認識汪鋆，《天隱堂集》中有《題汪硯山文學揚州景物圖册》可證。《揚州畫苑録》開雕於光緒十一年（一八八五），《揚州八怪歌》作於光緒二十二年（一八九六）稍前。淩不是不知道汪的這部著作，但不採取汪鋆以李葂爲『八怪』之一之説。可見，『八怪』本無固定的姓名，汪、淩各以己意評選，當然不可能全同。

二、爲什麼汪、凌二氏對『八怪』的評價截然相反呢？　汪鋆生活在揚州地區，他所接觸的畫家，主要是李育、王素、釋蓮溪等人；而凌霞活動在浙江、江蘇（當時上海屬於江蘇）、安徽等省，他所接觸的畫家很多，幾乎囊括了蘇州怡園畫社、海派以及揚州畫壇的代表人物。汪鋆的眼界，顯然不如凌霞開闊。　在凌霞的交游中，尤爲重要者是楊峴和吴昌碩。　凌早歲與楊等合稱『苕上七子』。　凌年輩晚於楊，稱楊爲『丈』。　吴昌碩是楊峴弟子，稱楊爲『師』。　吴《缶廬詩》中有《十二友》詩，凌是其一。　凌《天隱堂集》中有很多首贊揚吴詩書畫印的詩篇。　吴對徐渭、釋石濤和『揚州八怪』很尊崇。　他在《徐天池畫册爲李木公》詩中說：『天池畫中聖。』在《石濤畫》詩中說：『幾回低首拜清湘。』在《李晴江畫梅》詩中說：『地怪天驚見落筆，晴江畫法古所無。』又在《李晴江畫笙伯藏》詩中說：『潑翻墨汗如雨滛，有時惜墨同惜金。　畫成隨手不用意，古趣挽住人難尋。』還有《黄癭瓢百盲圖卷》詩。　近朱者赤，近墨者黑。　凌霞的審美情趣，與吴昌碩相似。

汪鋆論畫，崇尚正宗，排斥異端。《揚州畫苑録》中褒貶分明。　他在批評『八怪』的同時，尊崇方士庶、石濤、華喦。　他說，方士庶『四王比肩，略無愧色』，『惜僅一傳，無人再繼』。　石濤寓居揚州，開『八怪』之目，而汪鋆將石濤與『八怪』區別開來。　他說：石濤之畫『恣肆，破格標奇』，如『山水另辟徑塗』，『司農嗟其難及，耕煙韙爲知言，斯固吾揚奇正之精英，康乾藝林之領袖者焉』。　他以四王之二（王原祁、王翬）對石濤的肯定，證明石濤奇而正；而『八怪』畫風，奇而不正，學石濤而誤人『歧途』，予以否定。評畫者以華嵒列爲『八怪』之一，汪鋆卻將華嵒與『八怪』區別開來。他認爲華嵒『力挽（八怪）頹波』，『豪拈則魔障一空』，詆毁『八怪』爲魔障，只有華嵒才是『化俗爲雅』，『不古而古』。汪鋆取法華嵒，並贊美李育的畫，『幽逸直似新羅山人』，王素『日夕臨摹新羅山人至再至三』。華嵒是創新，而李育、王素、汪鋆是模仿，在繪畫史上地位懸殊，而汪鋆見不及此。

凌霞與汪鋆不同，他注重天機、天然、天真，主張師造化，從對大自然的觀察中得到體會而進行創作。如他欣賞吴昌碩的畫，『北苑南宫外，自然成一家』，『老氣欲横秋，天機自流動』，『豎抹横塗處，惟應造物師』（《題苦鐵畫山水卷》）。他贊成吴『我師造化不泥古』，表示『此論殊佳心灑然』（《又題其墨梅巨幅》）。凌霞善畫梅，《題畫瘦梅》云：『冰肌玉骨出天然。』《爲繆筱珊太史畫梅》云：『恰從冷淡見天真。』《題畫梅》云：『問余畢竟何宗派，月影横斜是導師。』

總之，從繪畫理論和創作實踐的比較看出，汪鋆拘執，凌霞開明，他們對以革新爲特色的『揚州八怪』畫派的評價，當然不可能相同，而是一貶一褒了。

三、由於交通、商業等方面的原因，揚州畫壇衰落而海派興起。黄賓虹先生説得好：『同光而後，滬壖一隅，商賈輻湊，輪蹄馬足，絡繹不絶，而以硯田爲生活者，亦皆于于而來，僑居鬻畫。』當時，不僅有富商購畫，還有達官『汲引』。如吴大澂於『同治初，曾寓滬，入萍花社書畫會，集諸畫家作《畫中九友歌》，以繼吴梅村之後』（以上《近數十年畫者評》）。今案：《窓齋詩存》中有《畫中七友歌》，吴爲顧雲、許鏞、顧路、陸恢、金湅、倪寶田、顧麟士大造聲譽。其中倪寶田，揚州人，從王素學畫，後到上海，參用任頤畫法，『名重一時，流傳最盛』（《寒松閣談藝瑣録》）。這個事例説明揚州畫壇衰落，倪寶田加入海派而後成名。凌霞到揚州後，慨嘆『揚州不比乾嘉好』（《邗江寓齋寄胡公壽，疊用寄叔堅韻》），他出於對乾隆時揚州畫壇盛況的景慕和對『八怪』高超藝術造詣的崇敬，滿懷激情地寫了《揚州八怪歌》，澄清汪鋆之流的謬論，恢復畫家們的榮譽，樹立起一面光輝旗幟，其積極意義是不容忽視的。

凌霞所評選的『八怪』，包括三種人：

一、揚州本地人。如李鱓、鄭燮都是揚州府興化縣籍。

二、外地人來揚州賣畫者。如金農、高鳳翰、黄慎、邊壽民、楊法。知道楊法者較少。二〇〇一年六月，南京博物院舉辦『揚州八怪書畫展』，展出的楊法篆籀册頁，大膽融合草、篆爲一體，凌霞『巳軍篆法能兼包』的評價甚確。揚州博物館藏有楊法花卉册頁，『淡』如其詩。李佳《左庵一得續録·汪巢林乞水圖軸》云：『揚州八怪，卷内有其四焉。』此書出版於光緒三十四年（一九〇八年），李佳吸取了凌霞《揚州八怪歌》、李玉棻《甌鉢羅室書畫過目考》的兩種『八怪』名單，以汪士慎、鄭燮、金農、楊法爲『八怪』之四人。

三、情況特殊者。如李方膺，南通州人。據《清史稿·地理志五》：康熙十一年（一六七二年），揚州府并通州。雍正三年（一七二五年），通州升直隸州。李方膺在雍正三年前是揚州府通州人，雍正三年後是通州直隸州人。他罷官後在南京賣畫。李斗《揚州畫舫録》、汪鋆《揚州畫苑録》中詳細記載雍、乾時期揚州畫家（包括本地人和流寓）姓名，無李方膺。凌霞爲什麽將李方膺列入『八怪』呢？阮元《淮海英靈集》丁集卷一登載李玉鋐（方膺父）、李彩升（方膺兄）、李雱（方膺侄）詩，是揚州人仍與南通州人認同鄉之證。該書扉頁：『嘉慶三年儀徵阮氏小琅嬛仙館刊板，鄉人通州胡長齡題簽。』是南通州人仍與揚州人認同鄉之證。由於南通州曾屬揚州府管轄，有舊情而互認同鄉。不在揚州賣畫的南通州人李方膺，仍被列入『揚州八怪』，是可以理解的。現流行的李方膺常至揚州賣畫而列入『八怪』的説法，缺乏證據。

從中國繪畫的發展史看，『八怪』是革新的進步的畫派，促進了文人畫的發展，影響了近現代的畫風，汪鋆譏笑『八怪』『示嶄新於一時，只盛行乎百里』，事實證明他全錯了。

録自《中國書畫》二〇〇三年第九期

附録四　淩霞年表簡編

公元一八三一年　道光十一年　辛卯　一歲

淩霞，字子與，晚號病鶴，浙江歸安人。布衣。寓揚州。性孤介，不妄與人交，長於説文及金石之學。善畫梅，工詩，著有《天隱堂詩集》〔一〕。

傳記未及生卒年，據我考定，淩霞生於一八三一年，依據是他的《二農詩》二首。詩中有句：『茗農我中表，行年相與同。誕生在九月，先我旬日中。』又有：『半農吾老友，亦與同歲年。』可見他們三人出生於同一年。淩在詩中有敘：『俞茗農介臣、孫半農柯皆諸生，吾湖東郭外人。光緒丙申季秋旋里相見……年俱六十六，與余同。爲作《二農詩》。』『光緒丙申』爲一八九六年，是年三人都是六十六歲，推知他們出生於一八三一年。這是淩霞自己的説法，最爲可靠。

之前淩霞的生年在兩種出版物上有不同的説法，我引用在下面，便於讀者比較。

淩霞字子與，或作子輿，一字麈遺，號病鶴，室名天隱堂，浙江湖州歸安（今湖州吴興）人。生於道光十五年（一八三五），約卒於光緒二十二年（一八九六）後。諸生。工詩，與陸心源、楊峴、施補華、戴望等稱苕上七子。熟知明朝遺事，私淑桐城文學，與楊象濟、姚諶以文字相切磋，藏其珍本最富。通小學、金石學，工書善畫，尤喜寫梅。有《天隱堂集》《天隱堂文録》《淩霞手稿》《三高遺墨樓集》《癖好堂收藏金石小學書目》等〔二〕。

淩霞（一八二〇—一九〇三），一名瑕，字子與，號塵遺、病鶴。晚號疣琴主人、樂石野叟，室名二金梅室、三高遺墨樓、無隱樓。歸安人。曾與陸心源、姚宗誠、戴望、施補華、俞剛、王宗義諸生並稱『歸安七子』『苕上七子』。咸豐七年赴滬，後至揚州爲人司賬。『揚州八怪』名之始作俑者。有《三高遺墨樓集》、《癖好堂收藏金石書目》。淩子與卒年，《藝風堂老人日記》光緒癸卯十一月三日『撰挽淩塵遺詩』，廿一日『又發揚州刁家巷淩子與唁信並挽詩』〔三〕。

上面兩段文字中，淩霞生於道光十五年（一八三五）以及一八二〇年都是不可靠的。

友人俞介臣、孫柯出生。

俞介臣（一八三一—？），字苕農，浙江湖州人。諸生。爲淩霞的中表兄弟。長於經學。

孫柯（一八三一—？）字半農、茗柯，浙江湖州人。諸生。與苕上七子爲友，施補華在寫給費文的詩中曾將孫柯和淩霞並列，稱『哀豔文章在，篇篇似楚騷』。這説明他和淩霞的行文風格有相似之處。

公元一八三二年　道光十二年　壬辰　二歲

儀徵阮元在滇督任，著《石畫記》，陸續得十四卷。淩霞晚年在《雪景山水大理石屏跋》中曾談及他讀《石畫記》的情況。

武進湯貽汾（一七七八—一八五三）解職後居南京，與周濟同寓春水園。太平軍攻破金陵時，投池以殉，諡貞。湯氏爲凌霞終生欽佩的畫家，曾作《題湯貞愍公畫象》等作品。

公元一八三三年　道光十三年　癸巳　三歲

包世臣作《與吳熙載書》。

吳熙載（一七九九—一八七〇），原名廷颺，字熙載，後以字行，改字讓之，亦作攘之。江蘇揚州儀徵人。清代篆刻家、書法家。包世臣的入室弟子。他將皖派中的鄧派推向新的境界，對清末印壇影響很大。

公元一八三四年　道光十四年　甲午　四歲

友人陸心源出生。

陸心源（一八三四—一八九四），字剛甫、剛父，號存齋，晚號潛園老人。浙江湖州歸安（今湖州吳興）人。清末四大藏書家之一。陸心源精於金石之學，著述等身，光緒十二年（一八八六年）著有《金石録補》，光緒十八年（一八九二年）《穰梨館過眼録》成書，另輯有《皕宋樓藏印》《千甓亭古塼圖釋》等書。一九〇六年陸心源之子陸樹藩經商失敗，將大量藏書賣給日本静嘉堂文庫。

公元一八三五年　道光十五年　乙未　五歲

友人施份（後改名補華）出生。

施補華（一八三五—一八九〇），字均甫，别號峴綱、四鐵庵主，浙江湖州烏程（今湖州吴興）人。同治九年舉人。官至山東候補道員，未及任病卒。光緒二年從左宗棠西北軍西征，留佐戎幕。光緒五年出嘉峪關至阿克蘇。光緒七年入張曜幕，總理營務。著有《澤雅堂文集》《峴傭説詩》等。

友人姚湛出生。依戴望所作《清故舉人姚君行狀》。

姚諶（一八三五—一八六四），字子展，號拙民，浙江湖州歸安（今湖州吴興）人。咸豐九年（一八五六）已未舉人。喜讀古書，後轉治經史雜學，旁及諸子百家。咸豐十年（一八六〇），太平軍攻打湖城時，和施補華一起輔佐趙景賢襄辦團練，英勇抗拒。同治元年湖城被攻陷，全家死於此難，他不久也抑鬱而死，年僅三十。室名寄生齋。著有《景詹闇遺文》《湖變紀略》。

吴大澂出生。顧澐出生。

公元一八三六年　道光十六年　丙申　六歲

是年，李彦章邀吴讓之、劉文淇纂《揚州水道記》。

公元一八三七年　道光十七年　丁酉　七歲

友人戴山出生，後改名望。戴望出生時間有兩種説法，本譜依施補華説。施氏所作《戴君墓表》記『同治十二年（一八七三）二月亡友戴君卒於江寧』，又稱『君自始生以至既卒三十七年之中無一日不可哀傷惻怛』，由此可知他活了三十七歲，應是生於一八三七年。

戴望（一八三七—一八七三），原名戴山，後改名望，字子高，浙江湖州德清人。出身貧寒，四歲失怙。九歲即投師烏程程可大學《易》《書》。二十一歲師從蘇州陳奐，得聲韻訓詁之學，又從宋翔鳳學《公羊春秋》經學。同治六年（一八六七）至十一年（一八七二）受兩江總督曾國藩之聘，任金陵書局編校。校勘《穀梁傳》《毛詩》《後漢書》等。後病逝於書局。著述有《顔氏學記》十卷、《論語注》二十卷、《管子校證》二十四卷、《謫麐堂遺集》四卷。

長洲宋翔鳳（一七七六—一八六〇）攝令湘中。後宋爲戴望的經學之師。

公元一八三八年　道光十八年　戊戌　八歲

儀徵阮元自大學士致仕還。阮元對地方文化的研究對淩霞有重要影響。

公元一八三九年　道光十九年　己亥　九歲

另説友人戴望出生於是年。戴氏的《謫麐堂遺集》傳，稱戴『卒於同治十二年（一八七三），年僅三十有五』。由此觀之，戴望應生於是年。又戴望的友人趙之謙在《謫麐堂遺集》敘目中説『君（指戴望）少於余十年』，趙之謙出生於一八二九年，小十歲應該是一八三九年。因出生年代的兩説皆是友人所言，故一併附此，便於讀者研究。

畫家費丹旭還居烏程瑶階村。淩霞在後來的作品中數次提及。

費丹旭（一八〇二—一八五〇），清代畫家。字子苕，號曉樓，浙江湖州烏程（今湖州吴興)人。費丹旭以畫仕女聞名，與改琦並稱『改、費』。他筆下的仕女形象秀美，設色輕淡，別具風貌。一生爲家計所累，賣畫于江浙兩省，寓杭州最久。道咸(一八二一—一八五〇)間曾寓滬鬻畫。著有《依舊草堂遺稿》一卷。

公元一八四〇年　道光二十年　庚子　十歲

是年五月，第一次鴉片戰爭爆發，英國軍隊攻陷浙江定海。

友人任頤出生。

任頤(一八四〇—一八九六)，字伯年，清末著名畫家。浙江紹興山陰航塢山(今杭州蕭山)人。自幼隨父任聲鶴賣畫，又從伯父任熊、任薰學畫，後居上海賣畫爲生。任伯年是我國近代傑出畫家，在『四任』之中，成就最爲突出，是海上畫派中的佼佼者。其人物畫，早年從陳洪綬法出，形象夸張，富裝飾效果。其寫照技藝，高妙絶倫，曾爲虚谷、胡公壽、趙之謙、任薰等多人畫像，無不逼肖。

長洲陳奐(一七八六—一八六三)寫定所著《毛詩傳疏》三十卷。後陳爲戴望之師。

公元一八四一年　道光二十一年　辛丑　十一歲

師輩友人王素是年作《消夏圖》。

王素(一七九四—一八七七)，字小梅，江蘇揚州甘泉(今揚州江都)人。多臨揚州八怪華嵒的作品，凡人物、花鳥、走獸、蟲魚，無不入妙。篆刻效法漢印，爲畫名所掩。是晚清揚州十小的代表人物。

公元一八四二年　道光二十二年　壬寅　十二歲

友人施補華就傅讀書。

何紹基在南京跋漢《司徒殘碑》拓本，又在北京跋智永《千字文》宋拓本及歐陽詢《皇甫君碑》宋拓本。

公元一八四三年　道光二十三年，癸卯　十三歲

揚州畫家李墅（石湖）出生，後得王素、蓮溪等人指授。

公元一八四四年　道光二十四年，甲辰　十四歲

友人吴昌碩出生。

吴昌碩（一八四四—一九二七），初名俊，又名俊卿，字昌碩，又署倉石、蒼石等别號。浙江湖州孝豐（今湖州安吉）人。晚清民國時期著名國畫家、書法家、篆刻家，杭州西泠印社首任社長。與任伯年、蒲華、虚谷合稱爲『清末海派四大家』。他集詩書畫印爲一身，熔金石書畫爲一爐，在繪畫、書法、篆刻上都是旗幟性人物，在詩文、金石等方面均有很高的造詣。

友人繆荃孫出生。

繆荃孫（一八四四—一九一九），字筱珊，晚號藝風老人，江蘇常州江陰（今無錫江陰）人。繆荃孫幼承家學，十一歲修畢五經。一八七六年會試中進士，授翰林院編修。一八九四年任南京鍾山書院山長，一九〇一年任江楚編譯局總纂。一九〇七年受聘籌建江南圖書館（今南京圖書館），出任總辦。一九〇九年受聘創辦北京京師圖書館（今中國國家圖書館），任正監督。是中國近代圖書館的鼻祖。

師輩友人王素是年作《桐蔭飼鶴圖》。

公元一八四五年　道光二十五年，乙巳　十五歲

師輩友人王素是年作《紅樓夢人物》。師輩友人吴熙載作《梅花》軸。

公元一八四六年　道光二十六年，丙午　十六歲

阮元重赴鹿鳴宴，加太傅。

公元一八四七年　道光二十七年，丁未　十七歲

友人施補華以能詩名於鄉里（見凌霞《澤雅堂文集序》）。

戴熙作《邗江寄寓圖》。

公元一八四八年　道光二十八年　戊申　十八歲

友人姚湛是年始學古文（依戴望所作《行狀》）。

公元一八四九年　道光二十九年　己酉　十九歲

湯貽汾四子湯禄名（一八〇四—一八七四）於揚州作《幽篁仕女圖》。

公元一八五〇年　道光三十年　庚戌　二十歲

與戴望、施補華交遊，自敘『弱冠時與施君均甫、戴君子高游，甚相得也』。施補華《哭戴子高詩》：『始我識君時，君年十又四。』推算他們相識即在是年。又，是年施補華就讀於許希庵。

友人戴望始讀顔元作品。

公元一八五一年　咸豐元年　辛亥　二十一歲

湯禄名作《花鳥圖》十二開。

公元一八五二年　咸豐二年　壬子　二十二歲

是年，友人姚湛補縣學諸生。

友人施補華之師許希庵鄉試中舉。補華爲童子師以養母。

施補華拜訪奚疑，奚亦是淩霞的師輩友人。

奚疑（一七七三——一八五六），字子復，浙江湖州烏程（今湖州吴興）人。博雅多聞，善詩詞，精筆札，晚年戲墨，了無俗韻。有《榆樓詩稿》。（生卒年與他説不同，此依施補華『余年十八，謁奚先生于樓上，先生已八十矣』推算）。

友人趙之謙入繆承梓幕中，與胡澍經常切磋書藝。

公元一八五三年　咸豐三年　癸丑　二十三歲

友人吴讓之避亂流寓泰州，時間爲一八五三年至一八六四年。

湯貽汾（一八七八—一八五三）以抵抗太平軍死。

公元一八五四年　咸豐四年　甲寅　二十四歲

是歲爲弱冠之年的友人施補華刻『我輩豈是蓬蒿人』。此爲唐李白詩句，施氏一生確實也是酷愛唐宋詩歌，參見其詩話《峴傭説詩》。

公元一八五五年　咸豐五年　乙卯　二十五歲

友人楊峴於是年中舉人。

楊峴（一八一九—一八九六），字見山、季仇，號庸齋，晚號藐翁。祖籍江蘇常州無錫，後遷浙江湖州歸安。咸豐五年舉人，久事曾國藩、李鴻章幕府，以知府用，轉漕天津。後因揚州訊案草率，降級調用，遂閉門讀書，詩文不拘一格。有《遲鴻軒文集》《遲鴻軒詩集》《遲鴻軒詩續》。光緒二十年與吴大澂、顧麟士、陸恢結怡園畫社。

友人楊維昆（璞山）病卒。

楊維昆（一八二七—一八五五），字璞山，浙江湖州烏程（今湖州吴興）諸生，處世淡然，窮通、失得、憂樂皆不入其心。施補華稱他『儒其外而僧其中』。淩霞陪同楊維昆、施補華遊問松庵，有詩紀其事。

友人蓮溪(真然)作《華封三祝圖》。

真然(一八一七—一八八四),僧。字蓮溪,一號野航,又稱黄山樵子,江蘇揚州興化人。道光二十四年(一八四四)同歙人汪仰沾至揚州。吴幼蓮見所畫盈丈人物、仙佛,不用朽稿,落筆穩成,驚爲絶技,於是知名。中年游黄山,縱覽當地故家所藏宋元名跡,畫藝益進。六十歲後專以蘭竹應酬,遂自成面目。揚州大明寺的平山堂後有蓮溪大和尚之墓。

公元一八五六年　咸豐六年　丙辰　二十六歲

與姚諶、凌遠、戴望、鈕亮、施補華交誼甚篤。《澤雅堂文集》卷六《鈕右庭墓志銘》:『余少孤貧,無所師,居里巷間,所與遊處飲食,親厚如兄弟,有無相通,行誼文學相責難,責難之甚,至於訾謷而不惜者,常得四五人,非孔氏所謂益友者歟? 四五人者,歸安姚諶、凌遠、遠之從子瑕、德清戴望與君是已。』(《施補華集》將此内容係在咸豐七年,因是追憶性質,故提前於此。)

是年爲友人戴望、姚湛相識的準確時間。此依戴望所作《行狀》。

是年之前,是『苕上七子』在家鄉活動的主要時間。劉承幹《天隱堂文録跋》稱:(凌霞)前在里門,負盛名,與陸存齋(心源)、施均甫(補華)、戴子高(望)、姚拙民(諶)、俞勁叔(剛)、王竹里(承羲),時人目爲七子。

俞剛,又名竹,字勁叔,浙江湖州歸安(今湖州吴興)人。家貧,讀書好古,詩作有神韻,凌霞將他比作清初詩人王士禛，稱他『絶世風神似阮亭』。所著有《大雷山房詩集》《蒼筤館文集》。

王承羲（一八二六—一八六五年），字竹侶、一字定伯，浙江湖州烏程（今湖州吴興）人，府學廩生。家境原本富實，後戰亂而貧。有文才，與同輩結爲茗社，相講習，爲駢體文及詩詞，工麗中法度。施補華稱他是『茗社之長』，他是茗上七子中最年長者。

公元一八五七年　咸豐七年　丁巳　二十七歲

是年下半年始，友人戴望刻苦讀經，《謫麐堂遺集》記載：『丁巳後得從陳方正（奐）、宋大令（翔鳳）二先生游，始治西漢儒説。』

秋，爲謀生到上海，友人陸心源爲作《送淩子與之上海序》，文中稱淩是『爲饑所驅』，這透露了淩霞其時的生活狀況。

秋，友人包虎臣贈冬心體書法，内容是：『丞相招祖約夜語至曉。明旦有客，公頭鬢未理，客曰：公昨如是似失眠。公曰：昨與士少語，遂使人忘疲。』此内容選自《世説新語》，包氏乃有感而發。

包虎臣，字子莊，浙江湖州歸安（今湖州吴興）人，諸生。著名藏書家、書畫家。家多藏宋元名跡。篆隸宗鄧石如，學金冬心，極爲神似。亦善治印。兼寫山水，胸有卷軸，筆無俗塵。有題畫詩一卷。其姬人陳淑真（貞蓮）女史亦善畫，花卉尤佳。

公元一八五八年　咸豐八年　戊午　二十八歲

友人施補華有詩《贈費文文子》，其中寫到凌霞有云：『孫生柯，半農殊灑落，凌子瑕，子與亦孤高。』

公元一八五九年　咸豐九年　己未　二十九歲

向好友戴望出示自己收藏的古琴，此古琴爲明代遺民珍藏。戴望爲作《記明地山人琴》。約是年，作《夢隱歌爲戴處士山》，這是詩集中第一首作品，此前的作品不存。

與從父凌遠合題《聯句題周山人農墨梅册》。

周農（一七六三—一八一四）[四]，浙江湖州烏程（今湖州吴興）人，字七橋，號西疇。布衣。隨身一鐵瓢，一鐵笛，自署鐵瓢道人。性孤介，終身不娶。善詩畫。畫梅奇逸，涉筆自喜曰：冬心先生惜未見此。詩極幽峭，如坐修篁間，風生月出，聞寒泉淙淙。與奚疑友善。

友人姚湛是年中舉人。

公元一八六〇年　咸豐十年，庚申　三十歲

二月，太平軍攻湖州，退走。友人施補華『爲賊掠至孝豐，暮夜脱走』。

冬，由上海回湖州，其時烽煙正盛，塗中於小店購得黄易對聯『煙雲供養静；花鳥友于多』，署名是黄大易。此聯有人看假，凌霞判斷爲黄氏二十餘歲之少作，故以低價購之。

公元一八六一年　咸豐十一年　辛酉　三十一歲

是年，由湖州返滬，與勞權（字巽卿）相遇滬上。

爲友人俞竹《題秋江送别圖》詩四首。詩中有『舊雨懷人已四年』句，此四年乃是從咸豐七年淩霞離開湖州到上海的時間，由此可見作此詩時淩霞在上海。

是年冬，太平軍圍攻湖州城。淩霞回憶『咸豐十一年冬，髮逆圍郡城』。

是年，友人戴望因貧入閩，希望能得到親戚的資助。戴望稱『杭州再陷，時城中積穀少』。

友人趙之謙避亂於浙江永嘉等地，結識江湜，開始撰寫《章安雜説》。

公元一八六二年　同治元年　壬戌　三十二歲

五月，湖州城破。淩霞記：五月三日城陷，鬻菜爲生的施老三自沉，有鄉人救之而不肯起。見其後來補作之《書賣菜傭施老三事》。

是年，師輩友人陳長孺卒。

陳長孺（一八一一—一八六二），浙江湖州歸安（今湖州吴興）人，字稚君。府學拔貢生。他曾居住京師十餘年，讀書求友。收藏金石書畫甚富，熟悉湖州掌故，對清初以來諸老遺文軼事，記之甚詳。奚疑將他和博學的楊鳳苞、嚴元照相提並論，説六十年中，見此三人。著作有《偕隱堂詩文集》《畫谿漁父詞》。

是年，作《懷人詩》十八首，大都懷念早歲在湖州相知的師友。他們是施份、戴望、姚諶、王承羲、俞竹（剛）、徐溥、費文、淩昌封、潘周尊、陳長孺、周思誠、奚疑、崔書黼、吴廷燮、吴鳴鏘、丁白、丁彦臣、端木百禄。

徐溥，字時泉、孟博，當咸豐二年（一八五二）李僡任山東巡撫時，徐溥入其幕，很得賞識。癸丑（一八五三）秋，太平軍攻江寧，李僡遣精兵馳援，又扼隘防守，徐溥不僅出謀劃策，在糧絶之時，拿出自己的錢接濟兵士。他是淩霞欽佩的人，淩曾作《戎馬書生歌》贊之。

費文，字文子、竹樵，是淩霞和施補華少年時的重要文友。淩稱他爲『城東三君子』之一，另兩位是孫柯、姜敦詩。淩詩有『沈郎腰瘦』語，以南朝文士沈約比費文。費文曾隻身千里到宣城，尋訪李白遺蹤。施補華贈費文的詩，特别寫到淩霞和孫柯，説明他們志趣相同。

淩昌封，字桐莊，號歐亭山人，浙江湖州烏程（今湖州吴興）人。少從石渠學寫真，未幾即作遠遊。虚懷好學，見佳本輒臨摹不倦。人物、仕女皆臻神品。兼工山水、花鳥，亦超逸有致。

周思誠（一八一七——一八六二），字一庵，浙江湖州烏程（今湖州吴興）布衣。爲文章，辭義卓然。被邑人聘授童子句讀。隨隱居的費陽熙學，治宋儒之學。太平軍攻城，父母不肯離去，遂留守，後被掠去，不知所終。著作有《下學指南》，另編《尚友編》未完。

崔書黼，字仲綸，江蘇常州荊溪（今無錫宜興）人，副貢生，以善書稱。和淩霞、戴望以詩相唱和。著有《東坡書院志略》等。爲淩霞的師輩友人。

吴廷燮，字彦宣，浙江嘉興海鹽人。諸生。有《小梅花館詩集》。爲淩霞的師輩友人。

吴鳴鏘，字鑄生，號琛堂，晚號復丁翁。江蘇蘇州吴江人，道光歲貢生。工詩古文，兼工書。著有《睫巢詩文集》。爲淩霞的師輩友人。

丁白（一八二一—一八九〇），字芮樸，號寶書，浙江湖州歸安（今湖州吴興）人。著名藏書家，一生以布衣終。精於目録之學，收藏圖書名譽鄉里，宋元舊籍、手鈔本、明清初刻本多在插架之中，曾手鈔書達萬卷。目録學著述有《古書刊槧聞見録》八卷，於版本源流考録甚富。

丁彦臣（一八二九—一八七三），字筱農。浙江湖州歸安（今湖州吴興）人，年三十，投山東軍，督軍糧有功。同治年間，河決鄆城，復從築堤，以功敘道員銜。官終署山東督糧道。

端木百禄（一八二四—一八六〇），浙江處州青田（今麗水青田）人，字叔總，一字小鶴。道光二十九年拔貢，候選直隸州州判。好爲詩，喜金石文字。晚年流寓瑞安，以賣畫終。有《石門山房詩鈔》。

是年，友人戴望從福建親戚處返回湖州。

友人趙之謙與魏錫曾定交於福建。

公元一八六三年　同治二年　癸亥　三十三歲

是年，友人戴望又前往福建，寄詩淩霞等文友，作《重遊閩中留別勞權淩瑕諸子二首》。淩霞作《寄子高處士閩中》。

勞權（一八一七—？）字巽卿，一字平甫，別署雙聲閣主人、飲香詞隱等。浙江杭州仁和人。清代藏書家、校勘家。與弟勞格專攻群經諸史，有『二勞』之稱。繼承父親所藏遺書，廣貯經籍。勞氏兄弟精於校勘，所校《元和姓纂》《大唐郊祀録》《北堂書鈔》《蔡中郎集》《文苑英華》及唐宋各家文集數種，均有補遺附録，引證廣博而且精深，世稱善本。

公元一八六四年　同治三年　甲子　三十四歲

七月，清軍克復湖州。

是年，友人姚湛卒於蘇州，有詩《哀姚拙民孝廉》。戴望作《行狀》云：『慮與君交垂十年，雖所學不同，而服君博聞强記，可繼鄉先生諸公之後。君死，而吾黨亦孤矣。』後凌霞曾作《景詹闇遺文後敘》。

公元一八六五年　同治四年　乙丑　三十五歲

友人袁振蟾是年改名昶，字重黎。

袁昶（一八四六—一九〇〇），原名振蟾，字爽秋，一字重黎，號漸西村人。浙江嚴州桐廬（今杭州桐廬）人。光緒二年進士，歷户部主事、總理衙門章京，後任江寧布政使、光禄寺卿，官至太常寺卿。光緒二十六年被殺，與吏部侍郎許景澄、兵部尚書徐用儀和内閣學士聯元等稱『庚子五大臣』，平反後謚曰忠節。有《漸西村人初集》《安般簃詩續鈔》。

友人王承羲去世。

公元一八六六年　同治五年　丙寅　三十六歲

友人吴熙載作行書録包世臣論書手卷。

羅振玉（一八六六—一九四〇）生。羅後爲淩霞《癖好堂收藏金石書目》題署。

公元一八六七年　同治六年　丁卯　三十七歲

是年，回鄉向友人徵集已故姚湛的詩文，擬編集。施補華稱：『及子展既殁四年，淩君子與謀刻其文。』淩霞《庚辰冬旋里月餘歸途得小詩八首》有云：『十四年來夢，方爲故里行。』庚辰（一八八〇）年距此次回鄉，相距十四年。

是年，友人施補華到杭州校書。

友人傅以禮〔五〕以精刻金石書籍相贈。

傅以禮，原名以豫，字節子，後以字行。曾與魏錫曾同官福建，魏介紹他與淩霞相識。亦交好於趙之謙。趙氏爲節子刻印多達十七方，並作書畫精品多幀。傅喜金石，尤好集印，亦能治印，拓款精絶。其子傅子式曾請淩霞爲父遺作做序。

王素摹張風《鬱林太守圖》。

公元一八六八年　同治七年　戊辰　三十八歲

是年，友人施補華仍在杭州校書，有《送張鳴珂公束入都》。張亦是淩霞的友人。

約是年作《爲金吉石爾珍畫梅》。

金爾珍（一八四〇——一九一九），字吉石，號蘇庵、少芝，别署梅花草堂，回族，浙江嘉興人。擅長書畫，兼通金石，與吴昌碩、任伯年等金蘭結拜，人稱少芝四弟。積極參與杭州西泠印社和上海豫園書畫善會的組建，並爲豫園書畫善會題寫『題襟館』大匾，筆力遒勁豪宕，豁達端莊，觀者無不嘆服。金爾珍國畫側重山水，尤喜梅花。所畫梅秀挺嫵媚，清雅雋永。

公元一八六九年　同治八年　己巳　三十九歲

是年，友人戴望懷念凌霞，作《一鶴寄凌瑕》。

友人包虎臣作手書楹帖，孫包纘甫曾請凌霞作跋。

約於是年作《續懷人詩》，所懷友人爲：汪曰楨、葉廷琯、金德鑒、勞權、吴釗森、陳綱、包虎臣、胡公壽、蔣確、金嘉穗、蔣節、周閑。

汪曰楨（一八一三——一八八一），字仲雍，一字剛木，號謝城，浙江湖州烏程（今湖州吴興）人。清代史學家、詩人、數學家。咸豐四年（一八五四）舉人，官會稽教諭。精史學，兼通數學、天文、曆法。編纂成《二十四史日月考》，並附《古今推步諸術考》《甲子紀元表》。諳熟鄉土歷史，曾修撰《烏程縣志》《南潯鎮志》等志書。

葉廷琯（一七九二——一八六九），字愛棠、調生，號蜕翁，江蘇蘇州吴縣人。廩貢生，候選訓導。一生潛心於學問。工鐵筆，蒼勁可愛。晚避兵居上海。所作詩頗能反映社會現實，爲時傳誦。有《吹網録》《鷗陂漁話》《楙花庵詩》等。

金德鑒（一八一〇—一八八九），字保三，江蘇蘇州元和人。流寓上海。精研醫經，懸壺滬北。同治年間得《焦氏喉科枕秘》一書，見其針藥並施，癥圖並茂，乃爲之編訂，並予刊印。又增删刊刻華嶽《急救霍亂方》。

吴釗森，字良模，號曉鉦，江蘇蘇州震澤（今蘇州吴江）人。好讀書，目識手鈔，日夜不休。長於詩律，辭鋒敏捷。精醫術，著有《活人一術》《獨弦録》《蓬心草》。凌霞稱他收集遺民詩文稿甚多。

陳綱，字嗜梅，浙江湖州人。花卉學陳道復，後經劉德六指授，更臻妙境。作墨梅亦饒逸趣。

金嘉穗，字邠懷。凌霞將他比喻爲元代的吾邱衍，善文字、音韻、訓詁，長於詩。曾遊歷日本，爲佐藤牧山的《牧山樓文鈔》作評點。與過雲樓主顧文彬之三子顧承友善，顧承是鑒賞大家，他編的相關書籍多得好友金嘉穗的幫助。

蔣節（一八四四—一八八〇），字幼節，江蘇松江上海人。諸生。有《閒偍齋詩集》。

周閒（一八二〇—一八七五），字存伯、小園，號范湖居士。浙江嘉興秀水人。性簡傲，罷官後，賣畫爲活。其畫濃密，似宋人。工摹印。著《范湖草堂遺稿》。

是年或次年到揚州，作《邗江寓齋寄胡公壽疊用寄叔堅韻》詩。

胡公壽（一八二三—一八八六），江蘇松江華亭（今上海松江）人。初名遠，字公壽，號瘦鶴，後以字行，寓上海。工畫山水、蘭竹、花卉，萃古今諸家之妙，成一大家。書法出入於顔平原、李北海間，獨具體勢。爲海上畫派代表畫家之一。

蔣確（一八三八—一八七九），字叔堅，號石鶴，江蘇松江華亭（今上海松江）人。諸生。以畫梅擅長，兼工鐵筆。作山水花卉用焦墨鉤勒，再以濕筆渲染，高潔天然。

公元一八七〇年　同治九年　庚午　四十歲

是年，友人戴望到揚州訪凌霞，有詩《揚州逢凌瑕》，首句即云：『幽憂不可釋，獨向維揚遊。』

四月，凌霞的友人袁昶、戴子高相遇，《袁昶日記》載：『以經術事問之，言言質實，可敬之至。』

八月，友人施補華中庚午鄉試舉人。

十一月，友人施補華到揚州訪凌霞，有詩《連日住廣陵與鶴秋子與輩宴飲》。

友人吴熙載（一七九九—一八七〇）卒。

公元一八七一年　同治十年　辛未　四十一歲

仲春，從揚州往江西南昌，作《自維揚至豫章小詩十二首》。

友人施補華塗經揚州、鎮江等地，曾到揚州訪凌霞未遇，有詩《舟過揚州思訪子與不果至京口卻寄》。

九月，友人鈕右庭病卒於杭州。

鈕亮（一八三七—一八七二），字右庭，浙江湖州烏程（今湖州吴興）諸生。與施補華、姚諶、凌霞、戴望相友善。閉户治經，講求聲音詁訓，於《易經》研究尤爲精深。同治元年太平軍陷湖州，其妻子俱死，無所依，便住在施補華家，由於身處亂世，才華未能發揮。

十一月，友人施補華作詩《冬夜有懷子與揚州子高金陵》。

是年，友人汪鋆參與《續纂揚州府志》的編纂。

汪鋆（一八一六—一八八六），字研山，號十二硯齋。祖籍安徽徽州歙縣，生於揚州，入儀徵籍。諸生。咸豐時避太平軍，遷居泰州，與吴文錫、徐震甲、康發祥等交好，受知於兩淮鹽運使喬松年。太平天國事敗，回揚州，同治十年，參予方濬儀《續纂揚州府志》的編纂。雅好金石，善畫，有《十二硯齋詩録文録》，編有《揚州畫苑録》《清湘老人題記》，並作《揚州風物圖》等。

公元一八七二年　同治十一年　壬申　四十二歲

是年，友人施補華遊會稽。後又游上海，訪劉熙載。劉熙載也是袁昶之師。

七月，作梅花圖，署『壬申七月，凌霞』，印爲『病鶴』。友人戴望的詩中均用『凌瑕』，此畫署『凌霞』，説明至遲是年已經用『霞』字，或『瑕』『霞』並用。

是年，因思念戴望而作畫相贈，有詩《寫隔水疎梅便面寄子高處士於金陵》。

公元一八七三年　同治十二年　癸酉　四十三歲

二月，友人戴子高病卒於江寧書局。七月，其柩歸湖州。

何紹基（一七九九—一八七三）卒。

友人汪鋆作《綠陰庵圖》，並請二十余位名士題詩。

公元一八七四年　同治十三年　甲戌　四十四歲

凌霞友人袁昶日記敘：『賤子丁卯夏更名昶，字重黎者何？蓋欲以昌黎公尊先德，以符郎自況，而重爲先德之續也，安敢辭金根車之誚乎？』

友人虛谷作《牡丹圖》。

虛谷（一八二三—一八九六），俗姓朱，名懷仁，僧名虛白，字虛谷，別號紫陽山民、倦鶴，清代著名畫家，海上四大家之一。原籍安徽徽州歙縣，居江蘇揚州。初任清軍參將與太平軍作戰，後出家爲僧。工山水、花卉、動物、禽鳥，尤長於畫松鼠及金魚。亦擅寫真，工隸書。

公元一八七五年　光緒元年　乙亥　四十五歲

冬，手書林昌彝的《海天琴思録》給揚州劉壽曾。

劉壽曾（一八三八—一八八二），字恭甫，一字芝雲，江蘇揚州儀徵人，劉文淇之孫，劉毓崧之子。同治三年、光緒二年兩中副榜。後以遊幕校書爲主。繼其父劉毓崧主持曾國藩金陵書局，校刊出版書籍。繼將祖父劉文淇《春秋左氏傳舊注疏證》續至襄公五年，著有《春秋五十凡例表》《臨川答問》《昏禮重別論對駁義》。另有《傳雅堂集》等。

汪鋆著《十二硯齋金石過眼録》。

公元一八七六年　光緒二年　丙子　四十六歲

寫信給友人施補華並寄姚諶的詩文集，施有詩《喜得淩子與揚州書》。參閲施文《書姚子展遺文後》。

六月，友人袁昶談讀戴望文集的感想，稱：『閲亡友子高文集卒業。子高之學，宗法劉申受，又取徑於博野顔氏蠡，李氏文，亦潔靚。』（《袁昶日記》二三〇頁）。劉申受指清代經學家劉逢禄，博野顔氏指顔元。袁昶和苕上七子中多人相知甚深，故録其見解。

公元一八七七年　光緒三年　丁丑　四十七歲

手書自作詩四首給揚州劉壽曾。四首詩分別是《題國色國香册》《方小東刺史朔以姬人桐花閣内史李實畫松寄贈報謝二首》《題葉小鸞畫像》《聞石鶴與胡鐵梅璋同僦居滬上小樓偶書二十八字寄之》。

方朔（一八一七—？）字小東，安徽安慶懷寧人，官江蘇候補同知。早年業師於杭州沈眉生，博覽群書，遍游湖北江浙。築室於金陵，名其室爲枕經堂。好金石，工篆隸。與梅曾亮、朱琦、戴鈞衡等以文學相切磋。又能作細書，五寸之硯，一尺之箋，皆可縮寫千餘字漢碑一通。

五月，與袁昶談論經學。據袁昶追憶，塵遺言：『會稽趙某，罵鍾先生《穀梁》之學，以爲村學究語。趙某之自稱漢學者，果何等耶？今人不務清静斂退求學，而但以罵詈角勝，徒見其筆舌可畏，爲君子所薄，而亦爲小人所忌。小有才藝，亦可必爾。』（《袁昶日記》二七一頁）這段記載中的『會稽趙某』似指趙之謙，同時代人中，趙曾潛心經學，並撰《國朝漢學師承續記》，袁昶才會就此作出評論。『鍾先生』指鍾文烝（一八一八—一八七七），浙江嘉善人。曾撰《春秋穀梁經傳補注》，此書用功甚勤，時至今日，仍在出版，其價值不可否定，也説明當年凌霞的看法是正確的。

又，凌霞與袁昶共同觀賞湯貽汾父女的畫。據《袁昶日記》載：『觀湯貞愍公貽汾七十五歲時作畫柏，空心斷節，槎牙起伏，真有所謂白摧朽虎、黑入陰雷者。時爲咸豐壬子，次年癸丑，即公正命之歲，其忠義之氣，非偶然也。女公子碧春亦同殉難。麈遺出其所作《美人觀書真》，觀之，亦雅潔。』（《袁昶日記》二七二頁）

九月，與袁昶共同觀賞王素的畫作。據《袁昶日記》載：『麈遺處觀王素山水畫册，中一册作兩僧荷擔參方，履石渡水勢。一叉手揚眉，仰捫峭壁；一握拳瞑目，立而熊伸。』（《袁昶日記》三〇一頁）

公元一八七八年　光緒四年　戊寅　四十八歲

五月，請袁昶幫助覓書。據《袁昶日記》載：『麈遺囑檢《連筠簃叢書》目，此書寶名齋有，索值十六兩，其目録左：《韻補》五卷、《橢圓術》一卷、《元朝秘史》十五卷、《鏡鏡詅癡》五卷、

《唐兩京城坊考》五卷、《癸巳存稿》十五卷、《西遊記》二卷、《群書治要》五十卷、《漢石例》六卷、《湖北金石詩》一卷、《勾股截積算術》二卷、《落帆樓文稿》四卷。十二種一百一十一卷。』（《袁昶日記》三二一四頁）

是年，高邕請題《錢叔蓋印譜》。錢叔蓋即錢松，西泠八家之一。

高邕（一八五〇—一九二一），字邕之，號李盦，浙江杭州仁和人，寓居上海。近代書畫家、鑒藏家。工書，好李邕法。宣統元年（一九〇九）在上海豫園與錢慧安、蒲華、吴昌碩、王震等創立邑廟豫園書畫善會，被推爲會長。該會在所得潤資中提取款項，用於賑災濟貧。辛亥革命後，賣字爲生，有《泰山殘石樓藏畫集》行世。

公元一八七九年　光緒五年　己卯　四十九歲

二月，友人施補華出嘉峪關，循天山而南，投張曜戎幕。

是年或次年，作《再續懷人詩》，所懷友人是：楊鐸、吴熙載、王素、方朔、李祖望、李匡濟、胡寅、魏錫曾、趙之謙、劉壽曾、高行篤、張維嘉、胡培系、董燿、潘鍾瑞、邱心坦、顧澐、蓮溪。

楊鐸，字石卿，自署石道人，河南光州商城人。爲淩霞的師輩友人。道光二年（一八二二）舉人。任江蘇蘇州震澤縣令。工詩，擅寫意花卉。晚居金陵。生平嗜金石之學，天資穎異，少即各地尋碑訪碣，所藏金石文獻甚富。存世有他和戴望等同爲塼拓作的題跋。著有《三十樹梅花書屋詩草》《金石志》等。

李祖望（一八一四—一八八一），一説生於一八一〇年，卒於一八七七年，字賓嵎，江蘇揚州江都人。增貢生。幼穎悟，稍長，從梅植之學。邃於經史、金石、小學，工畫山水。著有《小學類編》，風行海内。又有《説文重文考》《唐石經箋異》《江蘇碑目紀略》。

李匡濟，字小淮，河南南陽唐縣人（一説江蘇揚州甘泉人）。優貢，官魯山訓導。有《充雅小草》。凌霞説他做過小官，其繪畫自成一家。論者將他列爲太平天國時期的著名畫師。

胡寅，字覺之，安徽徽州歙縣人（一説安徽安慶桐城人），客居上海。胡璋父。工畫走獸。游吴門寓獅子林寺，爲寺僧畫獅象巨幅，形神酷肖而筆仍雅飭。至於山水、人物、花卉、魚鳥，無所不能。與嘉興張鳴珂善，曾與二十人結修梅閣書畫社。與徐東園等友善。作於庚午（一八七〇）年的『一覽衆山小』堪稱其晚年代表作。

張維嘉，字潁仲，號孚吉，浙江杭州人。工八法，得唐人三昧。晚嗜漢隸，徧摹碑版，别有逸趣。他於同治甲戌（一八七四）節臨的唐碣和胡璋的畫同贈昆華，可以推知他的大致創作時間。

胡培系（一八二三—一八八八），字子繼，號塢霞，安徽徽州績溪人。少時受業於父，後入徽州府紫陽書院。時族人胡培翬以樸學倡海内，培系沐其風教，與里人學者程秉釗交厚，學業益進。以歲貢生授寧國府教諭。著有《儀禮宫室提綱》《小檀室筆談》《教士爾言》《十年讀書室文存詩存》，輯有《績溪金紫胡氏家藏録》《績溪金紫胡氏書目》。

董燿（一八〇〇—一八八三），字枯匏，號小農，浙江嘉興秀水人。畫家，他幼小時稟賦聰慧，過目成誦。平生寄情書畫，刻有『陶詩歐字倪黄畫』的閒章，足見其高懷逸致。他善山水，畫在麓臺、石谷之間，兼有元人蒼茫之氣。尤妙平遠山水，枯淡有神。

邱心坦（一八四〇—一九〇三），字履平。江蘇海州（今江蘇連雲港）人。曾國藩任兩江總督時，邱被徵入曾幕，並以軍功提升至副將，後離去。曾出任直隸天津静海縣令。到任後，以民爲本，興利除弊，甚得民衆擁戴。晚年寓情於歌詠，名其詩集曰《歸來軒集》。

顧澐（一八三五—一八九六），字若波，號壺翁，以字行。江蘇蘇州吴縣人。吴門山水名家。其仿古稱能，水墨丹青，小幀巨幅，皆得四家遺意。其山水清麗疏古，氣韻秀出，間作花卉、人物，近於華新羅。光緒十四年（一八八八）遊日本，遍覽東京諸勝，所畫一樹一石皆備受贊賞。長期鬻畫滬上。出版有《顧若波山水集册》。

公元一八八〇年　光緒六年　庚辰　五十歲

是年，爲父親窀穸之事回家鄉月餘時間。

是年，在家鄉訪友人包虎臣、孫柯，並作《次孫半農柯贈别詩元韻》。故鄉友人來看望淩霞，高翔（字叔壽）贈送明代益王琴。陸心源（字存齋）贈送甘露斷甎。

友人施補華賦《塞外懷浙中故人》三十首，第一首即寫淩霞，並加小注：『淩子與處士霞，客揚州十餘年未歸也。』此時距施同治九年（一八七〇）到揚州訪淩霞，已經過去了十年。

是年秋，魏錫曾將張叔未《清儀閣題跋》寄淩霞，後又通信談及自己身體欠佳。

公元一八八一年　光緒七年　辛巳　五十一歲

是年，施補華撰《峴傭説詩》，這是清詩話中的一部名著。

是年，蓮溪作《觀梅讀書圖》。虚谷作雜畫圖册。

是年，友人魏錫曾卒。

魏錫曾（一八二八—一八八一），字稼孫，浙江杭州仁和人。貢生。官福建鹽使。嗜金石拓本，節衣縮食，購墨本甚富。在官事簡，常以筆硯爲事。有《績語堂碑録》《績語堂詩文集》《書學緒聞》。

公元一八八二年　光緒八年　壬午　五十二歲

秋，閲讀《海東金石苑》，並在鈔本扉頁上題記：『内兄張少蘭太史自都中寄贈此册，蓋向渠同年鮑印亭借得刻本傳鈔，並爲校正誤字，緣鮑處僅存一本，未能乞取。印亭即子年太守子也。光緒八年秋日麈遺手記。』（參閲張廷銀《繆荃孫致淩霞函札釋讀》）。

是年，友人施補華賦五古長篇《寄淩子與揚州》。

友人陸心源輯歷代名人書跡成《穰梨館歷代名人法書》。

友人劉壽曾（一八三八—一八八二）卒。

公元一八八三年　光緒九年　癸未　五十三歲

爲友人汪鋆輯《清湘老人題記》作跋，跋中稱此書爲石濤《畫語録》之外的『零篇斷句，今得十二硯齋主人苦心蒐録，居然成此一種，良可喜也』。

七月，作《七月廿二日臥病澄江鹾局時風潮突至床下皆水匝月病瘳感成此作》。稍後作《澄江雜詠》。淩霞的『澄江鹾局』是指在江陰爲鹽務司賬，次年潘鍾瑞説他由江陰到蘇州可證。

公元一八八四年　光緒十年　甲申　五十四歲

正月廿八日，吴昌碩陪同淩霞一起看望畫家潘鍾瑞，這是淩、潘首次相見，後一起逛古玩鋪。《潘鍾瑞日記》載淩霞是從江陰到蘇州。次日，潘將古塤拓本請淩、吴題識。

九月，再到蘇州。與吴昌碩、潘鍾瑞、金溁敘。作詩《小住吴中與潘瘦羊吴苦鐵金冷香連日聚首甚樂或謂子號病鶴與瘦羊正可作對偶有所觸而成是詩》。

金溁（一八四一——一九〇九），字心蘭，號冷香，又號瞎牛，自署冷香館主人，江蘇蘇州長洲人。工山水，私淑『小四王』之一王宸。並擅長花卉，畫梅尤其特長。晚年病，失視復明，墨法精湛。有《金瞎牛詩集》。金與顧子山、吴俊卿、顧若波、胡三橋、倪墨耕、吴秋農等並稱『怡園七子』。

友人趙之謙（一八二九——）卒於江西南城官舍。

趙之謙（一八二九—一八八四），字撝叔，號悲庵、梅庵、無悶等。清代著名書畫家、篆刻家。趙之謙從青年時代起，即刻苦致力於經學、文字訓詁和金石考據之學，取得了相當成就。他善於向前人和同時代各派名家學習，巧妙地將書法、篆刻和繪畫藝術融會貫通。他的篆刻成就巨大，對後世影響深遠。著作收入《趙之謙集》。

公元一八八五年　光緒十一年　乙酉　五十五歲

是年在揚州。正月初，致信友人袁昶，談及共同的友人高行篤（叔犀）。據《袁昶日記》載：『得淩子與手札，述叔遲（淩霞詩文中寫作『叔犀』，二者皆可）病狀，復代叔遲寓書於予，與予訣別，以弱子相托。省覽其書，署臘月十二日。屈指迄今已二十餘日，不知存亡，爲之墮淚。夜作答子與書，托以叔遲後事，並寓書高宅。』（《袁昶日記》六一一頁）

高行篤（？—一八八五），字叔犀，浙江嘉興秀水人。父均儒。通漢學，尤深於《説文》，後入淮南書局校讎群籍二十年。愛好收藏，精篆籀，曾以西泠六家印拓贈淩霞。他去世後，淩霞曾接濟其家人。

九月底，寄函潘鍾瑞，並贈題跋的造像拓本。

十一月初二，由杭州抵蘇州。與友人吴昌碩、潘鍾瑞會晤。次日贈吴、潘兩人趙之謙的《悲庵居士詩賸》各一册，並爲吴昌碩題盂鼎拓本，所記時間爲『光緒十一年歲次乙酉冬十一月上旬，自邗上返里，道出吴門，記於舟次。淩瑕』。淩所題原文據潘鍾瑞稱有六百多字。

同月初四，爲潘鍾瑞題僧裝小像，潘作詩相贈。初六，又寫對聯相贈。初七，與吴昌碩、潘鍾瑞相晤，題《貞烈編》一詩付潘，並出示爲吴書的對聯。十一日，爲潘題《天慶觀柱拓本》跋。

友人汪鋆《揚州畫苑録》刊行。

公元一八八六年　光緒十二年　丙戌　五十六歲

嘉興友人張鳴珂到蕪湖訪淩霞，淩霞爲其題詩。其詩詩集中失收，詳見《寒松閣談藝瑣録》。

張鳴珂（一八二九—一九〇八），字公束，號玉珊，晚號寒松老人，浙江嘉興人。咸豐辛酉（一八六一）拔貢，官江西饒州德興知縣，南昌義寧州知州。工詩詞，擅書法。著有《説文佚字考》《疑年賡録》《寒松閣詩集》《寒松閣談藝瑣録》等。

是年，友人汪鋆（字研山）在揚州去世，年七十一。汪的去世時間，缺少準確記載，張丙炎的一則題跋可以作爲參照。内容是：『此吴讓之先生爲汪君研山所作也。研山跋語在乙酉（一八八五）春日，明年研山下世，得年七十有一。踰年予向其嗣君春浦索得此册，時一臨橅，相去遠甚，而予亦六十有五矣。老大無成，同一致慨。戊子初秋遂翁張丙炎識。』由此跋推之，汪鋆生於一八一六年。

六月稍前，淩霞臂膀摔傷。曾與友人袁昶談論蘇州東山莫釐峰勝境，與袁相約希望晚年居住於此。據《袁昶日記》載：『嚴子猷，洞庭東山人，與言莫釐風景，云以西山爲勝。予友人

凌塵遺嘗有卜築終焉之意，並欲招予也。』（《袁昶日記》六五九頁）

公元一八八七年　光緒十三年　丁亥　五十七歲

爲吴昌碩題《蕪園圖》。（《吴昌碩年譜長編》）

閏四月，爲吴昌碩一八八六年所作精品《荷花斗笠圖》題詩：『筆底無端怒作花，胸中奇氣自□身。畫禪大多參三（絶）昧，苦鐵何妨比苦瓜。丁亥閏四月，琴霞題於滬上。』（《吴昌碩年譜長編》）一九一九年，凌霞已去世多年，吴昌碩展畫重觀，又再題：『此予十年前所作，畫雖墨色不鮮，卻無惹筆，若再爲之，恐金石氣未能如是。己未元宵，苦鐵。』

四月，爲友人趙之謙《六朝别字記》作序。

七月，致書友人袁昶，並告知已任編校於上海鴻文書局。據《袁昶日記》載：『得淩子與書，近居海上，爲書估編校。予以爲勝於作淄清節度幕下掌書記也。傭書自食，可通眾流，王仲任不是過也。君去年因跌折臂，遂不復遠遊，自此得長爲全人矣。亡友叔㣤家，蒙君時時致薄少，又甚可感也。』（《袁昶日記》六八六頁）

是年中秋後爲吴昌碩《棕蔭納涼圖》（任伯年繪）題詩，詩後曰：『光緒丁亥中秋後四日，爲倉石老兄命題，即博一笑，弟淩瑕。』（詩集與《吴昌碩年譜長編》不同，標題爲『題昌碩解衣獨坐小影』。）

十二月，致信潘鍾瑞，托他覓《説文古籀補》。數日後又再發一信詢問書的事。

公元一八八八年　光緒十四年　戊子　五十八歲

二月，寄信給潘鍾瑞，並贈送拓本。潘記『皆宋時物』。潘回復，日記中載：『寄上海淩子與書，附倉石一緘，並求刻印石與虎阜塔塼拓本，淩與吴各四紙。』

爲瘦鶴詞人的《滬游筆記》作跋。書於是年由詠哦齋出版，書名改爲《游滬筆記》，慈谿袁小盦題簽。

鄒弢（一八五〇—一九三一），字翰飛，號瘦鶴詞人、瀟湘館侍者，江蘇常州無錫人。幼年作客，歷館姑蘇，後居滬上亦甚久。曾任《蘇報》主編。作品有《斷腸碑》《游滬筆記》《澆愁集》等。

七月，致函潘鍾瑞，托他向吴大澂覓書。《潘鍾瑞日記》七月二十四日載：『得淩子與上海信，以蔣生沐《東湖叢記》一部、《沈鶴子集》、《天發神讖碑》小對一副，札中欲托余向吴窓齋中丞乞《説文古籀補》一書。窓齋歸里甚忙，未便往見，此事不能報命。』

八月二十三日，與著名出版家繆荃孫會晤於上海鴻文書局，這是他們相識之始。繆荃孫在日記中載：『又往鴻文書局，晤淩塵遺先生瑕，耳其名久矣。善氣迎人，議論亦和易近情，不爲詭激以釣名者。又偕塵遺飲於聚豐園。』（以下未標注出處的均見《繆荃孫全集·日記》。）

八月二十四日，繆荃孫贈淩霞《石柱頌》、楊刻《續千字文》。日記載：『又約至聚豐園晚飯，同席沈子誠、錢昕伯、淩塵遺、朱櫰卿諸人。』

錢昕伯（一八三二—？），名徵，別署霧裏看花客。浙江湖州人。早年考中秀才，善詩文，才思敏捷。清同治七年（一八六八年）與王韜長女苕仙在上海結婚。同治十一年（一八七二年）《申報》創刊時，曾被派赴香港考察報業。同治十三年（一八七四年）回滬後，接替蔣芷湘任《申報》總編纂，主持《申報》編輯部『尊聞閣』二十餘年。光緒元年（一八七五）曾主持編輯出版《申報館叢書》，與人合編《屑玉叢談》，還曾主編中國最早的畫報《寰瀛畫報》。

十一月，致函潘鍾瑞，並附《淨慈寺志》十二本。

十二月二日，與繆荃孫等人雅集。《繆荃孫日記》載：『申甫約飲聚豐園，李晴川、淩麈遺、龐絅堂、淩佩卿同席。』

龐鴻文（一八四五—一九〇九），字伯絅，號絅堂，江蘇蘇州常熟人。畫家龐薰琹祖父。光緒二年（一八七六）進士，授翰林院編修。善詞賦，研經史，旁及經世之務。曾任湖北學政，甄拔不拘一格。晚年家居十年，辦學堂，講實業。爲《常昭合志稿》五十卷。又著詩、古文詞若干卷。

淩佩卿，鴻文書局的創辦人。書局創辦於清光緒八年（一八八二），主要石印出版經史子集及舊小說。印有四史、《三國演義》等，均較精美。一八九六年出版石印的《西學富强叢書》，是評述西方自然科學、社會科學的啟蒙讀物。鴻文書局還是我國最早石印五彩圖畫的，在印刷史上具有一定地位。

十二月四日，約繆荃孫等人於聚豐園雅集。

公元一八八九年　光緒十五年　己丑　五十九歲

三月，在書局校《緑牡丹傳奇》。三月十日，《繆荃孫日記》載：『晚申甫偕看淩塵遺，正校《緑牡丹傳奇》。此書牽述復社公案，從未訪得，今得印行，甚善。申甫約張小紅書齋小飲，淩塵遺、黄熙亭、鍾□□同集，喚朱雲寶（西薈芳）、彭瑞芬（公陽里）侑酒。雲寶系舊識，瑞芬則新知也。』

夏，師輩友人潘鍾瑞以西漢綏和二年斷塼拓本相贈。

潘鍾瑞（一八二三—一八九〇），字圛雲、麟生，號瘦羊，江蘇蘇州長洲人。增貢生，後爲太常寺博士。少孤力學，精篆隸，工詞章，長於金石考證，究心文獻，熟諸掌故。嗜愛山水，和吴昌碩等交往甚密。

十月，從上海寄信給繆荃孫，並贈傅懋元刻日本書兩種。

傅雲龍（一八四〇—一九〇一），字懋元，號醒夫，浙江湖州德清人。清代外交官、學者。喜研兵書。光緒七年（一八八一）任《順天府志》分纂，撰《方言考》。十三年（一八八七）作爲外交特使出使日本、美國、秘魯、智利、巴西等十一國。足跡所至，搜集各類資料，編寫圖志。歸國後，呈獻書稿，得光緒帝褒獎。著有《經翼》《史證》《説文解字正名》等。

公元一八九〇年　光緒十六年　庚寅　六十歲

向吴昌碩索畫，吴作《山齋清品》相贈。淩霞後在畫上題：『此缶廬吴君所作，頗有逸氣，因索取以貽穎田姻六兄清賞。』（《日本藏吴昌碩金石書畫精選》）

七月十九日，吴昌碩繪《淩霞詩意圖》贈施爲。吴題：『四壁寒香秋士屋，一籬疏雨酒人天。石墨老弟屬寫病鶴詩意。庚寅中秋後四日，同客滬上，昌碩吴俊記。』病鶴即淩霞。

重陽節，與吴昌碩、施爲同登萃秀堂假山，吴有五律詩紀事。

閏二月，友人施補華因病在山東去世，終年五十六歲。

友人萬同倫去世。《袁昶日記》載：『故人山陰萬仲桓同倫熟秦，故工作分隸，能鑒別石刻，今聞殤於揚州官幕，惜之。』

萬同倫（？——一八九〇），字仲桓，浙江紹興山陰人。官兩淮運判。有《補蹉跎齋詩存》。晚年與淩霞往來較多，曾書贈對聯：『季野静默氣備四時；叔度淵深波涵千頃。』

公元一八九一年　光緒十七年　辛卯　六十一歲

緬懷友人潘鍾瑞，作《己丑夏瘦羊潘丈以綏和二年斷塼拓本寄贈因粘於粤東紙扇越一年丈遽下世辛卯五月檢行篋見扇有小損感書二絶》。

秋八月，爲好友陸心源的《千甓亭古塼圖釋》作序。

友人陸心源的《穰梨館過眼録》刻成。

公元一八九二年　光緒十八年　壬辰　六十二歲

是年，常居在銅陵大通鎮。據《繆荃孫日記》七月二十九日記：『發上海吳申甫信、大通淩塵遺信，寄金石書目並李禹表跋。』淩霞本人有詩《大通鎮東偏有僧廬其中小有蕉石謂是九華山下院經過偶成》，詩自注：『大通距九華山九十里，可望而不可即。』又述：『羊山磯臨江，爲大通鎮入口處。』

約是年，爲揚州畫家朱真題《朱影梅真小像》。

朱真（約一八五五—一八九五），字影梅，江蘇揚州人。工詩，善書畫，尤工士女。畫學惲格，以娟秀勝。天姿絶高，摹擬古人深入骨髓。但個性戇直，爲人所忌。在困頓中於四十歲即去世。淩霞對他的懷才不遇有深刻理解。

八月下旬，寄信繆荃孫，信中告訴繆氏自己收藏的一些金石類圖書。九月一日，繆荃孫日記載：『接吳申甫、淩塵遺信。』九月五日，《繆荃孫日記》載：『發吳申甫信、淩塵遺大通信、德豐信。』繆在回信中稱：『承示金石各書，内有急欲觀者數種，即懇廣覓鈔胥付鈔爲禱。』這時他們互相提供對方未見的書，並請人鈔録。

九月二十四日，繆荃孫寄《石魚文字所見録》給淩霞。《繆荃孫日記》載：『發上海吳申甫信、孫問青信、大通淩塵遺信，寄《石魚文字所見録》。』

十月，致信繆荃孫。十月二十三日，《繆荃孫日記》載：『接潘振聲山東信、淩塵遺大通信。』

公元一八九三年　光緒十九年　癸巳　六十三歲

一月，爲友人施補華的《澤雅堂文集》作序。

收到友人繆荃孫寄的《寶豐金石志》《歷城金石志》及《古墨齋金石跋》。這幾種書皆經繆本人校過。詳見本書所附繆荃孫信函。

是年，友人楊兆鋆任金陵同文館教習。到任後，請凌霞任金陵同文館提調，凌有詩《楊誠之觀察兆鋆招余爲金陵同文館提調館設城北妙相庵境頗幽寂到館後六日偶成此詩》。稍後又作《白門偶詠》。

楊兆鋆（一八五四—？）字誠之，浙江湖州烏程人，清末外交官。精通書法和算術。同治十年（一八七一）由兩江總督曾國藩送到京師同文館英文館學習，畢業後升遷出館，任蘇松太道公署翻譯。光緒十年（一八八四）隨許景澄公使出洋。歸國後，被以道員身份發江蘇補用，擔任過金陵同文館教習、江南儲材學堂督辦、出使比利時欽差大臣。撰有《楊須圃出使奏議》和《須曼精廬算學》等。

三月十二日，繆荃孫發信給凌霞，並托將《河内志》兩函交袁爽秋。

四月廿三日，友人袁昶出任徽寧池太廣道道臺，並委託凌霞管理官銀號。凌霞致佩山信云：『袁觀察廿三日接篆，即委霞管理官銀號，離道署三里之遥。』

六月、八月，居住蕪湖，致繆荃孫信皆從蕪湖發出。

十月一日、二十一日，繆荃孫收到淩霞的信及《郯縣金石志》。

冬，於長江輪船中與吴昌碩相遇，吴乞題山水畫。淩霞題詩：『偶然學山水，有意與無意。畫筆如神龍，掉弄作遊戲。』『下筆急如風雨，居然古氣横秋。畫成得之兒背，癡絶不讓虎頭。』『溪山窈窕而幽深，興來得句還長吟。恰從白石青藤外，寫出荒荒太古心。』『光緒癸巳仲冬，忽遇倉石老兄於長江輪船中，出此索題，漫成三體詩，博笑，弟淩霞手稿。』（《吴昌碩年譜長編》）

公元一八九四年　光緒二十年　甲午　六十四歲

年初，寄函並《溪南詞》給繆荃孫。

三月，繆荃孫復函，並寄《益都金石志》，方彦聞《金石補正》、《括蒼金石續志》給淩霞。

四月，繆荃孫和友人張式卿分别之際，張索要陸心源、淩霞信札作爲收藏。

張森楷（一八五八—一九二八），字式卿，四川重慶合州人。八歲而孤，專力學史。先後拜訪俞樾、繆荃孫、陸心源、康有爲等名人，得益甚多。著有《史記新斠注》《歷代輿地沿革表》《二十四史校勘記》等。

十一月二十一日，繆荃孫寄信淩霞（時在蕪湖），並附奠儀貳元（淩家喪事情況待考）。

是年，吴大澂率軍參加中日甲午戰爭，吴昌碩隨軍出征。

公元一八九五年　光緒二十一年　乙未　六十五歲

一月十三日，繆荃孫接到淩霞信。同月復信。

二月十二日，繆荃孫發信凌霞，並寄《東塾集》三册。

二月二十四日，繆荃孫接到凌霞從蕪湖發的信，並寄《徐騎省集》六册。

三月，寄米芾書學宫碑給繆荃孫。

四月，寄函並《天下金石志》鈔本給友人繆荃孫。

六月，寄蕪湖相關碑目給繆荃孫。

八月十一日，繆荃孫收到凌霞的信，並寫畫扇面。凌有詩《爲繆筱珊太史畫梅》。

九月十日，友人繆荃孫抵達蕪湖，十二日凌霞熱情招待並請友人陪同。

十二月，友人繆荃孫贈書同時請凌霞托人替他鈔書。《繆荃孫日記》有《發蕪湖凌塵遺信》，信中稱寄『新得《彭子大集》並《高要金石略》，乞哂存。懇代鈔泰岱金石、台州金石，均望鈔成。』

約是年，作《三續懷人詩》，所懷友人是：楊峴、張行孚、吴丙湘、傅雲龍、繆荃孫、譚廷獻、張鳴珂、蕭穆、沈祥龍、袁昶、莫繩孫、吴俊。

張行孚，字子中，號乳伯，浙江湖州安吉人。同治庚午（一八七〇）舉人。嘗肄業杭州詁經精舍，爲俞曲園所激賞。精六書之學，工篆書，遒勁古茂。後以鹽大使分發兩淮，任淮南書局分校事。與吴昌碩友善，是吴的重要鄉友。著作有《説文發疑》《説文揭原》《説文考異》等，曾與丁寶書合纂同治《安吉縣志》。年未五十卒。

吴丙湘（一八五〇—一八九六），字次瀟、滇生，號進泉，世居揚州儀徵。光緒己丑進士，以道員分發河南，又浮沉數年而卒。著有《瘦梅花館詩文詞集》等，編有《蟄園叢刻》。

譚廷獻（一八三二—一九〇一），字仲修。浙江杭州仁和人。同治舉人。歷官安徽廬州合肥、徽州歙縣諸知縣。通經史，治經必求西漢諸儒微言大義，不屑屑於章句。擅長詩詞，其文以漢、魏爲宗。曾主講經心書院。

蕭穆（一八三五—一九〇四），字敬甫，安徽安慶桐城人。清末藏書家、桐城派後期作家。家世務農，太平軍占領安慶及桐城時，大家藏書多散出，蕭穆因之搜得一些圖籍。蕭穆以窮鄉之寒士，後以淹雅博洽著名，終成爲清末文獻收藏之名家。愛好掌故，精於校勘。曾到上海製造局翻譯館任編纂。

沈祥龍（一八三五—？），字約齋、訥生，號樂志翁。江蘇松江婁縣（今上海松江）人。優貢生。善隸書。

莫繩孫（一八四四—一九一九後），字仲武，莫友芝次子。貴州都匀獨山州人。清末藏書家。歷任知府、兩淮候補鹽運使。光緒十二年（一八八六）隨劉瑞芬出使俄國與法國，任參贊。後長期獨居揚州，整理和刻印祖父與父親遺著，集成《獨山莫氏遺書》六十六卷。

公元一八九六年　光緒二十二年　丙申　六十六歲

是年或稍前，創作《揚州八怪歌》，對揚州八怪給予正確評價，從現存資料看，這首詩是最早肯定揚州八怪繪畫風格的。

一月，繆荃孫兩次接到凌霞從蕪湖所發信函。

三月，寄信繆荃孫並碑版資料。《繆荃孫日記》記：『接蕪湖凌塵遺信，寄碑一包。』信中並敘自己『正月間腦後忽起一塊，色微紅，肉堅硬，不知痛癢，服小金丹、陽和湯均無效，漢口王濟人照濕痰凝治法治之，乞轉詢蓮翁治法是否』。『蓮翁』爲陳蓮舫。因凌霞熟識此名醫，故繆托他咨詢，亦可見凌霞之助人爲樂。

陳蓮舫（一八三七——一九一四），清末名醫。名秉鈞，又號樂餘老人。光緒二十六年（一九〇〇年）懸壺上海，求治者門庭若市。光緒二十九年與人合作創立醫學會，後又創辦上海醫務總會。著作有《陳蓮舫先生醫案秘鈔》《蓮舫秘旨》《醫案拾遺》《女科秘訣大全》等。

三月二十日，繆荃孫同時接到袁昶和凌霞的信。繆復信時並寄地圖樣張。

四月，寄信繆荃孫並寄孫淵如《泰山金石記》一册。

四月，寄信繆荃孫，並寄《山右金石記》。凌霞有《重刊山右金石録敘》，稱已對所刊樣書曾予以校訛訂正。

四月，連日生病，作《丙申四月病起書懷》。

五月，寄唐代墓志拓本給繆荃孫。

六月初，繆荃孫接到凌霞信函，同時發出給凌霞的信，信中說：『昨得兄書並重黎書洋五十翼，藉諗氣體大愈，慰甚。』可見淩霞從四月初生病，至此時才大致恢復。

爲友人繆荃孫作梅花圖，有詩《爲繆筱珊太史畫梅》。

是年作《唐昆華太守光照以其夫人吴杏芬女史畫百花圖長卷索題》。

唐光照，字昆華，安徽徽州歙縣人，曾任江寧知府。善書畫。

吴淑娟（一八五三—一九三〇），號杏芬女史，清末著名女畫家，安徽徽州歙縣人。父吴鴻勳爲曾國藩幕僚，工於書畫。吴淑娟畢生致力於中國畫的研究和創作。宣統二年（一九一〇），她的作品參加了在羅馬舉辦的意大利博覽會。

是年秋，回到故鄉，並作《二農詩》。自己和友人俞介臣、孫柯皆六十六歲，作詩紀之。

吴昌碩臨寫金文，跋稱：『淩氏塵遺釋□與遐通，遐不黄□，即詩遐不眉壽。丙申八月臨曾白□簠。昌碩。』（《日本藏吴昌碩金石書畫精選》第二六九頁）

是年，包纘甫請淩霞爲其祖父包虎臣（子莊）隸書朱伯廬先生治家格言作跋。據淩霞云：『庚辰（一八八〇）回里省墓，重得快敘，厥後不復相見。而君久歸道山。』從這段話看，包子莊於一八八〇年之後不久即去世。

友人任頤（一八四〇—一八九六）卒。友人楊峴（一八一九—一八九六）卒。

公元一八九七年　光緒二十三年　丁酉　六十七歲

正月，與友人一起遊覽蕪湖的吉祥寺等地，有詩《丁酉春王三日即事戲成示同遊諸君》。

夏及初秋，在蕪湖，和繆荃孫多次通信。

是年，請人爲繆荃孫鈔録《陝西得碑記》《崇川金石志》。

十一月二十六日，《繆荃孫日記》載：『寄凌霞信並《寶雞金石志》，出錢八百。』

公元一八九八年　光緒二十四年　戊戌　六十八歲

三月六日，自蕪湖到南京訪繆荃孫。

三月八日，《繆荃孫日記》載：『陳伯雅來。拜范季遠、吴吉園、凌麈遺、徐龍伯、陳伯雅。季遠出示《官隱圖》，詩畫頗有佳者。』

三月十一日，《繆荃孫日記》載：『收拾客廳。約凌麈遺，徐龍伯，黄介夫，陳伯雅，曹巽甫、幼甫，石公積餘小飲雲自在龕。』

三月十三日，訪繆荃孫，並出示一銅器，認定爲古鏡，繆未能確定。

三月十六日，贈送永康塼給繆荃孫。永康年號不止一個朝代使用，收藏家所説永康應該是東漢桓帝劉志的年號。

三月，寄信繆荃孫，並寄傅刻《碧血録》。

閏三月十日，繆荃孫約凌霞和李澹平、顧石公、傅苕生、吴申甫等人在謝斐君寓所雅集。

閏三月十二日，繆荃孫訪凌霞、志仲魯、江建禨、汪穰卿、蔣伯斧、羅叔韞、董壽京。贈建禨《常州詞録》一部。

江標（一八六〇——一八九九），字建霞，一作建般，江蘇蘇州元和人。光緒十五年（一八八九）進士，官翰林院編修。光緒二十年（一八九四）參加强學會。出任湖南學政。光緒二十三年（一八九八）刊《湘學報》，組織南學會，受到王先謙的攻擊。變法失敗後被革職，永不敘用。蜚聲詞翰。博學工詩文，嘗刻《靈鶼閣叢書》，世稱精本。工詩文，好藏書，所藏皆精品。

四月，友人袁昶卸任徽寧池太廣道，被授陝西按察使，但實際並未到任。

五月，繆荃孫托人鈔成《畿輔碑目》四卷，轉交淩霞。

五月，到揚州，發信給繆荃孫時囑他回信寄揚州刁家巷。又校《山右金石記》。

十月或稍前，從揚州回蕪湖。

十一月十三日，繆荃孫收到淩霞從蕪湖發的信，隨信寄《台州金石志》。繆信稱：『《台州金石志》鈔成，心感之至。』繆荃孫題曰：『臨海黄瑞子珍撰輯，十八卷，黄巖王棻子莊重訂爲十三卷。書未刻，烏程淩霞子與録副見貽。篆隸均子與手摹，良友多情，助予不備，良可感也。』天津圖書館藏有此書，上有繆荃孫手校，又有手跋云：『光緒壬午，予供職京師，從弟柚岑自浙江來，言臨海黄子珍撰《台州金石記》已有成書，曾托楊定甫同年往訪，未能得。前年聞歸安淩塵遺有此書，允録副見餉。今秋由蕪湖寄到，凡六册，共十三卷，闕訪兩卷，字畫工整，校核精詳，篆隸均塵遺手摹，尤爲可寶，良友雅意，錫比百朋，又惜柚岑之不及見也。戊戌年甲子月壬申日繆荃孫跋。』

此書淩霞亦有跋，跋曰：『《台州金石録》爲臨海黄子珍茂才于修志之暇纂爲此書，皆録全文，並摹碑所援，附闕訪二卷，都爲二十卷，未及梓行而子珍遽下世。霞癖嗜著録金石之書，亟思假鈔，無稿，乃求之台郡友人，不可得，復求之吾鄉之宦於台地者，而仍不能得。嗣有子珍同郡張子遠大令將赴山左，道出滬上，愚於逆旅因詢是書，則與子珍爲舊丙，詳悉藏稿之處，許爲作緣代鈔。然遲之又久而始寄到，蓋前後幾六七年矣，得之之難如此。全書本有甎録五卷，惜已割去，僅存十五卷。今筱珊太史爲並世金石家巨擘，辱在同好，每以所藏各書彼此互鈔以爲快。霞獲是書不敢自秘，特録副本寄贈，俾天壤間多存一本，或不致終於湮没焉。爰識其緣起如此。光緒戊戌冬十二月歸安淩霞。』這兩段跋語反映了他們鈔書往來的深厚情誼。見《繆荃孫致淩霞函札釋讀》。

十二月，和繆荃孫互發兩封信，繆寄《龍門造象題名》給淩霞。

是年，曾到揚州居住一段時間。繆荃孫函稱：『弟七月廿八日到滬，兄已回揚。夔生京華舊雨，深於詞學，近有志金石，其進甚鋭，惟連棄兩妻，惑於嬖妾，同人均不願與之往來。自到揚州，未通書札，職是之故。』夔生指詞學家況周頤，淩霞與之交往情況，未見記載，但應該是熟識的。淩、繆皆熟識，所以才在通信中議論。張廷銀根據相關資料考訂：『況周頤於光緒二十三年（一八九七）之暮春、暮秋兩次遊揚州，是年年底則舉家遷居揚州。則本函當作於光緒二十三年或二十四年。況周頤曾先後娶趙氏、周氏爲妻，但到光緒十年，兩夫人皆先後亡故，一八九〇年繼納蘇州桐娟尋亦亡去，於一八九二年春再納卜娱爲婦。』詳見《繆荃孫致凌霞函札釋讀》。

況周頤（一八五九—一九二六），晚清詞人。原名況周儀，因避宣統帝溥儀諱，改名況周頤。字夔生，晚號蕙風詞隱，廣西桂林臨桂人，原籍湖南。一生致力於詞，尤精詞論。與王鵬運、朱孝臧、鄭文焯合稱『清末四大家』。著有《蕙風詞》《蕙風詞話》。

公元一八九九年　光緒二十五年　己亥　六十九歲

一月下旬，致信繆荃孫。二月四日，《繆荃孫日記》載：『發蕪湖凌塵遺信，寄朝鮮碑全文、《常山貞石志》、放翁鍾山題名。』

二月十八日，繆荃孫接到凌霞信，三月四日回復。

三月十九日，繆荃孫接到凌霞信，四月六日回信。

四月二十八日，繆荃孫寄《趙州金石録》與凌霞。

五月、六月，繆荃孫接到凌霞的信以及所寄的《金石學》一册。

是年，托繆荃孫向吴重熹徵集金石資料。繆回信稱：『仲飴甫歸，俟晤面當索之。聞尚有秦漢三卷未刊，亦擬付削氏。然仲飴作事遲鈍，不知何時方成。』

吴重熹（一八三八—一九一八），山東武定海豐（今濱州無棣）人。字仲飴、石蓮，晚號石蓮老人，室名石蓮庵。同治元年（一八六二）中舉人。一九〇〇年由江安糧臺道升福建按察使，歷任江寧布政使、江西巡撫等。一九〇八年出任河南巡撫。編印《吴氏文存》《吴氏詩存》《世德録》等。

九月，爲尗士大兄書對聯：『米老顛呼石作丈，范寬善與山傳神。』這是目前所見凌霞晚年的精品之作。

李彦奎，江蘇揚州江都人，字尗士，號澹泉。工山水花卉，墨筆尤入古，兼善指畫。早卒，未獲大成，人多惜之。與黄士陵友善，黄在一八八八年所作的『彦奎長年』邊款中云：『澹泉善繪事，陵適有所求，久不報，或不能率應也，作此促之。』可見黄士陵對於李彦奎繪畫的肯定與欣賞。凌霞有《題李澹泉彦奎柳波春艇圖》詩。

十一月，兩次寄信繆荃孫，並寄汪謝城詩。

十一月二十二日，繆荃孫致信凌霞，時凌在蕪湖。

十一月二十七日，繆荃孫收到凌霞信，十二月二十五日回復。

友人丁丙（一八三二—一八九九）卒，作挽詩。

丁丙（一八三二—一八九九），字松生，號松存，别署錢塘流民、八千卷樓主人。浙江杭州錢塘人。諸生。清末著名藏書家。家世經營布業，富於資財。自幼好學，一生淡於名利，終身不仕，熱心公益事業，愛好收集地方文獻。家多藏書，著述頗富，事親以孝聞。

公元一九〇〇年　光緒二十六年　庚子　七十歲

凌霞編定自己的詩爲《天隱堂集》並作序，序尾署：『光緒庚子春王月長超山民凌霞自敘。』

一月二十六日，繆荃孫收到凌霞信，次日回復寄到蕪湖。

五月，爲秋翁親家之子求方劑於陳蓮舫，凌在信中説：『陳蓮舫先生到申求診者多，忙不可言。』信未標年份，但從記載看陳氏光緒二十六年（一九〇〇年）懸壺上海，故係於此。（此信手稿爲守研齋蔡澧泉、汪維寅先生遞藏。）

七月，友人吴其福去世。繆荃孫在稍前致凌的信中曾説：『申甫常見，意興頗覺頹唐，生意亦無振興氣象，時爲之也。』

吴其福（？—一九〇〇），字申甫，浙江湖州歸安（今湖州吴興）人。祖上即經營圖書，後轉到上海，與繆荃孫往來密切。凌霞稱：『同邑老友吴申甫其福家世鬻書，今滬上推爲老輩。蓋陳思、錢聽默之流亞也。爲人好友，善飲酒。詩曰：與君相識逾卅年，年年總有邂逅緣。』由於對圖書的共同愛好他們交往較多。

七月，友人袁昶（重黎）問斬。繆荃孫給凌霞的信中説：『接申甫歸道山，又聞重黎受害之信，悲憤交迫，激而成病。』信中提及通過遜安爲凌霞之子介紹工作之事。

八月，先後寄兩信給繆荃孫，並贈唐志五種。又請人爲繆代鈔《金石學録》。繆致信感謝。

是年，致信俞樾，並贈送自己的書法作品和汪謝城詩，告知準備印行自己的詩集事。俞樾（一八二一——一九〇七），字蔭甫，自號曲園居士，浙江湖州德清人。清末著名學者。現代詩人俞平伯的曾祖父。清道光三十年（一八五〇）進士，任翰林院編修。治學以經學爲主，旁及諸子學、史學、訓詁學，乃至戲曲、詩詞、小説、書法等。所著凡五百餘卷，稱《春在堂全書》。《清史稿》有傳。

公元一九〇一年　光緒二十七年　辛丑　七十一歲

二月，致信友人繆荃孫。繆接信後復函，其中述及兩人的共同好友袁昶。其中有云：『爽公昭雪，將來建祠賜謚，必在意中。其世兄已刻行述，乞代索一帙，並懇開示其三位世兄之號，擬通一信。爽公詩集已刻，尚有一二年近作文集未刊，聞未散佚，弟願爲之編次，並可經理刊板，以報故友。』

五月一日，繆荃孫接到凌霞信，十日回復，並寄《藕齋叢書》廿册。

四月，由蕪湖返揚州，住二十餘天，有詩《辛丑四月自鳩江返邗上小住二旬偶成此作》。

五月，致信友人繆荃孫。

九月，自蕪湖到揚州。這是凌霞最後一次離開蕪湖。

公元一九〇二年　光緒二十八年　壬寅　七十二歲

十二月二十二日，繆荃孫接到凌霞的來信。這是見於記載的他們兩人的最後通信〔六〕。

冬，作詩《去年九月歸自鳩茲倏一歲矣漫成此作時壬寅孟冬也》，這是現在所能見到的最後詩作。

公元一九〇三年　光緒二十九年　癸卯　七十三歲

十一月，淩霞去世。《藝風老人日記》，癸卯（一九〇三）十月三日撰《挽淩麈遺詩》，《繆荃孫全集・日記》將十月訂正爲十一月。

校勘記

〔一〕《江都縣續志》卷二十七，見《中國地方志集成・江蘇府縣志輯》第六十九册，江蘇古籍出版社一九九一年六月第一版。

〔二〕《清代詩文集彙編》第七二九册第五五四頁，上海古籍出版社二〇一一年十二月第一版。

〔三〕《吴昌碩年譜長編》第七〇頁，浙江古籍出版社二〇一四年八月第一版。

〔四〕周農的生卒年説法不同，施補華説他『年四十餘卒』。這裡用《清代人物生卒年表》説，據稱是依據墓志銘。

〔五〕傅以禮的生卒時間，《清代人物生卒年表》定爲生於一八二七年，卒於一八九八年。淩霞文章稱：『丁卯（一八六七）歲莫忽得來書，並謄以佳刻數種，爲之狂喜，不意甫經作畲而先生於戊辰（一八六八）春孟遽歸道山，始終竟無一面之緣，良堪浩嘆。』説法不一，待考。

〔六〕淩霞很多資料存放在繆荃孫處，民國甲寅（一九一四）年七月，《繆荃孫全集・日記》稱送淩麈遺稿於翰怡（劉承幹）。次年，劉承幹刻成《天隱堂文録》，可見劉的刻本是由繆荃孫編次的。